7.5.18 Anita + V.

P. B. Vauvillé

Dunkle Nächte auf Montmartre

Kriminalroman

Aus dem Französischen
von Yvonne Eglinger
und Maja Ueberle-Pfaff

Hoffmann und Campe

Die Originalausgabe erschien 2010 unter dem Titel
Le Narcisse im Verlag le cherche midi, Paris.

1. Auflage 2018

www.hoca.de
Satz: Pinkuin Satz und Datentechnik, Berlin
Gesetzt aus der Albertina MT und der Brandon Text
Druck und Bindung: C. H. Beck, Nördlingen
Printed in Germany
ISBN 978-3-455-00080-1

HOFFMANN
UND CAMPE

Ein Unternehmen der
GANSKE VERLAGSGRUPPE

1

Aus der drückenden Hitze des Augustmorgens, der noch vor dem Mittagsgeläut all seine Kraft eingebüßt hatte, stiegen auf einmal muntere Kinderstimmen auf. Zunächst noch schwach, dann immer lauter, sich gegenseitig antwortend, sich verschränkend, immer behänder, trotzten sie der staubigen Schwere, die seit knapp zwei Wochen über der Stadt lag. Wie Engelschöre, die sich die Eroberung des Himmels zum Ziel gesetzt hatten, schwangen sich die Harmonien an den Hauswänden empor und ließen Fenster und Gardinen erzittern.

Schließlich drangen sie auch an die Ohren von Quentin Belbasse, der in seiner dämmrigen Wohnung nackt auf dem blanken Parkett kniete, und rivalisierten eine Zeit lang mit dem Summen in seinem Kopf, das ihn seit dem Erwachen wie ein angriffslustiger Wespenschwarm plagte.

Stirnrunzelnd unterbrach Quentin sein mühseliges Werkeln und lauschte der unangebrachten *Ode an die Freude,* die sich durch die geschlossenen Jalousien einen Weg ins Zimmer gebahnt hatte. Wer um alles in der Welt verbreitete bei dieser Jahrhunderthitze an einem Samstagvormittag eine solche Ausgelassenheit?

Eine halbleere Tasse Kaffee neben sich, quälte er sich seit einer halben Stunde mit der Montage eines Standventilators ab, den er am Abend zuvor in einem Haushaltswarenladen in der Nachbarschaft aufgestöbert hatte.

Dieser Fund war ein unglaublicher Glücksfall, denn Ventilatoren waren mittlerweile die begehrtesten Gegenstände von ganz Paris.

Im Augenblick allerdings konnte Quentin das segensreiche Schnäppchen nicht gebührend würdigen. Fluchend baute er die verschiedenen Einzelteile des Geräts zusammen. Die Schrauben und Muttern glitschten ihm aus den Fingern, die durch die Hornhaut, das untrügliche Kennzeichen des Gitarristen, unempfindlich geworden waren.

Seine Ungeschicklichkeit ärgerte ihn, denn obwohl man es ihm nicht auf den ersten Blick ansah, war Quentin Belbasse ein Mensch, der, wie die meisten Musiker, viel auf Ordnung, saubere Arbeit und präzise ausgeführte Tonfolgen hielt.

Eben war es ihm gelungen, den Schraubenzieher in einen Kreuzschlitz zu manövrieren, da klingelte das Telefon, und er zuckte zusammen. Die heikle Operation misslang erneut. Das »Ja«, mit dem er den Störenfried begrüßte, klang dementsprechend mürrisch.

»Du musst herkommen«, kommandierte die Stimme am anderen Ende der Leitung, die sich nicht einmal die Mühe machte, einen Namen zu nennen. Das war auch nicht nötig. Quentin und der Anrufer kannten sich seit dreißig Jahren und hatten gerade erst bis zum frühen Morgen gefeiert.

»Was ist denn los?«, fragte Quentin, beunruhigt wegen des ungewöhnlich ernsten Tonfalls seines Freundes.

»Ich habe gerade Daphné im Keller gefunden. Sie ist tot. Die Polizei ist unterwegs. Ich stecke in der Klemme. Beeil dich!«

»Ich komme.«

Quentin stürzte den letzten Rest Kaffee hinunter, schlüpfte hastig in die violette Hose, die er bereits am Vorabend getragen hatte, und zog sich ein gelbes Leinenhemd über. Er griff nach

Telefon, Schlüsselbund und Brille und hastete aus der Wohnung.

Sein Freund Moulin hatte mit seiner Hiobsbotschaft den Alkoholnebel komplett aus seinem Hirn vertrieben. Quentins Sinne waren in Alarmbereitschaft. Gleichzeitig konnte er kaum glauben, was er da eben gehört hatte. Wie konnte das sein? Er selbst war doch noch vor wenigen Stunden im Narcisse gewesen, dem Cabaret von Moulin.

Nachdem die letzten Gäste gegangen waren, hatten alle Mitarbeiter des Narcisse – Grenadine, Zazou, Cédric, Martial, die Travestiekünstler, Daphné, die Neue und der Barkeeper Tony – sowie Pierre Duval, ein Nachbar von Moulin, Nadines Geburtstag gefeiert. Quentin hatte Gitarre gespielt. Bis um halb drei hatten sie gesungen, getanzt und getrunken.

Daphné war da noch höchst lebendig gewesen. Sie hatte versucht, ihn zu verführen, und er hatte alle Mühe gehabt, die Situation unter Kontrolle zu behalten. In Anbetracht der anderen Verehrer, die sie umschwirrten, war die Sache sogar ziemlich prickelnd gewesen. Und jetzt sollte sie tot sein?

Quentin brauchte bloß fünf Minuten bis zum Cabaret von Marcel Moulin, den im Viertel alle nur »Moulin-le-Rouge«, Moulin, den Roten, nannten. Dieser Spitzname, den man ihm aufgrund seiner politischen Ansichten verpasst hatte, stammte noch aus den Sechzigern, einer Zeit, in der ihm eine verheißungsvolle Zukunft als Wrestler beschieden schien.

Quentin kannte diese Zeit nur vom Hörensagen. Er war 1970 geboren, dem Jahr, in dem Wrestling aus der Mode kam, und Moulin deshalb seine Karriere aufgab.

Vor dem Narcisse parkte ein Polizeiauto, aber es waren noch keine Absperrbänder angebracht. Da Quentin wusste, dass das nur eine Frage der Zeit sein würde, stieß er eilig die Eingangstür auf. Es dauerte ein paar Sekunden, bis sich seine Augen an das Halbdunkel gewöhnt hatten. Gedämpfte Stimmen und das Geräusch von Schritten drangen von der Kellertreppe herauf.

Dann entdeckte Quentin Nadine, die im hinteren Teil des Zuschauerraums mit gesenktem Kopf auf einem Stuhl saß, in der Hand ein zerknülltes Papiertaschentuch. Sie nahm ihn erst wahr, als er direkt vor ihr stand. Sofort stand sie auf und umarmte ihn.

»Da bist du ja, mein Spatz.«

So hatte sie ihn schon genannt, als er noch klein war, und es war ihm trotz seiner dreiunddreißig Jahre bisher nicht gelungen, seiner alten Kinderfrau diesen lächerlichen Spitznamen abzugewöhnen.

»Es ist schrecklich … Daphné … ich …«

Ihre Worte gingen in Schluchzern unter. Quentin tätschelte ihr unbeholfen den Rücken. Auch wenn er sich kleidete wie ein Hippie und sich für die Gleichstellung aussprach, brachten ihn weibliche Gefühlsausbrüche doch immer ein wenig aus der Fassung.

»Beruhige dich, Nado«, sagte er leise. »Ganz ruhig. Wo ist Moulin?«

»Unten, bei den Polizisten«, schniefte Nadine. »Er hat sie gefunden. Ich bin gegen halb elf gekommen, um aufzuräumen. Ich habe gesehen, dass die Kellerschlüssel fehlen und der große Bronzeaschenbecher an der Bar verschwunden ist. Da habe ich Moulin angerufen. Er ist runtergegangen und …«

Ihr versagte die Stimme, und sie brach erneut in Tränen aus.

»Moulin ist in den Keller gegangen …«, versuchte Quentin ihr auf die Sprünge zu helfen.

Nadine nickte.

»Ja, und da hat er Daphné gefunden. Der Aschenbecher lag neben ihr, voller Blut.«

»Hast du das gesehen?«

»Nein, ich konnte nicht hinsehen. Er hat es mir erzählt. Dann hat er die Polizei angerufen, und dich. Er ist völlig fertig.«

»Verstehe. Aber Daphné ist doch zusammen mit uns aufgebrochen. Ist sie denn später noch einmal allein zurückgekommen?«

»Ja, ich glaube schon. Ich habe nicht richtig darauf geachtet. Ich bin mit Zazou gegangen. Er wollte mir von seinem Liebeskummer erzählen. Ich habe ihn eingeladen, noch einen Absacker bei mir zu trinken. Es war sehr spät, als ich ins Bett gegangen bin.«

Auf der Treppe wurden Schritte laut. Quentin musste sich nicht erst umdrehen. In den Spiegeln an den Wänden des Zuschauerraums erblickte er den kreidebleichen Moulin-le-Rouge, eingerahmt von zwei Polizisten.

»Niemand betritt den Keller. Niemand fasst etwas an. Die Kripo wird in ein paar Minuten hier sein«, sagte einer der beiden.

Die zwei Polizisten gingen hinaus. Der jüngere postierte sich vor der Tür, der andere setzte sich in den Wagen und telefonierte.

»Und?«, fragte Quentin.

»Es ist nicht Daphné«, sagte Moulin. »Sondern eine Frau, die ich nicht kenne und die sich als Daphné verkleidet hat.«

Nadine stieß ein schwaches »Oh« aus und hörte auf zu weinen. Moulin trat an die Bar, goss sich einen Schluck Whisky ein und leerte das Glas in einem Zug.

»Sie hat sich als Daphné verkleidet? Aber warum?«, fragte Quentin verblüfft.

»Keine Ahnung. Das Ganze ist völlig absurd.« Moulin wandte sich an Quentin: »Willst du auch?«

Quentin schüttelte den Kopf.

»Ich hätte gerne einen Schluck«, meldete Nadine sich zu Wort. Moulin goss ihr ein Glas ein und reichte es ihr. »Ich bin froh, dass es nicht Daphné ist«, fuhr sie fort. »Ich mag sie, die Kleine.«

»Ich auch. Trotzdem liegt da eine tote Frau im Keller, und das ist nicht gerade lustig.«

»Sie werden den Club wohl für ein paar Tage schließen«, sagte Quentin.

»So eine Scheiße.«

Nadine kamen schon wieder die Tränen.

Quentin warf einen kurzen Blick zu dem Polizisten hinüber, der sich vor die Tür gestellt hatte. Der Mann wandte ihnen den Rücken zu.

»Rühr dich nicht von der Stelle«, sagte er zu Moulin. »Ich bin gleich wieder da.«

Er ging zum Ende der Theke, wo sich die Tür zu den Kellerräumen befand, und lief die schmale Treppe hinunter. Unten drückte er auf den Lichtschalter. Sofort sah er die Leiche der Frau, die auf dem Rücken in dem engen Flur lag, von dem die einzelnen Kellerräume abgingen. Ein Bein war untergeschlagen, das andere lang ausgestreckt. Ein blutverschmierter, bronzener Aschenbecher, den Quentin schon oft an der Bar des Narcisse gesehen hatte, und eine große rosarote, halbgeöffnete Handtasche lagen neben dem Leichnam. Die Frau, die um die dreißig sein mochte, hatte den drahtigen Körper einer Sportlerin.

Von weitem konnte man sie für Daphné halten. Sie trug die gleiche farbenfrohe Kleidung. Ihre braune Perücke war eine perfekte Nachahmung von Daphnés Frisur, nur war sie durch den Sturz ein wenig verrutscht, sodass man darunter rötliche Haare hervorschimmern sah. Quentin beugte sich vor. Ein raffiniertes Make-up machte die Täuschung fast perfekt. Nur die

Augenfarbe stimmte nicht. Die Tote hatte große blaue Augen. Eine Wunde an der linken Schläfe, an deren Rändern getrocknetes Blut klebte, störte die Harmonie der Gesichtszüge.

Quentin wurde übel. Er atmete tief ein, um sich wieder in den Griff zu bekommen, als sein Blick auf ein Muttermal fiel, das durch die oben geöffnete Bluse auf der Brust sichtbar war. Ihn überkam das Gefühl eines Déjà-vu. Ein anderer Frauenkörper, mit einem ähnlichen Muttermal, das er in einer schwülen Augustnacht entdeckt hatte. Seine erste Liebe, heimlich und verboten, die aus Rücksicht auf Sitte und Anstand bald in das Reich des Vergessens verdrängt worden war. Die plötzliche unerwünschte Erinnerung traf ihn mit voller Wucht.

Das Licht im Keller erlosch. Mit zittrigen Knien schaltete Quentin es wieder ein. Er zückte sein Telefon und machte ein paar Fotos von der jungen Frau. Mithilfe eines Bleistifts zog er ihre rosarote Tasche ein Stück weiter auf. Abgesehen von etwas Schminkzeug, war sie so gut wie leer. Ihn beschlich das Gefühl, dass er schon viel zu lange im Keller geblieben war, und er stieg rasch die Treppe wieder hoch. Gerade als er oben angekommen war, tauchten im Eingang zwei Unbekannte auf.

»Guten Tag, Moulin.«

»Corsini!«

Die beiden Männer standen sich gegenüber und maßen einander mit Blicken. Der Polizist, der auf den Namen Corsini hörte, musste an die sechzig sein. Er war stämmig, sein Kopf saß unmittelbar auf dem gedrungenen Körper. Seine Kinnpartie und auch die Hände waren groß und kräftig. In seinen grauen Augen schien ein Lächeln aufzublitzen, aber der durchdringende Blick strahlte auch etwas Bedrohliches aus.

»Na, das ist ja eine halbe Ewigkeit her.«

Moulin ließ Corsini nicht aus den Augen.

»Sieh mal einer an. Dreißig Jahre ohne ein einziges Wort, und dann, ein Jahr vor dem Ruhestand, treffe ich meinen alten Freund Moulin wieder, der in einen Mordfall verwickelt ist«, sagte Corsini mit einem schwer zu deutenden Unterton.

Ein jüngerer Polizist, etwa Mitte dreißig, groß, Hornbrille mit dunklen Gläsern, pflanzte sich neben Corsini auf.

»Das ist Lieutenant Brossard«, stellte Corsini ihn vor.

Nadine kam näher, ein Paket Taschentücher in der Hand.

»Guten Tag, Nadine.«

»Dominique!«

»Capitaine Corsini«, korrigierte der andere Polizist.

Quentin kam aus seinem Versteck hinter der Tür hervor und trat ebenfalls näher. »Ich dachte immer, Kapitäne navigieren Schiffe.«

»Und Sie sind?«, fragte Lieutenant Brossard.

»Quentin Belbasse.«

»Er ist ein Freund von mir, Musiker«, erklärte Moulin schnell. »Er war gestern Abend hier. Wir haben alle zusammen Nadines Geburtstag gefeiert.«

»Also gut, Monsieur Belbasse, unter den gegebenen Umständen finde ich solche Kommentare vollkommen unangebracht. Ihr Freund hier« – er deutete kurz mit dem Kinn auf Moulin – »hat eine Leiche im Keller. Und das, glauben Sie mir, ist überhaupt nicht komisch.« Der junge Polizist durchbohrte Quentin mit Blicken. Dieser wollte antworten, aber Capitaine Corsini kam ihm zuvor:

»Schon gut, schon gut! Immer mit der Ruhe. Wir müssen jetzt ein Weilchen miteinander auskommen. Und wir werden noch jede Menge Zeit haben, uns besser kennenzulernen. Auf geht's, Moulin, zeig uns den Weg!«

Die drei Männer gingen auf die Kellertür zu. Als sie an Quentin vorbeikamen, der sich nicht bewegt hatte, blieb Brossard, der das Schlusslicht bildete, dicht vor ihm stehen.

»Und Sie – Sie warten hier, bis ich wiederkomme. Wir werden noch viel zu bereden haben, da bin ich ganz sicher.«

2

Quentin widersetzte sich umgehend den Anordnungen des Polizisten und verließ das Narcisse. Er musste nachdenken. Seit Moulins Anruf war ihm, als hätte ihn ein aberwitziger Wirbelsturm erfasst. Die Tragik der Ereignisse, die noch dazu seinen Freund Moulin in eine missliche Lage brachten, und die Verwirrung, die ihn angesichts des Muttermals überkommen hatte, schlugen ihm so sehr aufs Gemüt, als wäre er selbst die Hauptperson in diesem Drama.

Auf der Straße traf ihn die Hitze wie ein Schlag ins Gesicht. Er setzte seine Sonnenbrille auf, um die vom Gelage der letzten Nacht noch angegriffenen Augen zu schützen, und bahnte sich einen Weg durch das kleine Grüppchen Schaulustiger, das sich vor dem Eingang des Narcisse eingefunden hatte.

Er brauchte einen ruhigen Ort, um sein inneres Gleichgewicht wiederzufinden. Er ging die Rue des Martyrs entlang, bis zum Boulevard de Rochechouart, auf dem sich die Reisebusse drängten und Scharen erschöpfter Touristen ausspuckten. Dann bog er nach links ab und lief die menschenleere Gasse entlang, die an der Rückwand des Cabarets entlangführte und in einer Treppe endete, die sich zwischen ein kleines, eingerüstetes Gebäude und eine rote Backsteinkirche zwängte.

Dort setzte er sich auf eine der Stufen und zündete sich eine Zigarette an. Vor zwei Stunden war er noch ein unbekümmerter Typ gewesen, der keine anderen Sorgen hatte als die Hitze und ein paar letzte Konzerte vor dem Urlaub, in dem er sich mit Fanny an einem bretonischen Strand in der Sonne aalen wollte. Und jetzt war er in eine seltsame und bedrohliche Welt katapultiert worden, wie in einen vom eigenen Gehirn erzeugten Albtraum, der ihn in die dunklen Abgründe seiner Erinnerung fallen ließ.

Das helle Klingeln einer Ladenglocke riss ihn aus seinen Gedanken. Ein großer rothaariger Mann Ende sechzig erschien auf der Schwelle seiner Werkstatt, eine Zigarette in der Hand. Quentin hatte schon viel von ihm gehört. David Portland war ein englischer Instrumentenbauer, eine Koryphäe auf seinem Gebiet, aber er verlangte ziemlich saftige Preise. Außerdem importierte er Instrumente aus seiner Heimat, um sie mit Profit weiterzuverkaufen. Er hatte häufig schöne alte und seltene Stücke im Angebot, und Quentin hatte sich schon oft gefragt, wo er sie wohl herhatte. Seine Importgeschäfte hielten Portland oft von der Werkstatt fern. Man wusste nie, wann und für wie lange er wieder verschwinden würde. Für Quentin war das ein guter Grund, seine geliebten Gitarren nicht in Portlands Hände zu geben. Ein schräger Vogel, der sie womöglich wochenlang in Geiselhaft nahm, flößte ihm nicht gerade Vertrauen ein.

Quentin drückte seine Zigarette aus und ging auf Portland zu.

»Guten Tag«, grüßte er. »Haben Sie schon gehört?«

»Was?« Unter dem ziegelroten Hemd, dessen Ärmel der Instrumentenbauer hochgekrempelt hatte, erahnte man einen noch jugendlichen, muskulösen Körper.

»Im Keller des Cabarets wurde eine ermordete Frau gefunden.«

Portland hob kaum merklich die Augenbrauen. »Das ist

bedauerlich.« Er sprach ein makelloses Französisch, hatte aber immer noch einen schwachen englischen Akzent.

»Haben Sie gestern noch lange gearbeitet?«, fragte Quentin.

»Ich arbeite oft lange.«

»Und Ihnen ist nichts aufgefallen?«

»Sind Sie Musiker oder Bulle?« Die blauen Augen des Engländers funkelten provozierend.

»Moulin ist mein Freund. Er hat Ärger, und ich versuche ihm zu helfen.«

Noch während Quentin sprach, dachte er genervt, dass er sich eigentlich nicht zu rechtfertigen brauchte. Er konnte Fragen stellen, so viele er wollte. Wenn der andere keine Lust hatte, ihm zu antworten, bitte sehr.

»Schon gut«, entgegnete der Engländer mit einer Grimasse, die ein Lächeln darstellen mochte. »Kommen Sie rein, wenn Sie wollen.«

Er verschwand im Innern seines Geschäfts. Quentin folgte ihm. In der geräumigen Werkstatt roch es nach Holz, Lack und Leim, nach Kaffee und Tabak. Dutzende Saiteninstrumente – Gitarren, Mandolinen, Banjos, Ukulelen – warteten auf Gestellen darauf, dass sich jemand ihrer annahm. Weitere Instrumente hingen als Dekoration an den Wänden.

Portland schenkte sich eine Tasse Kaffee ein.

»Wollen Sie auch einen?«

»Gerne.«

Der Instrumentenbauer goss die restliche Flüssigkeit aus der Kanne in ein Tässchen, auf dem in Goldbuchstaben »Deauville, Juwel der Normandie« stand, und reichte sie Quentin.

»Ist die Polizei da?«, fragte er.

»Ja, die ist da und nicht gerade besonders freundlich.«

»Ihr Freund wird so bald nicht wieder öffnen können.«

»Stimmt. Und Sie haben letzte Nacht wirklich nichts gehört?«

»Ich habe Sie feiern gehört. Wenn ich einen dringenden Auftrag erledigen muss, schlafe ich hier.«

Portland deutete auf ein abgewetztes rotes Sofa an der Rückwand des Raumes.

»Gestern Abend habe ich bis etwa eins gearbeitet, dann bin ich eingeschlafen. Ich bin aufgewacht, als Sie aus dem Cabaret gekommen sind.«

»Das war um halb drei.«

»Ah ja? Auf jeden Fall hatten Sie ganz schön einen in der Krone. Obwohl Sie vorne rausgegangen sind, habe ich Sie bis hierher grölen hören.«

Quentin schmunzelte zustimmend.

»Ein Geburtstag.«

»Eine halbe Stunde später habe ich die Tür des Künstlereingangs gehört, dort gegenüber.«

»Sind Sie sicher?«

Quentin wurde von einer seltsamen Erregung ergriffen. Bisher hatte er Portland seine Fragen nur aus dem Bedürfnis heraus gestellt, irgendetwas zu tun, die lähmende Starre abzuschütteln, in die der Anblick der jungen Frau ihn versetzt hatte, aber plötzlich begriff er, dass er eine Entscheidung gefällt hatte. Er würde tatsächlich versuchen herauszufinden, was in diesem Keller passiert war. Um den Anblick der seelenlosen Augen loszuwerden, um wieder schlafen zu können, musste er sich darüber Gewissheit verschaffen.

Portland, der die Veränderung in Quentins Verhalten und die Anspannung in seiner Stimme bemerkt hatte, lächelte leicht. Die Neuigkeit vom Tod der jungen Frau gefiel ihm nicht, aber die Naivität, mit der der Gitarrist sich als Detektiv gebärdete, amüsierte ihn. Er beschloss, das Spiel bis zum Ende mitzuspielen.

»Die Tür knarrt ein wenig. Ich dachte, jemand hätte etwas vergessen. Aber merkwürdig war doch, dass ich sie hinterher wieder gehört habe, noch zwei Mal.«

»Noch zwei Mal?«

»Ja, das zweite Mal kaum drei Minuten nach dem ersten Knarren. Das dritte Mal dann etwas später, nach zehn oder fünfzehn Minuten. Unwillkürlich habe ich auf das vierte Mal gewartet. Es wäre ja logisch gewesen. Man öffnet die Tür, man schließt sie. Aber nein, nichts. Nur Schritte.«

»Schritte?«

Quentin war so aufgeregt, dass er nicht merkte, wie albern es klang, wenn er die Worte seines Gesprächspartners wiederholte.

»Die sich rasch entfernt haben.«

»Wollen Sie damit sagen, dass die Person gerannt ist?«

»Sagen wir, sie hatte es eilig. Es waren die Schritte eines Mannes, da bin ich mir sicher.«

»Schade, dass Sie ihn nicht gesehen haben.«

Portland brach in Gelächter aus.

»Ja, das wäre praktisch gewesen. Tut mir leid. Wenn ich gewusst hätte, dass jemand ermordet wurde …«

Quentin verzog bedauernd das Gesicht. Er trank seinen Kaffee aus und stellte die Tasse auf der Werkbank ab.

»Danke für Ihre Hilfe.«

»Zumal Sie nicht mein Kunde sind, oder irre ich mich?«

»Sie sind zu teuer für mich. Ich bin kein Star.«

»Pech für Sie«, antwortete Portland und begleitete ihn zur Tür.

Quentin ging die Gasse hinunter und trat auf den Boulevard. Über dem glühenden Asphalt flimmerte die Luft. Eine italienische Reisegruppe quälte sich den Montmartre-Hügel hinauf. Zwei Engländerinnen, die Gesichter von breitkrempigen Strohhüten verdeckt, waren vor dem Laden mit alten Postkarten stehen geblieben, gleich gegenüber dem Haupteingang des Narcisse, und musterten die Drehständer.

Quentin bemerkte, dass die Jalousien hinter dem Schaufenster leicht zitterten. Der Inhaber spähte wohl gerade auf die Straße hinaus, obwohl es inzwischen nicht mehr viel zu sehen gab.

Quentin durchbrach die menschliche Perlenschnur vor dem Narcisse und wollte eintreten, doch eine füllige kleine Frau mit grauer Kurzhaarfrisur stürzte sich förmlich auf ihn. Er erkannte sie als die Hausmeisterin, sie war ihm im Viertel schon mehrmals begegnet.

»Was ist denn da los bei Monsieur Moulin?«, wollte sie wissen und fasste ihn am Arm. »Die Polizei sagt einem ja nichts.« Sie warf dem jungen Beamten vor dem Eingang einen vorwurfsvollen Blick zu.

Quentin antwortete so ausweichend wie möglich.

»Man hat jemanden im Keller gefunden. Tot.«

»Oh du lieber Himmel, du lieber Himmel«, rief die Hausmeisterin halb erschrocken, halb erregt aus. »Der Herr will uns prüfen!«

»Sicher, Madame …«

»Gendreau, Martine Gendreau.«

»Natürlich. Sie haben nicht zufällig etwas Auffälliges bemerkt?«, fragte Quentin.

»Ich? Oh nein, nichts. Also ich weiß nicht … Ich glaube nicht … Ich bin ganz durcheinander. Du meine Güte, was für ein Unglück! Oh, aber ich hab's ja immer gewusst. Das musste ja so kommen. Früher oder später musste so was passieren. Das sagt schon die Heilige Schrift. Es ist gegen Sein Gesetz.

Der Herr hat die Umtriebe in diesem Etablissement schon immer verdammt. Jetzt hat Er diesen Sündenpfuhl gestraft. Wir können Seinem Zorn nicht entgehen.«

Sie brachte ihr Lamento in solcher Lautstärke hervor, dass mehrere Schaulustige sich zu ihnen umwandten. Quentin zog sie ein Stück beiseite.

»Was ist denn Ihrer Meinung nach letzte Nacht passiert?«, fragte er, um ihrem Wehklagen ein Ende zu setzen.

»Ich habe keine Ahnung. Wenn mich nicht alles täuscht, habe ich gehört, wie die letzten Gäste gegen ein Uhr nachts gegangen sind.«

Quentin nickte.

»Um halb drei war schon wieder Rabatz. Das hört ja auch nie auf. Die ganze Nacht Krach, es ist immer dasselbe. Dabei hab ich so einen leichten Schlaf. Und dann auch noch diese Hitze …«

Quentin unterbrach sie: »Und was war los?«

»Kurz nach halb drei ist Monsieur Duval nach Hause gekommen. Man hat das Tor zum Hof zuschlagen hören, und der Fahrstuhl ist in die Vierte hochgefahren. So etwa zwanzig Minuten später hab ich das Tor noch mal gehört, der Fahrstuhl ist von der Vierten wieder runter und dann in die Fünfte hoch. Monsieur Vernet, sicher mit einer Nutte. Einfach eine Schande! In seinem Alter. Dieser Kerl, kaum ist seine Frau aus dem Haus …«

»Moment mal«, fuhr Quentin dazwischen. »Woher wissen Sie, wo der Fahrstuhl gehalten hat?«

»Bei jeder Etage legt er eine kleine Feder um, das klackt dann leise. Klack, klack, klack … Man braucht nur mitzuzählen.«

»Und das machen Sie natürlich immer.«

»Das passiert ganz von allein!«, entrüstete sie sich. »Ich bin seit vierzig Jahren Hausmeisterin, junger Mann. Vierzig Jahre lang klack, klack, klack, Fahrstuhl rauf, Fahrstuhl runter, das kriegen Sie so schnell nicht wieder raus. Da kann man nichts dafür. Nein, wirklich. Auch wenn man es gar nicht hören will, auch wenn man sich die Ohren zustopft.«

Quentin bemerkte, dass sich die Gaffer vor dem Narcisse allmählich zerstreuten.

»Und dann?«

»Dann war da dieser Unfall auf der Straße, ungefähr eine Stunde später.«

»Ein Unfall?«

»Ja, ein Raser, garantiert betrunken. Hat zwei Mülltonnen umgefahren und ein Verkehrsschild aus dem Boden gerissen. Gleich hier vor dem Haus. Also der Alkohol, Monsieur …«

»Sonst noch was?«, fiel Quentin ihr ins Wort.

»Nein, das war alles. Außer, also vielleicht zwanzig Minuten später hat das Kind von Mademoiselle Jullien angefangen zu schreien, und noch mal fünf Minuten später ist der Fahrstuhl ins Erdgeschoss runtergefahren. Was glauben Sie, wie ich bei solchen Nachbarn schlafe? Und das nach einem anstrengenden Arbeitstag, ich arbeite nämlich für mein Geld, Monsieur. Post verteilen, putzen, die Mülltonnen …«

»Ist er von der Fünften runtergefahren?«, fragte Quentin rasch dazwischen.

»Wer jetzt?«

Die Hausmeisterin war gerade zu sehr damit beschäftigt, verächtlich eine Gruppe junger, leicht bekleideter Mädchen anzufunkeln, die soeben ihren Beobachtungsposten am Eingang des Cabarets aufgaben, und sie hatte den Faden verloren.

»Der Fahrstuhl«, erinnerte sie Quentin.

»Ach so, ja, von der Fünften.«

»Und danach ist er nicht noch einmal hochgefahren?«

»Nein. Begreifen Sie jetzt, in was für einer Welt wir leben?« Sie schwieg einen Augenblick und dachte über ihre eigenen Worte nach, bevor sie fortfuhr. »Dieser ganze Radau. Die ganze Gewalt. So hat Er sich das nicht vorgestellt.«

»Wer?«, fragte Quentin verwirrt.

»Na, der Herr natürlich.«

Rasch bedankte Quentin sich bei ihr und ging zum Narcisse.

Inzwischen waren die letzten Zaungäste gelangweilt abgezogen. Zwei Sanitäter trugen die verhüllte Leiche auf einer Bahre zum Krankenwagen. Quentin starrte den grauen Leichensack an und dachte erneut an das Muttermal.

Mit entschlossenen Schritten ging er dann auf den Eingang des Narcisse zu, wo jetzt ein anderer Polizist Wache schob.

»Halt! Wer sind Sie?«, fragte er.

»Lieutenant Belbasse«, antwortete Quentin mit dem gebotenen Selbstbewusstsein. »Capitaine Corsini hat mich angefordert.«

Der Hilfssheriff machte augenblicklich Platz, und Quentin betrat lächelnd das Cabaret.

»Wo sind Sie gewesen?«, blaffte Lieutenant Brossard, sobald er eingetreten war. Der Polizist saß auf einem Barhocker und trank ein Glas Mineralwasser. Unter seinen Achseln hatten sich dunkle Vollmonde aus Schweiß gebildet.

»Mein lieber Lieutenant Brossard, wir wollen es uns doch nicht miteinander verscherzen. Ich bin französischer Staatsbürger. Meine Papiere sind in Ordnung. Ich bin aus freien Stücken hier, weil ein Freund mich darum gebeten hat. Ich rate Ihnen also höflichst, mir gegenüber einen anderen Ton anzuschlagen, ich bin nämlich leicht reizbar. Es wäre doch schade, wenn unser harmonisches Verhältnis durch einen unerfreulichen Zwischenfall getrübt würde. Und der lässt sicher nicht lange auf sich warten, wenn Sie weiter so ein unschönes Benehmen an den Tag legen.«

»Ich glaube, ich lasse Sie einbuchten, wegen Behinderung der Polizeiarbeit.«

»Ich versichere Ihnen, das wäre zu Ihrem eigenen Nachteil. Ich habe die Bar nur verlassen, um Ihnen ein bisschen unter die Arme zu greifen, wo Sie doch noch so viel Polizeiarbeit im Keller zu bewältigen haben. Ich habe in der Zwischenzeit eine kleine Runde gedreht und ein paar interessante Informationen eingeholt.«

»Jetzt hören Sie mir mal gut zu, Monsieur ... Belbasse. Sie haben hier gar nichts einzuholen, verstanden? Aussagen nimmt die Polizei auf und ...«

In diesem Augenblick ertönte Corsinis Stimme. »Lassen Sie mal gut sein, Brossard.«

Der Capitaine kam soeben aus der Künstlergarderobe des Cabarets, gefolgt von Moulin.

»Bevor Sie sich näher mit dem Herrn bekannt machen, bestellen Sie mir erst mal alle Personen ein, die in der Mordnacht auf dieser Feier waren. Und Ihnen, Monsieur Belbasse, lege ich sehr ans Herz, hier nicht weiter den Schlaumeier zu spielen, wenn Sie sich keinen Ärger einhandeln wollen. Der Lieutenant wird Ihre Aussage aufnehmen, und Sie sind bitte so freundlich und machen mit. Monsieur Moulin und ich müssen uns noch unterhalten, das könnte etwas dauern, und da hätte ich gern meine Ruhe.«

»Aber ich habe Ihnen doch schon alles gesagt, was ich weiß!«, protestierte Moulin.

»Ich möchte ja auch nur ganz sichergehen. Ich wüsste zum Beispiel gern etwas mehr über diesen Diebstahl.«

Quentin runzelte die Stirn und warf Moulin einen fragenden Blick zu, aber sein Freund hatte keine Zeit, ihn aufzuklären. Corsini schob ihn bereits in Richtung Büro.

3

Als Quentin das Narcisse endlich verließ, war es bereits halb eins. Die Vernehmung durch Brossard hatte ihn angestrengt. Er lief ein Stück die Straße hoch und betrat das kleine Restaurant schräg gegenüber vom Narcisse, nur etwa fünfzig Meter entfernt, an dessen rotem Vordach über einer kleinen Terrasse ein Schild mit dem Schriftzug »Chez Charlot« hing.

Drinnen stützte Quentin die Ellenbogen auf die Theke und bestellte einen Kaffee. Der Wirt hatte ihm gerade die Tasse hingestellt, als Pierre Duval, Moulins Nachbar, der am Vorabend ebenfalls mit ihnen gefeiert hatte, das Restaurant betrat. Kaum hatte er Quentin entdeckt, steuerte er auch schon auf ihn zu.

»Ah, endlich ein vertrautes Gesicht! Bin ich froh, Sie zu sehen. Es gab einen Mord, sagt Madame Gendreau? Das ist ja schrecklich! Ich bin ganz durch den Wind.« Tatsächlich war er kreidebleich. »Weiß man schon was Genaueres?«

»Das Opfer ist unbekannt. Eine Frau. Die Polizei wird Sie sicher noch befragen wollen«, erwiderte Quentin.

»Ich stehe natürlich jederzeit zur Verfügung. Leider habe ich nicht viel beizutragen. Ich bin gestern Abend nach der Party gleich hoch in meine Wohnung und fast sofort eingeschlafen. Wir hatten ja auch ganz schön was intus, wie? In meinem Alter verträgt man das nicht mehr so gut. Und heute Morgen musste ich trotz allem wieder zur Arbeit. Der Laden öffnet um halb zehn. Wenn ich ab und zu mal ein bisschen später komme, macht das nichts, meine Mitarbeiterin ist ja auch noch da, aber ich bin der Chef, da muss man doch mit gutem Beispiel vorangehen.« Er lächelte flüchtig.

»Sie haben hier in der Nähe ein Reisebüro, nicht?« Quentin erinnerte sich vage, dass Moulin so etwas erwähnt hatte.

»Ja, nur ein paar Minuten von hier, in der Rue de La Vieuville. Ecke Rue des Martyrs. Kennen Sie die Gegend?«

»Ich bin hier im Viertel geboren«, erwiderte Quentin und rührte in seinem Kaffee.

Duval bestellte ein Bier. »Wir sind auf Studienreisen spezialisiert«, erklärte er Quentin. »Wir bieten Themenfahrten an, zu Literatur, Geschichte, Theater, so was in der Art. Italien und Griechenland zählen zu unseren beliebtesten Reisezielen. Wir organisieren auch Fahrten für Musikliebhaber. Nach Bayreuth zum Beispiel. Wenn Sie irgendwann mal Interesse an so etwas haben, kann ich Ihnen einen guten Preis machen. Ist natürlich nicht gerade Rock 'n' Roll, aber wenn man Musik mag, ist die Richtung doch egal, hab ich recht?«

Quentin nickte höflich.

»Und heute früh auf dem Weg zur Arbeit, ist Ihnen da irgendetwas aufgefallen?«

Duval trank mehrere Schlucke von seinem Bier, bevor er antwortete.

»Nein. Alles war wie immer. Und ich bin auch fast der Einzige auf der Straße gewesen. Die meisten Leute waren noch nicht auf den Beinen. Ich hab hier an der Bar einen Kaffee getrunken und bin dann ins Geschäft. Und jetzt komme ich zum Mittagessen wieder und erfahre von dieser Tragödie. Ich kann es immer noch nicht fassen. Ich werde wohl mal nach Moulin sehen müssen und ihn ein bisschen aufbauen.«

Er kramte in der Tasche seines Leinenjacketts nach Kleingeld und legte vier Euro auf die Theke.

»Das würde ihm sicher guttun«, meinte Quentin.

»Ja, der Ärmste! Wir sind doch schließlich seine Freunde, wir müssen ihm helfen, so gut wir können …« In einem Zug leerte Duval den Rest seines Biers, verabschiedete sich mit einem herzlichen Händedruck und verließ das Restaurant.

Quentin blieb sitzen, die Ellenbogen immer noch auf die Theke gestützt, und betrachtete geistesabwesend das Treiben um sich herum. Pierre Duval begegnete ihm nur gelegentlich einmal auf der Straße. Von Moulin wusste er, dass der arme Kerl seit einem Jahr Witwer war. Im Viertel erzählte man, seine Frau sei depressiv gewesen und schließlich an einer Überdosis Medikamente und Alkohol gestorben. Bis zu ihrem Tod hatte sie den von Moulin gegründeten Verein unterstützt, der sich um benachteiligte Kinder der Nachbarschaft kümmerte. Als ehemalige Sängerin hatte sie einen Chor ins Leben gerufen und selbst geleitet und außerdem Gesangsunterricht gegeben. Der Chor, dem Kinder aller Altersgruppen angehörten, war recht erfolgreich und trat in ganz Frankreich auf. Seit dem Tod seiner Frau führte Duval dieses Engagement fort. Er hatte einen neuen Dirigenten gefunden, kümmerte sich selbst um die Angelegenheiten des Chores und organisierte Konzertreisen.

Moulin seinerseits gab Selbstverteidigungskurse in der Sporthalle, die ihm gehörte, neben der Kirche am Ende der Gasse mit Portlands Werkstatt. Die Künstler aus dem Narcisse machten dort oft etwas Gymnastik. Sogar Quentin nutzte die Halle manchmal für sein Krafttraining. Dort war Duval ihm ab und an über den Weg gelaufen. Doch was das Training anging, war Quentin nicht gerade konsequent. Die häufigen Tourneen seiner Band funkten ihm bei seinen sportlichen Ambitionen regelmäßig dazwischen, und außerdem war er nicht gerade ein Fitnessfanatiker.

»Lammkoteletts für die 7«, rief Charlot in Richtung Küche. Die ersten Gäste erschienen zum Mittagessen. Lily, die Kellnerin, deckte gerade die Tische ein. Quentin beobachtete ihre sparsamen, akkuraten Gesten, die sich tagtäglich wiederholten, und hing dabei weiter seinen Gedanken nach.

Warum hatte sich die junge Frau aus Moulins Keller als Daphné ausgegeben? Wen wollte sie täuschen und warum? Hatte sie etwas stehlen wollen und war dabei überrascht worden? Doch was war in diesem Fall aus der Beute geworden, und warum hatte Moulin das Opfer im Keller gefunden und nicht oben im Cabaret?

Warum war ihre große rosa Handtasche so gut wie leer gewesen? War die Tasche eigentlich für etwas vorgesehen, etwas Großes? Und was, wenn in Wahrheit Daphné gemeint gewesen war und nicht diese Frau? Hatte der Täter die Falsche erwischt?

»Die Frau hat das Cabaret sicher von der Gasse her betreten, aber rausgekommen ist sie nicht mehr, weil sie im Keller umgebracht wurde«, murmelte Quentin halblaut und legte zwei Euro auf die Theke. Er winkte Lily und Charlot zum Abschied zu und verließ das Restaurant.

Eins war sicher: Moulin saß ganz schön in der Patsche. Seine Wohnung lag direkt über dem Narcisse, und die beiden Stockwerke waren durch eine kleine Wendeltreppe miteinander verbunden. Theoretisch konnte er in den Club hinuntergehen, ohne dass irgendjemand etwas davon mitbekam. Er hatte also kein Alibi. Es war denkbar, dass er ein Geräusch gehört hatte, die Treppe hinabgestiegen war, die Unbekannte auf frischer Tat ertappt, sie in den Keller verfolgt und dort getötet hatte. Oder dass er dem Opfer selbst die Tür zur Gasse geöffnet hatte. Aber das war unmöglich. Quentin kannte seinen Freund. Er war sich sicher: Moulin war kein Mörder.

4

Das Narcisse glich inzwischen einem Bienenstock. Zazou, Tony, Martial, Cédric und Grenadine waren herbeizitiert worden und eilig und in heller Aufregung erschienen.

Zazou, der offiziell Martin Lafosse hieß, hatte sich nicht einmal die Zeit zum Rasieren genommen. Seine gezupften Augenbrauen bildeten einen scharfen Kontrast zu den sprießenden Bartstoppeln, die bei Dunkelhaarigen immer besonders auffallen. Er war um die fünfundvierzig, recht groß und durchtrainiert, auch wenn er zu seinem ausgesprochenen Missfallen allmählich etwas Fett ansetzte. Obwohl er seine Trainingszeiten in den letzten Jahren verdoppelt hatte, gelang es ihm nicht, diese leichte Neigung zum Übergewicht in den Griff zu bekommen.

Eines von Zazous Lieblingsthemen war das Verstreichen der Zeit, und an manchen Tagen ging Quentin ihm aus dem Weg, weil es ihm schlechte Laune machte. Zazous Fixierung auf das Alter hatte sich verstärkt, seit sich sein Freund von ihm getrennt hatte, Direktor einer Handschuhfabrik bei Cahors, der sich nun wieder in Vollzeit Heim und Ehe widmete. Zazou litt schrecklich unter dem Scheitern dieser Beziehung. Trotz diverser Affären versank er immer tiefer in Einsamkeit, die bloß das Narcisse noch lindern konnte.

Mit überkreuzten Beinen saß er an einem kleinen Tisch bei der Bühne, zog nervös an seiner Zigarette und unterhielt sich mit Moulin und Grenadine.

Grenadine hatte die Beine nah an den Körper gezogen, was ihm etwas Kindliches verlieh. Er war noch jung, keine fünfundzwanzig. Ein feingliedriger Blondschopf, der sich allabendlich mühelos in Madonna, Céline Dion oder Mylène Farmer verwandelte. Sein einziger Makel war seine starke Kurzsichtigkeit, die ihn dazu zwang, sich beständig mit Kontaktlinsen herumzuschlagen. Eine Brille trug er selten, weil das seine jugendlich blühende Schönheit beeinträchtigt hätte. Doch heute hatte er für die Linsen keine Zeit gehabt und hätte sie im Moment auch gar nicht vertragen, denn seine geröteten und geschwollenen Augen ließen darauf schließen, dass er vor Quentins Ankunft bereits unzählige Tränen vergossen hatte. In Wirklichkeit hieß er Kevin Gaillot, aber all seine Freunde kannten ihn bloß unter seinem Künstlernamen Grenadine. Er streifte schon seit seinem vierzehnten Lebensjahr durch das Viertel und war an seinem achtzehnten Geburtstag zur Dragqueen geworden.

Cédric, ein Typ um die dreißig, trug ein eng anliegendes Shirt, das seine Armmuskeln zur Geltung brachte. Er verschwand kurz in der Künstlergarderobe, kam jedoch gleich darauf wieder zurück, zündete sich eine Zigarette an und tigerte dann unablässig um Martial herum, der vor der Bühne mit Nadine sprach. Der rote, mit Pailletten besetzte Bühnenvorhang war geschlossen. Martial hatte einst am Beginn einer vielversprechenden Karriere als Tänzer gestanden, doch dann ruinierte ein übler Sturz ihm das Knie. Moulin hatte ihn daraufhin als Choreographen und Regisseur eingestellt. Jetzt schaute Martial immer wieder nervös auf seine Uhr. Und Cédrics Starren wurde von Minute zu Minute bohrender.

Als Nächstes richtete sich Quentins Aufmerksamkeit auf Tony, den gutaussehenden Barkeeper, dem man ansah, dass es ihn aus Südfrankreich nach Paris verschlagen hatte. Er kam gerade von den Toiletten und ging auf den Ausgang zu.

»Ciao allerseits«, rief er in die Runde. Als Einziger wirkte er von der schaurigen Entdeckung völlig ungerührt.

Als er an Quentin vorbeikam, deutete er ein Lächeln an und wandte rasch den Blick ab. Die beiden Männer kannten einander nur flüchtig, die Chemie stimmte nicht zwischen ihnen. Tony strahlte eine Unruhe aus, die Quentin unangenehm war. Wie Moulin war Tony nicht homosexuell, aber von einer festen Freundin war Quentin nichts bekannt.

»Du hast es ja ganz schön eilig«, entfuhr es Quentin.

»Was soll ich hier denn noch? Die Bullen haben meine Aussage aufgenommen. Ich hab noch was anderes zu tun. Salut.«

Quentin hielt ihn nicht zurück, weil in diesem Augenblick Cédric der Kragen platzte.

»Kannst du mal bitte aufhören, dauernd auf deine Uhr zu gucken? Du machst uns alle verrückt! Sie kommt schon wieder, deine Zuckerpuppe«, schrie er Martial an.

»Daphné ist nicht meine Zuckerpuppe, Cédric. Das weißt du ganz genau, das Thema hatten wir schon. Aber findest du es nicht komisch, dass die Polizei sie so lange festhält? Das dauert jetzt schon zwei Stunden.«

»Sie haben sie mit zum Quai des Orfèvres genommen, um sie auf dem Präsidium zu verhören«, erklärte Nadine Quentin.

Cédric schäumte weiter: »Kein Wunder, sie lügt ja auch, sobald sie den Mund aufmacht. Die werden in zwei Monaten noch nicht rausgefunden haben, was an ihren Aussagen wahr und was gelogen ist. In der Haut der Polizisten will ich echt nicht stecken.«

»Mensch, Cédric, hast du überhaupt kapiert, was hier los ist?«, regte sich nun auch Martial auf. »Jemand hat vielleicht versucht, Daphné umzubringen, und du ziehst hier deine Eifersuchtsnummer ab. Das ist doch irre.«

»Vielleicht hat sie ja auch selbst die andere umgebracht.«

»Und wozu? Für einen Identitätsraub? Daphné hat doch gesagt, dass sie das Opfer nicht kannte.«

»Pfff«, machte Cédric voll Verachtung. »Ist doch alles Quatsch. Ich hau ab. Bleib du ruhig hier, wenn's dich glücklich macht.«

Als er auf dem Weg aus der Bar an Quentin und Nadine vorbeirauschte, würdigte er sie keines Blickes.

»Konnte denn niemand die Frau identifizieren?«, fragte Quentin Nadine.

»Die Polizei hat überall Fotos von ihr rumgezeigt, aber keiner kennt das Mädchen, nur Grenadine hat sie offenbar gestern Nacht gesehen.«

»Ach ja?«, sagte Quentin und wandte sich an den jungen Travestiekünstler. »Du hast die Frau schon mal getroffen?«

»Das wäre zu viel gesagt. Ich hab sie von weitem gesehen. Zuerst habe ich sie für Daphné gehalten und mich gewundert, weil ich dachte, Daphné wäre bereits gegangen. Sie war ja schon weg, als wir uns noch vor dem Narcisse festgequatscht haben. Ich hatte gesehen, wie Daphné die Straße hochgelaufen und an der Kreuzung zur Rue Germain Pilon verschwunden ist. Dann habe ich zufällig einen Freund getroffen und mich noch ein bisschen mit ihm unterhalten.

»Wie lange ungefähr?«

»Keine Ahnung. Vielleicht eine halbe Stunde oder etwas länger. Von da, wo ich stand, konnte ich die Kirche und das obere Ende der Treppe sehen, die zur Gasse führt. Weißt du, wo ich meine?«

»Ja.«

»Okay, und ein paar Minuten, bevor ich mich von Anada verabschiedet habe –«

»Anada?«

»So heißt mein Kumpel. Er ist Kellner im Phuket, einem Thai-Restaurant. Also, ein paar Minuten davor hab ich Daphné dann noch mal bei der Kirche gesehen. Das kam mir seltsam vor. Aber jetzt, wo ich weiß, dass sich das Opfer als Daphné verkleidet hatte, ist mir alles klar. Das war gar nicht Daphné, sondern diese andere Frau.«

Quentin nickte. »Da war es also schon nach drei?«

»Viertel nach drei, zwanzig nach, so um den Dreh.«

»Wo ist sie hingegangen?«

»In die Gasse.«

»Du hast ganz schön lange mit deinem Freund auf der Straße rumgestanden«, bemerkte Quentin. Grenadine wurde rot. »Ist dir sonst noch was aufgefallen?«

»Nein, nichts.«

Quentin schüttelte zerstreut den Kopf. Grenadines Aussage irritierte ihn, weil sie der von David Portland widersprach. »Seltsam. Als der Instrumentenbauer dreimal die Tür gehört haben will, war es früher.«

Moulin stand auf. »Komm mal mit, ich muss mit dir reden.« Er zog Quentin in sein Büro und schloss die Tür hinter ihnen.

»Die Typen von der Spurensicherung sind unten und drehen jedes Steinchen einzeln um. Die haben in einer Tasche der Toten einen nachgemachten Schlüssel für die Tür zur Gasse gefunden.«

»Einen Schlüssel?«

»Ja, ich habe sie sagen hören, dass er erst kürzlich angefertigt wurde. Er hat keinerlei Gebrauchsspuren.«

Quentin überlegte und zündete sich eine Zigarette an. »Das gefällt mir alles ganz und gar nicht. Ich glaube, ich werde da selbst mal ein bisschen nachforschen.«

5

»Na, Moulin, du hast eine Leiche im Keller, wie man hört?«, rief Charlot, sobald die zwei Freunde sein Restaurant betreten hatten. »Ist ja allerhand!«

»Sei still, Charlot, du bist wirklich herzlos«, meinte Lily empört. »Das arme Mädchen.«

»Ach, weißt du, arme Mädchen hab ich hier in der Gegend schon viele gesehen. Das war hier sogar lange Zeit das Stammviertel der armen Mädchen.«

»Vielleicht, aber sicher nicht das der toten Mädchen.«

»Doch, doch, manche waren schon bretthart. Ich bin schließlich schon etwas älter als du.«

»Gibt's noch was zu essen?«, fragte Moulin, der Charlots Provokationen gewohnt war.

»Da findet er ein ausgekühltes Fräulein in seinem Untergeschoss und kriegt sofort Hunger.«

»Das Leben geht weiter«, sinnierte Lily und räumte einen kleinen Tisch für sie frei.

»Steak frites und ein Roter, in Ordnung?«

»Nicht gerade originell, aber unter den gegebenen Umständen wollen wir mal nicht wählerisch sein«, erwiderte Moulin. »Und wo wir schon so nett von dir empfangen werden …«

»Ach, Gastfreundschaft liegt mir einfach«, meinte Charlot und wandte sich einem anderen Tisch zu, um dort abzukassieren.

»Einen Moment noch«, hielt Quentin ihn zurück. »Um wie viel Uhr machen Sie hier zu?«

»Um zwei, ganz nach Vorschrift.«

»Und Sie haben gestern Abend nichts Auffälliges bemerkt?«

»Nein. David, dieser Engländer, ist gegen neun Uhr zum Essen vorbeigekommen. Er hat gemeint, er will danach noch weiterarbeiten, aber so voll, wie der hier rausgegangen ist, bezweifle ich das.«

»Voll?«

»Ja, das kommt bei ihm schon mal vor. Da ist er hier im Viertel wirklich nicht der Einzige. Aber das Problem mit ihm ist, dass ihm Alkohol nicht bekommt. Er wird aggressiv davon. Einmal hat er sich mit einem Typen an der Bar angelegt. Ich konnte ihn zum Glück wieder beruhigen, aber so was verschreckt mir die Gäste.«

»Wann ist er wieder gegangen?«

»Gegen elf. So ungefähr weiß ich das noch, weil es im Moment ziemlich ruhig ist. Die meisten Nachbarn sind im Urlaub. Hier sind nur noch Touristen unterwegs. Und ein paar gestrafte Familienväter, wie der Typ von gegenüber. Wie heißt der noch gleich? Ist ein Nachbar von dir, Moulin. So ein alter Schönling, ein bisschen wie du, aber mit dunkleren Haaren und nicht ganz so ordinär ...«

Moulin kannte Charlots Sprüche und schwieg.

»Vernet! Marc Vernet. So heißt er, jetzt fällt's mir wieder ein. Seine Frau macht Urlaub am Meer, und er ackert weiter. Aber das hat ja auch seine Vorteile.«

Quentin runzelte fragend die Stirn. »Wie meinen Sie das?«

Charlot beugte sich zu seinen beiden Gästen hinab und senkte die Stimme. »Das bleibt aber unter uns. Unter Männern ...«

»Natürlich«, versicherte Quentin.

»Na gut: Er ist abends mal sehr spät nach Hause gekommen, und er war nicht allein.«

»Ist ja allerhand«, spöttelte Moulin.

»Verstehe. Wann war das?«, fragte Quentin weiter.

»Vor knapp einer Woche.«

»Und seither?«

»Was weiß ich.«

»Und sonst?«

»Nichts sonst. Die Familie aus dem dritten Stock ist letztens mit einem Haufen Gepäck aus dem Urlaub zurückgekommen. War nicht zu übersehen. Ansonsten ist hier alles ruhig.«

»Schließen Sie selbst jeden Abend das Restaurant?«, wollte Quentin wissen.

»Ja, meine Frau macht morgens auf. Ich löse sie dann später ab. So kommen wir einigermaßen zurecht.«

»Dann sehen Sie sich ja nicht gerade häufig.«

»Das scheint das Geheimnis einer funktionierenden Ehe zu sein. Für gewisse Nebensächlichkeiten finden wir aber schon noch Zeit«, meinte Charlot augenzwinkernd. Dann ging er zu einem anderen Gast hinüber, der ihn herangewinkt hatte.

Lily brachte ihnen zwei üppig beladene Teller.

»Sag mal, kann man Corsini denn trauen?«, fragte Quentin Moulin.

Der musterte seinen Freund einen Augenblick. »Er versteht sein Handwerk.«

»Woher kennt ihr euch eigentlich?«, fragte Quentin zwischen zwei Bissen.

»Wir sind uns schon vor langer Zeit begegnet. Er war ein junger Polizist, ein Inspektor, wie man damals sagte, und ich war noch Catcher. Wir hatten beide eine Schwäche für dieselbe Frau, Nadine. Dementsprechend hat es zwischen uns natürlich ein bisschen geknirscht. Und dass ich den Sieg davongetragen habe, hat ihm nicht gefallen. Aber das ist lange her. Ein alter Hut. Das tragen wir uns nicht nach.«

»Das hoffe ich für dich. Du hast schließlich kein Alibi, weil man aus deiner Wohnung direkt über die Innentreppe in die Bar kommt. Es sei denn, eine aparte Schönheit hätte dich in deinen Gemächern erwartet. Oder du wärst noch mal rausgegangen. Das kann man natürlich nicht wissen.«

»Nein, natürlich kann man das nicht wissen. Das kann niemand, nicht mal ich selbst. Ich bin ein mondsüchtiger Werwolf. In Vollmondnächten wachsen mir ein Pelz und Fangzähne, ich gehe raus, um ein paar Frauen die Kehle aufzuschlitzen und nehme sie dann mit zu mir nach Hause, um sie in meinem Keller zu verscharren.«

»Jetzt reg dich doch nicht so auf, ich überlege ja nur«, unterbrach Quentin ihn belustigt.

»Ich habe kein Alibi. Ich habe nichts gehört. Ich hatte eine Schlaftablette geschluckt. Das Opfer hatte einen nachgemachten Schlüssel. Sie muss von der Gasse her reingekommen sein. Der Mörder auch. Dann ist er wieder raus, sie nicht. Vielleicht hat Portland ja was gesehen.«

»Er sagt, dass er dreimal die Tür gehört hat, und außerdem Schritte, aber seine Zeitangaben passen nicht zu dem, was Grenadine uns erzählt hat. Er hat das Opfer erst ungefähr eine Viertelstunde später die Gasse betreten sehen.«

»Wenn Portland betrunken war, wirft er da vielleicht was durcheinander.«

»Vielleicht«, räumte Quentin ein.

»Jedenfalls ist das alles andere als gut. Wenn die Tür nämlich wirklich dreimal gegangen ist, heißt das, dass noch jemand anderes, jemand mit einem Schlüssel, die Bar betreten hat, und dass es jemand aus meinem Team war, der dem Opfer gefolgt ist.«

»Wenigstens würde dich das entlasten.«

»Wenn es einer von uns war, würde mich das trotzdem nicht freuen.«

Quentin nickte. »Und es wurde Geld gestohlen, hast du gesagt?«

»Ja, heute Morgen haben tausendzweihundert Euro aus der Kasse gefehlt.«

»Die man nicht beim Opfer gefunden hat.«

»Offenbar nicht, nein.«

»Ist es das erste Mal, dass etwas weggekommen ist?«

»Darauf kannst du Gift nehmen. Sonst hätte ich längst alles weggeschlossen. Aber ich hab meinen Leuten vertraut. Ich kenn doch die Jungs, verstehst du? Die mögen mich, und irgendwie brauchen sie mich ja auch. Es gibt nicht unendlich viele Cabarets, die Travestiekünstler beschäftigen. Warum sollten sie mich also beklauen?«

»Diese Frau muss allerdings den Schlüssel von jemandem gehabt haben, um ihn nachmachen zu lassen.«

»Ich hab keine Ahnung, wie sie da rangekommen ist. Aber gut, es ist keine besonders gewissenhafte Truppe. Erst vor ein paar Tagen hat Daphné ihren Schlüssel verlegt, dann aber wiedergefunden. Ein paar von meinen Leuten sind – wie soll ich sagen – ein bisschen schusselig.«

Jemand klopfte an die Fensterscheibe. Es war Nadine, die ihnen aufgeregt Zeichen gab. Sie standen auf.

6

Daphné war eine dunkelhaarige Frau um die dreißig, die die Verführungskunst zu ihrem Lebenszweck erkoren hatte. Sie hatte fast den Körper einer Tänzerin, war jedoch einen Hauch zu üppig. Ihre mandelförmigen Augen von sehr hellem Braun und der fein konturierte Mund hätten jede Rivalin vor Neid erblassen lassen.

Ihre Varieté-Nummer als Marlene Dietrich war geradezu verstörend gut. Mit ihrer von Natur aus tiefen Stimme verströmte sie die gleiche vielschichtige Sinnlichkeit wie ihr Vorbild.

Am Vorabend hatte sie Quentin bezirzt, sehr zum Missfallen von Pierre Duval, der von der jungen Frau trotz seiner über sechzig Jahre ausgesprochen fasziniert schien. Auch Martial hatte nicht gerade glücklich gewirkt. Er hatte einige anzügliche Bemerkungen fallen lassen. Was Quentin aber letztlich bremste, war nicht die Eifersucht der zwei anderen Männer – die war ihm herzlich egal –, sondern die Tatsache, dass Daphné die Situation sichtlich zu genießen schien. Bei Frauen wie ihr war Chaos vorprogrammiert. Da ging er lieber allein nach Hause.

Allerdings hatte die Daphné, die jetzt im hinteren Teil des Saals auf einer Bank hockte, mit der Verführerin von gestern Abend nicht mehr viel zu tun. Heute trug sie ein verwaschenes T-Shirt und eine blasslila Hose. Ihre Haare lagen wirr in alle Richtungen, und sie hatte dunkle Ringe unter den Augen. Ihr bleicher Teint wurde durch Spiegel und Beleuchtung unvorteilhaft hervorgehoben.

Nadine hatte ihr tröstend einen Arm um die Schulter gelegt. Daphné hob ein wenig den Kopf, als Moulin und Quentin auf sie zukamen.

»Daphné, würdest du Quentin bitte ein paar Fragen beantworten?«

»Die Bullen haben mich zweieinhalb Stunden in die Mangel genommen, ich hab echt keinen Bock mehr, irgendwem was zu erzählen.«

»Das kann ich verstehen. Aber es ist für uns alle wichtig.«

Daphné nickte schwach.

»Kommt mit zu mir hoch, da habt ihr eure Ruhe«, schlug Moulin vor. »Auch für den Fall, dass unsere berufsmäßigen Schnüffler wieder hier auflaufen.«

Daphné seufzte. »Also gut, gehen wir. Ich will das so schnell wie möglich hinter mich bringen.«

Am oberen Ende der engen Wendeltreppe zog Quentin die Wohnungstür auf und ließ Daphné in Moulins vier Wände eintreten, die er bereits kannte, solange er denken konnte. Als Kind war er oft mit Nadine hergekommen, die damals mit Moulin zusammen gewesen war. Soweit Quentin wusste, hatten die beiden einige Jahre lang zusammengewohnt und waren selbst nach ihrer Trennung gute Freunde geblieben. Einmal hatte Nadine angedeutet, dass sie sich vergeblich ein Kind gewünscht hätten. An dieser Enttäuschung war die Beziehung in die Brüche gegangen.

Es fiel allerdings schwer, sich Moulin in der Rolle des liebenden und treusorgenden Ehemanns und Vaters vorzustellen.

Das war sicher nicht seine Berufung. Er liebte die Frauen leidenschaftlich, und trotz seiner fünfundsechzig Jahre hatte er keinerlei Schwierigkeiten, alle rumzukriegen, die er haben wollte. Mit seinem kahlgeschorenen Schädel, den tiefblauen Augen und dem gepflegten Äußeren war er noch immer ein gutaussehender Mann. Er trug grundsätzlich maßgeschneiderte Hemden in leuchtenden Farben, deren Ärmel er hochkrempelte, und dazu perfekt geschnittene Anzughosen mit Bügelfalte. Doch an seiner Männlichkeit kam trotz des adretten Erscheinungsbildes nicht der Hauch eines Zweifels auf. Er brauchte einer Frau bloß in die Augen zu sehen, schon hatte er sie überzeugt. Von einem solchen Sex-Appeal konnten andere Männer nur träumen.

Zudem war er ein guter Freund und äußerst zuvorkommend, was den Gentleman alter Schule verriet. Kaum verwunderlich also, dass die Frauen, und auch einige Männer seines Umfelds, ihm zu Füßen lagen. Falls sie in ihn verliebt waren, wagten sie es nicht zu zeigen. Wenn Moulin eine Nacht oder auch mehrere mit einer Frau verbrachte, tat er das sehr diskret und hielt sie abseits der kleinen Welt des Cabarets, in der er den Großteil seiner Zeit verbrachte. Denn von der Place de Clichy bis zur Goutte d'Or kannte ihn jeder.

Seine Popularität verdankte er jedoch vor allem seinem sozialen Engagement im Viertel. Schon in jungen Jahren hatten seine politischen Überzeugungen ihn dazu bewegt, an der Seite der Benachteiligten und Außenseiter zu kämpfen. Er hatte sich für Menschen in prekären Wohnverhältnissen eingesetzt, sich der Vertreibung der Prostituierten entgegengestellt und war für die Resozialisierung ehemaliger Sträflinge eingetreten. Mehr als einmal hatte er sich für gerade erst aus der Haft entlassene Männer verbürgt und ihnen eine Anstellung gegeben. Niemals enttäuschte er ihr Vertrauen, obwohl sie ihm seine

Aufgabe nicht immer leicht machten. Doch er betrachtete alles, was man ihm erzählte, als eine Art Berufsgeheimnis und war ohnehin nicht von der gesprächigen Sorte. Er war in einer Welt großgeworden, in der Geschwätzigkeit einen teuer zu stehen kommen konnte.

In seiner schlicht eingerichteten Wohnung hingen ein paar Fotos und Plakate von Catch-Wettkämpfen an den Wänden, aber davon abgesehen war für Nostalgie kein Platz. Moulins Leben war ganz auf die Gegenwart ausgerichtet.

Die drei Zimmer, in dunklen Farben gehalten, bildeten eine Insel der Ruhe inmitten der Hektik Montmartres mit all seinem Glamour, seinen schrillen Paradiesvögeln und staunenden Touristen.

Als Junge hatte Quentin Moulins Wohnung als friedlichen Zufluchtsort empfunden. Ein winziges Fleckchen im Universum, wo andere Gesetze galten als jene missgelaunter Schulleiter und spießiger Lehrerinnen. Das Wissen darum, dass ein solcher Ort existierte, immer da war, und dass er ihn aufsuchen konnte, wann immer er wollte, war an sich schon ein Trost. Anders als seine Mutter waren Moulin und Nadine stets für ihn da gewesen. Sie waren keine flüchtigen Meteore, sondern Fixsterne.

Quentin lächelte Daphné zu und bot ihr einen Platz auf dem großen, roten weich gepolsterten Ecksofa an, das den größten Teil des Wohnzimmers einnahm.

Er fühlte sich nicht sonderlich wohl in Gegenwart dieser jungen Frau, die ihm vor nicht einmal vierundzwanzig Stunden noch Avancen gemacht hatte und von der er sich nun neue Erkenntnisse erhoffte. Um sich den Anschein von Gelassenheit zu geben, zündete er sich eine Zigarette an und hielt auch Daphné das Päckchen hin, die dankend annahm. Für eine Weile rauchten sie schweigend.

Dann gab Quentin sich einen Ruck.

»Hat die Polizei dir die Bilder des Opfers gezeigt?«

Daphné nickte. »Ja, ich kenne die Frau nicht.«

»Hast du überhaupt keine Idee, wer sie sein könnte?«

»Nein. Ich kann mir allerdings auch keine Gesichter merken.«

So wie alle Egozentriker, dachte Quentin bei sich. »Hmm. Also hast du keine Erklärung, warum diese Frau so aussehen wollte wie du?«

»Ich hab mir gedacht, dass sie vielleicht etwas stehlen und mir die Sache in die Schuhe schieben wollte, für den Fall, dass sie erwischt wird. Anders kann ich mir das alles nicht erklären.«

»Klingt mit Abstand am plausibelsten«, stimmte Quentin ihr nachdenklich zu. »Aber sie muss dich schon sehr gut gekannt haben, um so überzeugend in diese Rolle zu schlüpfen.«

Daphné zuckte die Schultern. »Das sagt die Polizei auch. Die finden das verdächtig. Sie glauben, dass wir irgendwas zusammen ausgeheckt haben und die Sache dann nach hinten losgegangen ist. Aber das stimmt nicht, ich kenne diese Frau nicht.«

Quentin nickte, obwohl er starke Zweifel daran hatte. »Moulin hat mir erzählt, dass du ein paar Tage vor dem Mord deine Schlüssel verlegt hattest.«

»Ja, aber ich hab sie noch am selben Abend wiedergefunden, während der Vorstellung, neben der Tür zur Künstlergarderobe. Ich muss sie wohl fallen gelassen haben.«

»Wann war das?«

»Ungefähr vor einer Woche.«

»Wann genau?«

»Das weiß ich nicht mehr.«

»Und gestern Abend? Bist du da gleich nach der Party nach Hause?«

»Ja.«

»Allein?«, fragte Quentin leicht verlegen.

»Ja.«

»Wohnst du weit von hier?«

»Nein, nur ein Stück weiter den Hügel hoch. Etwa eine Viertelstunde zu Fuß. In einer Einzimmerwohnung mit Blick auf Sacré-Cœur.«

»Du bist also nach Hause gegangen und auch dort geblieben?«

»Ja, ich war total fertig. Ich bin sofort ins Bett.«

»Wie bist du eigentlich im Narcisse gelandet? Also ich meine: Eine Frau, die sich als Mann ausgibt, der sich als Frau verkleidet, das ist schon etwas verquer.«

»Ich brauchte Arbeit.«

»Das ist alles?«

Sie seufzte. »Ich war zwei Monate vorher aus meiner alten Wohnung rausgeflogen. Bei einem Tanzkurs hab ich Martial getroffen. Wir kannten uns von früher. Als wir noch sehr jung waren, sind wir eine Zeit lang zusammen gewesen, aber dann haben wir uns aus den Augen verloren. Wir haben uns auf einen Kaffee getroffen. Ich hab ihm von meinen Problemen erzählt, und er hat mich Moulin vorgestellt.«

»Und der hat dich einfach so engagiert?«

»Er hat gemerkt, dass ich für eine Frau eine ziemlich tiefe Stimme habe und gut tanze.«

»Na gut, aber das ist ja nicht gerade ein normaler Job. Du hättest doch sicher was anderes finden können. Hast du keine Ausbildung?«

»Ich bin Schauspielerin«, erwiderte sie beleidigt. »In meiner

Branche findet man nicht so schnell was. Castings sind zeitaufwendig, und ich brauchte dringend Geld.«

Quentin war nicht überzeugt. Er musterte Daphné. »Wie läuft es denn mit den anderen im Narcisse?«

Sie nahm einen tiefen Zug von ihrer Zigarette, bevor sie antwortete. »Ganz gut. Aber die Mädels waren nicht darauf eingestellt, dass meine Nummer so erfolgreich sein würde. Da gab es natürlich Neid, aber Moulin hat die Wogen schnell wieder geglättet. Das ist noch ein echter Kerl. Nur mit Cédric –«

Quentin fiel ihr ins Wort: »Cédric?«

»Das ist ein totaler Spinner. Völlig hysterisch. Er hat mal einen Kunden mit einer Gabel angegriffen, weil der sein Schätzchen angegraben hat. Krankhaft eifersüchtig. Er hat Angst, dass ich ihm Martial ausspanne.« Sie setzte sich etwas aufrechter hin und lächelte Quentin vielsagend zu.

»Und ist die Angst berechtigt?«

Sie hob die Brauen und stieß eine lange Rauchwolke aus, um ihrer Gereiztheit Ausdruck zu verleihen. »Natürlich nicht. Martial und ich sind nur gute Freunde, mehr nicht.«

Quentin ließ das nun folgende Schweigen eine Weile auf sie wirken.

»Warum ist das überhaupt so wichtig?«, rief Daphné schließlich genervt aus.

»Ob es dir gefällt oder nicht, du bist unmittelbar in einen Mordfall verstrickt. Das Opfer hat versucht, so auszusehen wie du. Es könnte sein, dass der Täter es eigentlich auf dich abgesehen hatte und dass er es noch einmal versucht, wenn er seinen Irrtum bemerkt. Es wäre also wirklich klüger von dir, mit den Leuten, die den Mörder fassen wollen, nicht Katz und Maus zu spielen! Oder anders gesagt: Die Wahrheit könnte dir das Leben retten.«

Daphné drückte nervös ihre Zigarette aus.

»Wir haben ein- oder zweimal miteinander geschlafen. Wir waren betrunken. Nenn es meinetwegen Wiedersehensfreude. Aber das ist nichts Ernstes.«

»Weiß Cédric davon?«

»Ich glaube schon. Wir haben nie darüber gesprochen, aber er ist so dermaßen eifersüchtig. Ein totaler Spinner, aber wirklich.«

»Gut. Na siehst du, das ist doch schon mal was.«

»Aber sonst habe ich dir wirklich alles gesagt«, beteuerte Daphné und warf ihm einen besonders aufrichtigen Blick zu.

Quentins Handy klingelte.

»Moment, bitte«, sagte er und ging ran. »Ja?«

»Wo treibst du dich herum, verdammt noch mal?«, schrie der Anrufer gegen eine sehr laute Geräuschkulisse an. »Wir warten schon seit einer halben Stunde mit dem Soundcheck auf dich!«

»Scheiße!«

»Allerdings. Beeil dich mal ein bisschen. Wir spielen nämlich heute Abend. Oder hast du das etwa vergessen?«

Quentin zog es vor, diese Frage nicht näher zu erörtern. »Ich komme.«

Er legte auf, schnellte vom Sofa hoch und verabschiedete sich eilig von Daphné, die ihn verwirrt ansah.

»Wir reden morgen weiter.«

Bevor sie irgendetwas erwidern konnte, war er bereits die Treppe hinuntergestürmt.

Das Élysée Montmartre lag nur wenige Gehminuten vom Narcisse entfernt, aber Quentin musste erst noch bei sich zu Hause vorbei und seine Gitarre holen.

Er hatte ein Konzert vergessen! Das war ihm in zehn Jahren noch kein einziges Mal passiert.

7

»Heute noch so stolz, so schön in ihren kurzen Sommerkleidchen, und morgen schon verwest. So schnell kann's gehen. Oh, so schnell. Das kann man sich gar nicht vorstellen. Besonders in dieser Jahreszeit. Hast du eine Ahnung, wie bald die Fliegen kommen, die Maden und die Ratten? Um sich ihr Stück vom Kuchen zu holen?«

Die Frage hallte schwach in dem kleinen Laden nach, dessen Wände mit vergilbten Plakaten und Porträtfotografien in Schwarz-Weiß bedeckt waren. Der gräuliche Teppich, der wuchtige, abgewetzte blaue Cordsessel und der schwere Vorhang, der den Durchgang ins Hinterzimmer verbarg, dämpften jeden Laut. Eine Antwort auf die im Raum stehende Frage blieb aus. Der alte Mann im Wollpullover, der trotz der Hitze mit einer Decke über den Knien hinter seinem Schreibtisch saß, räusperte sich. Während er weitersprach, prüfte er durch eine Lupe ein paar Negative aufmerksam auf Fehler.

»Nicht mal vierundzwanzig Stunden«, rief er triumphierend aus. »Der Gestank wird unerträglich. Das ist das Schlimmste, dieser Geruch. An den Geruch erinnert man sich am längsten. Er hängt in der Luft, setzt sich in den Kleidern fest, und sogar auf der Haut. Man kann sich noch so oft mit Seife und heißem Wasser abschrubben, man wird ihn nicht mehr los. Er dringt bis in die Erinnerung ein. Dieser Leichengestank. Würdest du davon essen?«

Auch diese grauenvolle Frage blieb unbeantwortet.

»Dazu äußerst du dich lieber nicht, was?«, fuhr der Alte nach einer Weile fort. »Ich wäre mir da aber nicht so sicher. Machen Katzen einen Unterschied zwischen Mäusen und Menschen?« Aus seiner Kehle stieg ein kurzes, heiseres Lachen auf. »Du zierst dich, als ob dich das schockieren würde. Aber untersucht hat das sicher noch niemand. Weil ihr so unglaublich niedlich seid und alle Kinder euch lieben und weil euer Fell so schön samtig ist. Aber in Wahrheit seid ihr Raubtiere in Miniaturform. Sozusagen die Bonsais unter den Raubkatzen.«

Erneut wurde sein Körper von kurzem Gelächter geschüttelt.

»Im Keller ist es natürlich etwas kühler. Die Kälte verlangsamt den Verwesungsprozess. Wenn es bei mir mal so weit ist, dann gibst du den Nachbarn Bescheid, nicht wahr, Tigresse? Sonst musst du mit dem Gestank leben. Auffressen wirst du mich ja wohl nicht, oder? Aber hör zu, im Grunde macht das gar nichts. Das ist der Lauf der Dinge. Am Ende wird man immer von denen verzehrt, die einem am nächsten sind.«

Mühsam stand der alte Mann auf und ging mit unsicheren Schritten zum Schaufenster. Er schob die Lamellen einer der Jalousien beiseite, die einmal cremefarben gewesen sein mussten, sich inzwischen aber bräunlich verfärbt hatten und von den Ausscheidungen unzähliger Fliegengenerationen starrten. Mit einem liebevollen Klaps aufs Hinterteil verscheuchte er die Katze, die es sich zwischen den Schwarz-Weiß-Postkarten, größtenteils mit Ansichten des alten Montmartre, und den von einer feinen Staubschicht überzogenen Parfumfläschchen bequem gemacht hatte. Tigresse hielt noch einen Augenblick stand, dann gab sie sich geschlagen. Sie öffnete langsam die Augen, faltete die Pfoten auseinander, stand auf, reckte sich und sprang mit einem eleganten Satz zu Boden.

»Neugier ist ein schlimmes Laster. Das sage ich dir ja immer«, brummte der Alte. »Und außerdem mag ich es nicht, wenn du zu viel Aufsehen erregst. Je weniger sie von uns wissen, desto besser. Na komm, jetzt kriegst du deine Pastete. Es ist Essenszeit.«

Er schlurfte in den hinteren Teil des Ladens, und die Katze folgte ihm mit einigem Abstand, als ginge sie das alles überhaupt nichts an, dabei handelte es sich für sie um den wichtigsten Moment des Tages. Die Kunst der Täuschung, die der alte Mann so sehr rühmte und deren Beherrschung er lange hatte einüben müssen, lag ihr im Blut und kostete sie nicht die leiseste Anstrengung.

»Heute Morgen haben sie versucht, mir jeden Wurm einzeln aus der Nase zu ziehen, wenn ich das so sagen darf. Sie haben mir ihre schlechten Aufnahmen gezeigt. Kennen Sie diese Frau? Haben Sie sie schon mal gesehen? Wann machen Sie abends Ihr Geschäft zu? Und so weiter und so fort.«

Er schob sich zwischen den zwei Bahnen des schweren Samtvorhangs hindurch und betrat ein kleines Hinterzimmer, das ebenso schmuddelig war wie das Geschäft und in dem sich eine winzige Kochnische befand. Aus einer ansonsten leeren Plastiktüte zog er eine Dose Katzenfutter hervor.

»›Warum nehmen Sie nicht gleich mehrere Dosen auf einmal, Monsieur Caillebotte‹, hat Mustafa mich heute gefragt. ›Das wäre doch so viel praktischer.‹« Der alte Mann zog an dem Metallring, um die Dose zu öffnen. Der Ring brach ab, und er schnitt sich in den Finger. Er steckte ihn sich in den Mund und saugte daran. »So ein Mist!«

Dann öffnete er die Schublade des kleinen Küchenschranks, die ein Sammelsurium verschiedenster Gegenstände enthielt, und zog eine Packung Pflaster hervor. Er klebte eines auf die

Wunde, nahm einen Dosenöffner zu Hilfe und öffnete das Katzenfutter auf die altmodische Art.

»Als müsste man mir erklären, was praktisch ist und was nicht. Ich habe ihm nicht geantwortet. Eigentlich antworte ich ja nie. Die halten mich alle für einen alten Trottel. Aber du weißt ja, Tigresse: ›Verrückt wird nicht, wer will.‹ Wer hat das noch gleich gesagt? Vielleicht Lacan. Ich bin mir nicht sicher. Muss ich nachschlagen, das nervt mich, wenn ich so was nicht mehr weiß. Die interessanten Dinge vergisst man, und den Rest behält man. Ekelhaft!«

Er hatte die Konserve geöffnet, ging in die Hocke und ließ die Katze daran schnuppern, bevor er das Futter auf einen kleinen Teller stürzte.

»Da ist man doch besser dement. Das wäre wirklich mal eine praktische Sache: so richtig gaga zu sein.«

8

Ein schrilles, anhaltendes Klingeln ließ Quentin beinahe das Trommelfell platzen. Er setzte sich abrupt im Bett auf und sah auf die Uhr: halb zehn. Wer konnte bloß um diese Zeit und auf so penetrante Weise etwas von ihm wollen? Keiner seiner Freunde, die seine Arbeitszeiten als Musiker kannten, hätte sich eine solche Rücksichtslosigkeit erlaubt.

Er zog sich das Kopfkissen über den Kopf und versuchte, wieder einzuschlafen. Aber da klingelte es schon wieder.

Er musste einsehen, dass er einem derart entschlossenen Eindringling nicht entgehen würde, schlüpfte rasch in die Hose vom Vortag, ohne sich zuvor mit einer Unterhose abzugeben, und öffnete die Wohnungstür.

Zwischen einem Arsenal aus Gepäckstücken, die mit kunterbunten Stickern beklebt waren, saß auf einer der Treppenstufen zum nächsten Stockwerk, breitbeinig und die Arme auf die Oberschenkel gestützt, eine Frau, die für viele Männer eine unvergessliche Erscheinung war – und für Quentin seine Mutter. Diesmal trug sie ihre weißen Haare raspelkurz. Ihr Körper, den man unter einem rosaroten T-Shirt mit der Aufschrift *Keep your distance* gut erahnen konnte, war noch immer schön. Eine hautenge Hose voller Farbspritzer, die sich um ihre langen Tänzerinnenbeine schmiegte, endete auf halber Wade, und von dort wanden sich über Kreuz gebundene Riemchen bis zu den orangefarbenen Leinenpumps hinab. Arme und

Hände waren unbedeckt: keine Uhr, keine Armbänder, keine Ringe. Nur die linke Ohrmuschel wurde von einer Reihe kleiner goldener Ringe gesäumt. Das Gesicht war ungeschminkt. Sie stand auf. Einen kurzen Augenblick bewunderte Quentin diese eindrucksvolle Frau, die, wie außer ihm nur wenige wussten, bereits dreiundsechzig Jahre alt war.

Sie war sich der Wirkung ihres Auftritts bewusst, hob stolz den Kopf und sah ihren Sohn aus blauen Augen eindringlich an. »Was ist, krieg ich vielleicht einen Kuss?«

Sie umarmten sich kurz.

»Gut, los, hilf mir mal mit dem Gepäck.«

Quentin konnte sich einen Kommentar über die Aufmachung ihrer Koffer nicht verkneifen.

»Weißt du«, pflegte sie bei solchen Gelegenheiten gern zu erklären, »solche Nullachtfünfzehn-Koffer sind doch was für Anfänger, für Leute, die nie reisen. Wenn man wie ich dauernd im Flieger sitzt, will man möglichst wenig Zeit darauf verschwenden, sein Gepäck zusammenzusuchen. Also gibt es nur eins: personalisieren. Dann erkennt man es schon von weitem.«

Wenn man es so sah, hatte sie ihr Ziel eindeutig erreicht.

»Warum hast du nicht vorher angerufen?«, fragte Quentin.

»Du hättest eh nur gesagt, dass es dir gerade nicht passt«, erwiderte Rosa und reichte ihm drei Plastiktüten voller Lebensmittel.

Seit einigen Jahren reiste Rosa, Künstlername: Rosa Kontrapunkt, beständig zwischen London, New York und Ibiza hin und her. Auf Ibiza hatte sie ein kleines Haus direkt am Meer gekauft. Doch ihre neueste Entdeckung war Reykjavík. Jedem, der es hören wollte – und auch allen anderen –, erklärte sie voll Inbrunst, dass die einzige spannende, avantgardistische Kunstszene derzeit in der isländischen Hauptstadt zu finden sei, und dass es völlig aussichtslos sei, an einem anderen Ort irgendetwas erschaffen zu wollen. »New York und Berlin gehen ja noch. Und mit Ibiza ist es was anderes.« In Rosas Augen hatte sich die Insel einen gewissen Charme bewahrt; den Glanz vergangener Zeiten. Hier konnte sie durchatmen, und außerdem erinnerte sie Ibiza an die Siebziger, als sie mit Quentins Vater dort gelebt hatte, der an einer Überdosis starb, als sein Sohn fünf Jahre alt war. »Paris ist so was von out«, verkündete sie regelmäßig. Sie kam nur noch her, um ihren Sohn zu besuchen, bei dem sie sich dann allerdings meist für recht lange Zeit einquartierte.

Quentin fügte sich, trug ihr Gepäck nach drinnen, zog sich ein sauberes Hemd über und setzte Wasser auf.

»Willst du einen Kaffee?«, fragte er.

»Oh, nein«, erwiderte Rosa, während sie eine Blitzinspektion der Wohnung vornahm. »Ich habe festgestellt, dass Kaffee mich nervös macht. Ich war davon immer total überdreht. Darum trinke ich jetzt schon seit mindestens sechs Monaten keinen mehr.«

Quentin enthielt sich jedes Kommentars. »Kann ich dir sonst irgendetwas anbieten?«

»Nein, nichts. Oder doch, vielleicht einen Verbenentee. Obwohl, eigentlich trinke ich fast immer meine eigene Mischung, ich hab sie mitgebracht, ich weiß nur nicht mehr, in welchen Koffer ich sie gepackt habe.« Sie wollte gerade mitten im Wohnzimmer ihre beiden Koffer öffnen, da besann sie sich anders. »Nein, ein einfacher Verbenentee tut es auch.«

»So was hab ich nicht.«

»Solltest du aber!«

Es folgte ein Moment vollkommener Stille, in dem Mutter und Sohn sich wieder einmal bewusst wurden, dass sie in zwei völlig unterschiedlichen Welten lebten und am Dasein des jeweils anderen nur von ferne teilhaben konnten. Sie gaben einander wohlwollende Signale, wie Seeleute, deren Schiffe sich des Nachts auf dem Meer kreuzten.

»Ich nehme gerne ein Glas Wasser«, sagte Rosa schließlich.

Quentin ließ den Hahn lange laufen, bis das Wasser richtig kalt war, füllte dann ein Glas und reichte es ihr.

Sie lächelte zum Dank und trank gierig ein paar Schlucke. »Bei dieser Hitze tut das wirklich gut. In einer Woche fliege ich endlich nach Reykjavík. Ich stelle meine neuen Happenings vor, ein ganzer Zyklus.« Quentin nickte geistesabwesend und wandte den Blick nicht vom Wasserkessel, der allmählich leise zu zischen begann. Ihn zog es nicht im Geringsten nach Island und in all diese anderen nordischen Landstriche. Rosa kannte seine Vorbehalte natürlich und versuchte sie aufs leidenschaftlichste zu widerlegen. Deshalb mieden sie das Thema zu Beginn ihrer Wiedersehen für gewöhnlich.

Einmal hatten sie sich so zerstritten, dass Rosa wieder abgereist war, ohne überhaupt ihre Koffer ausgepackt zu haben. Seither waren sie etwas vorsichtiger geworden, denn trotz ihrer Unterschiede in Naturell, Ansichten und Alter liebten sie einander sehr. Zumindest solange der Vorrat reichte.

»Was für Happenings denn?«, fragte Quentin, während er sich seinen Kaffee aufbrühte.

»Der Zyklus heißt *Animal Action Reflection*. Die Idee dazu hatte ich schon lange. Wir machen das zu dritt: Paul, Jules und ich. Wir gehen an öffentliche Orte, in die Oper, ein nobles Hotelfoyer, ein Krankenhaus, zu einer Hochzeit, einer Beerdigung, und werden rein nach unseren Instinkten handeln. Also alle Aggressionen rauslassen, die diffus in uns aufsteigen, auf Gerüche reagieren oder auch unserer körperlichen Anziehung freien Lauf lassen. Aussprechen, was wir denken, oder was wir im Verhalten der anderen zu lesen glauben.«

»Man wird euch innerhalb von zwanzig Minuten verhaften«, bemerkte Quentin ruhig.

»Das ist meine Hoffnung«, gluckste seine Mutter. »Eine extreme Reaktion würde uns die Aufmerksamkeit von Medien und Öffentlichkeit sichern, und die Leute würden sich endlich ihrer tagtäglichen Heuchelei bewusst. Heute leben doch alle, als würde der Körper als Ausdrucksmittel unseres Selbst und unserer ureigensten Persönlichkeit gar nicht mehr existieren. Er wurde uns gestohlen, ins Allgemeine verflacht. Er ist nur noch ein stereotypes Objekt der Begierde, das man darstellt, bearbeitet und unendlich variiert, um die Illusion von Freiheit zu erwecken. Aber in Wirklichkeit wurde dieser entfremdete Körper von einer rein kommerziellen Logik erschaffen, die nur ein einziges Ziel kennt: ein wirtschaftliches Bedürfnis zu befriedigen.«

Quentin seufzte schwer. Im Grunde hatte Rosa ja recht. Nur besaß sie ein Händchen dafür, einem schon um zehn Uhr morgens den Tag zu versauen. Was bei Rosa den Kampfgeist anstachelte, weckte in Quentin bloß den Wunsch, sich wieder ins Bett zu legen. Außerdem war er kein großer Fan der Happenings seiner Mutter. Rosa war eine der wenigen, die noch immer trotzig am Konzept des *Living Theater* hingen, obwohl die meisten anderen Kunstschaffenden diesen Ansatz, die Öffentlichkeit wachzurütteln, schon seit Ewigkeiten aufgegeben hatten. Quentin fand die Kunstfigur Rosa Kontrapunkt ein wenig albern. Er wollte sich gar nicht vorstellen, wie seine Mutter mit ihren dreiundsechzig Jahren ihre animalischen Triebe auslebte. Er hatte sie schon mehrmals vollkommen nackt erlebt, überzogen von Schlamm oder Farbe, wie sie wirres Zeug schrie, sich auf dem Boden wälzte, sich in Toilettenpapier einwickelte, oft zu experimenteller Musik, wie sie Eier auf ihrem Schädel zerschlug und dabei Kerouac-Gedichte rückwärts aufsagte. Ihm war das jedes Mal peinlich gewesen. Jedenfalls war diese bevorstehende Performance ein weiterer Grund, einen großen Bogen um Reykjavík zu machen.

»Also, was meinst du dazu?«, drang plötzlich wieder ihre Stimme an sein Ohr, und er musste feststellen, dass er ihre weiteren Ausführungen überhört hatte.

»Klingt interessant«, versicherte er.

»Das sagst du immer«, maulte sie beleidigt. »Du bist genau wie diese Leute, die sich bei Vernissagen in den Galerien drängeln und denen nichts dazu einfällt, solange die Kritiken noch nicht erschienen sind, die ihnen ihr Urteil vorkauen.«

»Maman, ich kenne mich mit Konzeptkunst überhaupt nicht aus, und mit Politik eigentlich auch nicht. Aber ich gebe zu: Auch wenn ich nicht alles verstanden habe, war mir deine Maler-und-Bildhauer-Phase irgendwie lieber.«

Sie nickte knapp. »Ich weiß. Das steht dir ja auch frei. Meine Gemälde und Skulpturen waren schon immer leichter zugänglich. Im Grunde zu leicht …«, fügte sie nach kurzer Überlegung hinzu. »Aber in Wirklichkeit ist dir das doch alles völlig egal. Du hättest lieber eine normalere Mutter gehabt. Und ich kann es dir nicht mal verübeln. Es ist dein gutes Recht, dich reaktionären Phantasien hinzugeben.«

9

Ein Anruf von Moulin lieferte Quentin schließlich einen Vorwand, den Betrachtungen seiner Mutter zur aktuellen Weltlage zu entfliehen.

»Hör dich mal im Hôtel de la Butte um. Da hat das Opfer übernachtet«, sagte Moulin.

»Was?«, fragte Quentin.

»Du wirst schon sehen. Ich kann hier gerade nicht weg. Die lassen mich nicht, wenn du verstehst.«

Das Hotel, dessen Besitzerin Quentin vom Sehen kannte, befand sich schräg gegenüber vom Narcisse. Drinnen schlug ihm zur Begrüßung der Geruch nach Bodenpolitur und Reinigungsmittel entgegen. Anscheinend hatte die Putzfrau kurz zuvor ihre Arbeit getan. Da niemand auf sein Rufen reagierte, betätigte er die Klingel auf dem Empfangstresen.

Kurz darauf tauchte Madame Moscovicz, eine schöne dunkelhaarige Frau um die fünfzig, aus den Privaträumen neben der Küche auf. Über ihrem roten, weiß gepunkteten Sommerkleid trug sie eine Schürze, und die Haare waren zu einem lockeren Knoten gebunden, aus dem sich einige widerspenstige Strähnen gelöst hatten. Trotz ihrer sommerlichen Aufmachung wirkte sie bedrückt, und ihre Augen waren gerötet, als hätte sie geweint.

»Guten Tag, Monsieur Belbasse«, begrüßte sie ihn. »Das ist

ja eine Überraschung! Sie wollen sicher kein Zimmer bei mir mieten.«

»Nein, Madame. Ich stelle ein paar Nachforschungen an, um unserem Freund Moulin zu helfen. Ich weiß nicht, ob er Ihnen schon Bescheid gegeben hat.«

»Nein, aber das macht nichts. Kommen Sie ruhig rein.« Sie wies ihm den Weg zum Frühstücksraum, von wo aus man den Eingang des Narcisse überblickte. »Setzen Sie sich doch bitte.«

Ohne ihn zu fragen, betätigte Madame Moscovicz ihren großen Kaffeeautomaten und stellte eine Tasse vor ihn hin.

»Eine schreckliche Geschichte! Seit gestern weiß ich gar nicht mehr, wo mir der Kopf steht«, gestand sie Quentin.

»Kannten Sie das Opfer?«, fragte er.

»So gut wie gar nicht. Sie war nur zwei Tage hier, und ich habe sie kaum zu Gesicht bekommen. Sie war Engländerin und hieß Maggie Baxter. Aus Hastings. Das hat sie mir jedenfalls erzählt.«

»Aber?«

Madame Moscovicz seufzte schwer. »Ich habe mir ihren Pass nicht zeigen lassen. Und offenbar gibt es keinen englischen Pass mit der Nummer, die in meinem Gästeregister vermerkt ist. Die Polizei hat alle meine Unterlagen beschlagnahmt und droht mir mit einer Anzeige.«

»Ach nein, das werden die doch nicht machen.«

»Die junge Frau hat alles ausgefüllt, das weiß ich noch, aber zur gleichen Zeit ist eine Gruppe Italiener abgereist. Die waren zu sechst und haben ein Riesentheater veranstaltet. Überall stand ihr Gepäck herum. Sie wollten getrennte Rechnungen, obwohl sie mir das am Vortag noch anders gesagt hatten, ihre Kinder haben rumkrakeelt, und das alles bei dieser mörderischen Hitze. Kurzum: Ich habe mir den Pass der Engländerin nicht zeigen lassen, obwohl das Vorschrift ist.«

»Und in ihrem Zimmer? Haben Sie da irgendetwas Interessantes gefunden?«

»Nichts. Sie hatte kaum Gepäck. Eine Reisetasche, ein wenig Kleidung, einen Kulturbeutel mit dem Allernötigsten und anscheinend eine Zugfahrkarte nach Italien.«

»Nach Italien?«

»Ja, nach Genua. Das Reisedatum war gestern. So hab ich es jedenfalls verstanden, als die Polizei Michèle, das Zimmermädchen, dazu befragt hat. Die wissen über so was immer am allerbesten Bescheid …«

»Und das ist alles?«

»Da war noch ein Fotoapparat, den die Polizei zusammen mit den anderen Sachen mitgenommen hat.«

Quentin nickte enttäuscht. »Hatte sie Bargeld dabei?«

»Ja.«

»Britische Pfund?«

»Nein, Euro.«

»Keine Kreditkarte?«

»Nein. Das Zimmer hat sie im voraus bezahlt. In bar.«

»Hat Sie das nicht gewundert?«

»Nicht besonders. In einigen Ländern Europas wird noch viel mit Bargeld bezahlt, auch bei größeren Summen. Die Deutschen machen das zum Beispiel oft so. Andere Länder, andere Sitten.«

Quentin nickte nachdenklich. »Und sie hat französisch gesprochen?«

»Ziemlich gut sogar, aber mit starkem britischen Akzent. Sie war allerdings nicht besonders gesprächig.«

»Gab es überhaupt keine Auffälligkeiten? Gar nichts? Hatte sie ein Handy?«

Die Hotelbesitzerin schüttelte den Kopf. »Ich habe sie nie mit einem gesehen. Aber wie gesagt, sie war sehr verschlossen.«

»Hat sie das Zimmertelefon benutzt?«

»Nein.«

Quentin war frustriert. »Könnte ich mal einen Blick in das Zimmer werfen?«

»Das wurde versiegelt.«

»Natürlich. Ich nehme an, die Polizei hat ein Bild der Toten an die englischen Kollegen geschickt? Um zu hören, ob sie in ihrer Heimat vielleicht als vermisst gemeldet wurde?«

Madame Moscovicz zuckte die Achseln. »Die Polizisten wollen heute Nachmittag noch mal wiederkommen, da können Sie sie selbst fragen.«

»Das mache ich«, sagte Quentin und stand auf, weil er Moulin auf der anderen Straßenseite entdeckt hatte. »Vielen Dank für Ihre Hilfe. Und keine Sorge«, fügte er noch hinzu. »Ich bin mir sicher, das kommt alles wieder in Ordnung. Die werden Sie noch ein bisschen schmoren lassen und die Sache dann schnell wieder vergessen. Die Polizei hat Wichtigeres zu tun, glauben Sie mir.«

Beim Hinausgehen wechselte er noch einige Worte mit dem Zimmermädchen, das gerade Pause machte und in einem der Sessel beim Eingang gedankenversunken ein Kreuzworträtsel löste. Sie konnte ihm aber auch nicht mehr sagen.

»Musikinstrument mit sieben Buchstaben«, fragte sie noch, ehe er das Hotel verließ.

»Gitarre«, schlug er vor und trat vor die Tür.

10

Er holte Moulin ein, der in Begleitung einer Frau um die dreißig die Straße entlangging. Die Frau hielt einen blondgelockten Jungen von etwa zwei Jahren an der Hand. Das Kind zog sie ungeduldig vorwärts, während sie es zurückzuhalten versuchte.

»Warte doch mal, Alexandre. Es reicht jetzt.« Ihr Sohn drückte murrend seinen Unwillen aus. »Wir wollen in den Park. Er war schon seit Tagen nicht mehr draußen, weil er krank war«, erklärte sie Moulin.

Dieser empfing Quentin mit den Worten: »Du kommst gerade recht. Das ist Mademoiselle Jullien, meine Nachbarin aus dem zweiten Stock. Sie hat mir eben erzählt, dass sie das Opfer kürzlich im Park getroffen hat.«

Quentin reichte ihr die Hand.

»Ich war mit Alexandre dort«, fuhr Mademoiselle Jullien fort. »Bei schönem Wetter mache ich das immer so. Ich schaue, dass ich um halb sieben von der Arbeit komme und gehe noch eine halbe Stunde mit ihm vor die Tür. Und vor ungefähr einer Woche hat die junge Frau, die ermordet wurde, mich angesprochen. Wir saßen zufällig auf derselben Bank. Sie hat einen englischen Roman gelesen, und ich habe ein Auge auf Alexandre gehabt. Wir haben uns ein bisschen unterhalten.«

»Sind Sie sicher, dass das vor einer Woche war?«, fragte Quentin.

»An den Wochentag erinnere ich mich nicht mehr genau, aber es muss ungefähr eine Woche her sein«, bekräftigte sie.

»Sieh an, das ist ja interessant!«

»Warum?«, fragte Moulin.

»Weil sie ihr Zimmer im Hôtel de la Butte erst ein paar Tage später bezogen hat, zwei Tage vor ihrer Ermordung. Aber ich habe Sie unterbrochen, erzählen Sie doch bitte weiter. Worüber haben Sie sich mit ihr unterhalten?«

»Sie hat erzählt, dass sie hier Urlaub macht.«

»Hatte ihr Französisch einen starken Akzent?«

»Ja, aber sie sprach sehr gut. Sie schien keine Vokabelprobleme zu haben. Ab und zu machte sie mal einen Fehler, aber sie sprach nicht so gebrochen Französisch wie viele Touristen.«

»Hat sie Ihnen noch mehr von sich erzählt?«

»Nein, nicht viel. Sie hat vor allem von Montmartre geschwärmt. Sie wollte wissen, ob ich schon lange hier wohne. Solche Sachen. Ob ich die Nachbarn gut kenne. Wahrscheinlich hat sie sich als alleinstehende Frau oft etwas einsam gefühlt.«

»Und was haben Sie ihr geantwortet?«

»Dass die meisten Leute hier ein ziemlich herzliches Verhältnis zueinander haben. Ich habe sicher auch Monsieur Moulin erwähnt. Und dass die Nachbarn hier immer so hilfsbereit sind, immer ein nettes Wort für Alexandre übrig haben. Sie mochte Alexandre auch sehr gern. Sie hat mehrere Fotos von ihm gemacht.«

Quentin warf Moulin einen vielsagenden Blick zu.

»Und weiter?«

»Wir haben über die außergewöhnliche Hitze gesprochen, und über ihre katastrophalen Auswirkungen auf ältere Menschen. Und auch darüber, dass gerade viele Leute im Urlaub sind. Ich habe ihr erzählt, dass Anfang August bei uns in Paris der berühmte große Wechsel stattfindet: Die Juli-Urlauber kommen zurück und die Augustler fahren los. Ich habe ihr erklärt, dass Madame Vernet, die den Juli über verreist ist, in ein paar Tagen nach Hause kommt, genau dann, wenn Alexandre und ich wegfahren. Und dass die Lavandiers aus dem dritten Stock am Samstag zurückkommen wollten, also an dem Tag, an dem die arme Frau dann gefunden wurde …« Sie schluchzte auf.

Moulin legte ihr eine Hand auf die Schulter. Alexandre, der während des Wortwechsels seiner Mutter mit Quentin nicht aufgehört hatte, an ihr zu zerren, brachte der Gefühlsausbruch ganz durcheinander, und er fing seinerseits an zu weinen. Mademoiselle Jullien riss sich augenblicklich wieder zusammen.

»Also gut, gehen wir. Komm, mein Schatz, wir wollten doch zur Rutsche.«

Sie nickte Quentin und Moulin kurz zu und ging weiter. Sie hatte ihren Sohn auf den Arm genommen und redete beschwichtigend auf ihn ein.

Quentin sah den beiden nachdenklich hinterher. Während Moulin in der Bäckerei ein Baguette besorgte, fiel Quentins Blick auf die Jalousie des Postkartenhändlers, die sich leicht bewegte. Der Ladenbesitzer spionierte schon wieder die Passanten aus.

»Eine nette Frau, diese Mademoiselle Jullien«, meinte Moulin, als er mit seinem Baguette wieder auf die Straße trat.

»Ja, aber auch ganz schön naiv. Sie hat gar nicht gemerkt, dass die Engländerin sie einem regelrechten Verhör unterzogen hat.«

Die beiden Männer suchten Zuflucht im Narcisse, das im Halbdunkel lag und ihnen eine kleine Abkühlung verschaffte.

»Aber die Engländerin hat sich auch ziemlich geschickt angestellt.« Moulin schwang sich auf einen Barhocker. »Wir haben es mit einer intelligenten Person zu tun.«

»Und mit einer sorgfältigen«, sprach Quentin seine Überlegungen laut aus. »Sie muss Daphné vor ungefähr einer Woche unbemerkt die Schlüssel abgenommen haben und hat sie anschließend nachmachen lassen. Am selben Abend ist sie hergekommen und hat sich wahrscheinlich die Vorstellung angesehen. Dabei hat sie den Schlüsselbund auf dem Boden zurückgelassen, beim Zugang zu den Künstlergarderoben, wo Daphné ihn sicher finden musste, die ja dachte, sie hätte ihn verloren. Dann hat sie sich völlig unbemerkt wieder aus dem Staub gemacht. Sie hat überall nur in bar bezahlt, sogar im Hotel. Und man hat keinerlei Personalien bei ihr gefunden. Diese Frau hat nichts dem Zufall überlassen. Ach, wenn ich mir doch nur diese Fotos ansehen könnte …« Er zündete sich eine Zigarette an und zog sein Handy hervor. »Was wir jetzt sicher wissen, ist, dass sie schon vor ihrem Hotelaufenthalt irgendwo hier in der Nähe gewohnt haben muss.«

Quentin entsperrte sein Handy, wählte Nadines Nummer und wartete, bis sie abhob.

»Nado? Du musst mir bitte mit deinen Beziehungen hier im Viertel helfen.«

Nachdem er seiner ehemaligen Kinderfrau erklärt hatte, was er von ihr wollte, legte er auf und trat hinter die Bar, um sich ein großes Glas Mineralwasser einzuschenken. Moulin stellte er ebenfalls eines hin.

Plötzlich flutete gleißendes Licht vom Eingang her in den Club, und zwei dunkle Silhouetten wurden sichtbar.

»Na, siehst du, Brossard, ich hab ja gesagt, dass die beiden hier irgendetwas aushecken! Also, ihr zwei Turteltäubchen, führen wir etwa unsere eigene kleine Ermittlung durch, ja?«, fragte Corsini.

»Wer sagt denn so was?«, wollte Moulin überrascht wissen.

»Dein Barkeeper.«

»Wir suchen hier nur Zuflucht vor der Hitze«, behauptete Quentin.

»Verkaufen Sie uns nicht für blöd, sonst können Sie in der Zelle schmoren!«, blaffte Brossard. »Der Herr Gitarrist holt also einfach seine eigenen Erkundigungen ein, bohrt mal hier, mal da, ohne jede Befugnis. Ist Ihnen eigentlich klar, dass Sie das in echte Schwierigkeiten bringen kann? So was ist strafbar. Vor allem, falls Sie uns etwas verschweigen sollten.«

»Das würden wir nicht wagen! Schließlich sind wir im Gegensatz zu Ihnen ja keine Profis und verfügen gar nicht über Ihre Mittel. Wie sollten wir da irgendetwas herausfinden, wenn selbst die Polizei kläglich versagt?«

»Vorsicht, Belbasse, reizen Sie mich bloß nicht zu sehr.« Brossard war eindeutig kurz vorm Explodieren. Im übrigen schien das sein Normalzustand zu sein.

»Na, na, immer mit der Ruhe, Kollege, der gute Monsieur Belbasse hat seinen eigenen Kopf, aber eigentlich ist er doch ein feiner Kerl, nicht wahr?«

»Stimmt, solange man mich nicht zu unfein behandelt.«

»Okay, das reicht«, knurrte Corsini. »Jetzt reden wir mal Klartext: Wir sind hier, um uns noch mal im Keller umzusehen. Brossard geht mit Moulin runter, und ich selbst werde mich mit Monsieur Belbasse unterhalten. Diese zwei jungen Hitzköpfe trennt man besser, hab ich recht, Moulin? Also los, an die Arbeit!«

Wortlos ging Moulin zur Kellertür, öffnete sie und stieg sogleich die Treppe hinunter, dicht gefolgt von Brossard. Corsini trat an einen der Bartische, zog sein Jackett aus, hängte es fein säuberlich über eine Stuhllehne, setzte sich etwas schwerfällig, verschränkte die Finger seiner großen Pranken ineinander und ließ sie auf den Tisch sinken.

»Kommen Sie, Monsieur Belbasse, setzen Sie sich.«

Quentin trank sein Glas aus, trat ohne Eile hinter der Bar hervor und ließ sich dem Polizisten gegenüber nieder. Die zwei Männer verharrten für einen Augenblick regungslos und sahen einander in die Augen. Schließlich zeichnete sich auf Corsinis Gesicht ein feines Lächeln ab, und er sagte: »Sie stammen hier aus dem Viertel, nicht wahr?«

Quentin nickte.

»Hier hat sich einiges verändert, aber es ist und bleibt ein schönes Viertel«, meinte Corsini.

Quentin fragte sich, worauf der Kommissar hinauswollte.

»Ich habe als ganz junger Polizist hier angefangen, damals in den Sechzigern.« Corsini nahm eine Streichholzschachtel mit Werbung für das Narcisse in die Hand, die auf dem Tisch herumlag, und drehte sie zwischen Daumen und Zeigefinger. »Die Leute hier vertrauen sich nicht so gern der Polizei an. Gewohnheitssache. Aber mit Ihnen ist es was anderes, Sie kennt man hier, und Sie gehören quasi zur Familie.«

»Das könnte von Vorteil sein«, gab Quentin zu, blieb aber weiterhin auf der Hut.

»Wir verstehen uns sicher: Ich besitze Informationen, die Sie nicht haben, und Ihnen könnte man Dinge anvertrauen, die für mich von Interesse sind.«

»Denkbar.«

Corsini lächelte amüsiert. »Sie reden nicht viel, das ist gut. Sie sind clever. Wir könnten uns sicher einig werden. Im Grunde verfolgen wir doch beide dasselbe Ziel, nicht wahr? Den Mistkerl zu schnappen, der diese arme Frau ermordet hat.«

»Und zu beweisen, dass meine Freunde nichts mit der Sache zu tun haben«, ergänzte Quentin.

»Oh! Trauen sollte man niemandem!« Corsini faltete seine Pranken wieder auseinander und ließ sie Seite an Seite flach auf der Tischplatte ruhen. »Nicht mal seinen Freunden. Glauben Sie mir, ich hab da Erfahrung.« Er neigte Quentin seinen massigen Oberkörper zu und senkte die Stimme. »Sie mögen Moulin gern, nicht wahr?«

»Ich kannte ihn schon als kleiner Junge.«

»Ich kenne ihn auch. Sogar noch länger als Sie.«

»So kam es mir vor«, erwiderte Quentin leicht beunruhigt.

»Aber zurück zum Thema. Mir ist bekannt, dass Sie schon so einige Leute befragt und in alles Mögliche Ihre Nase reingesteckt haben, und ich bin sicher, dass Sie sich nicht aufhalten lassen werden. Also spiele ich lieber mit offenen Karten: Im Moment haben Sie nichts, was mich interessieren könnte, aber ich verrate Ihnen trotzdem etwas. Dafür erwarte ich allerdings eine Gegenleistung. Das bleibt aber bitte unter uns, Lieutenant Brossard würde das nicht verstehen.«

»Geht es um die Kamera der Engländerin?«, versuchte Quentin sein Glück.

»Oha, immer langsam mit den jungen Pferden! Nein, nein, es geht um ein kleines Detail, das Sie von meiner Aufrichtigkeit überzeugen soll. So etwas wie: Wir haben keinerlei Fingerabdrücke auf dem Aschenbecher oder der Leiche gefunden. Der Mörder hat sie entweder abgewischt oder Handschuhe getragen. Die Obduktion des Opfers ergab keine Hinweise auf die Identität der jungen Frau: keine alten Knochenbrüche, keine Operationsnarben, keine Abtreibung, nicht mal eine Blinddarmentzündung. Sie wurde auch nicht vergewaltigt.«

»Sie haben mir Informationen versprochen!«, sagte Quentin enttäuscht.

Corsini schwieg einen Augenblick und lächelte verschmitzt. »Das sind Informationen, aber keine Sorge, ich bin noch nicht fertig. Die Verletzung, die ihr durch den Aschenbecher zugefügt wurde, war nicht die Todesursache. Man hat der armen Frau das Genick gebrochen.«

Quentin konnte seine Überraschung nicht verhehlen.

»Oh ja, wir haben es nun also mit einer Unbekannten zu tun, die im Keller eines ehemaligen Catchers ohne Alibi durch einen Genickbruch ums Leben kam. Und das ist wirklich misslich für Ihren alten Freund Moulin.«

11

Worauf hab ich mich bloß eingelassen?, fragte sich Quentin, während er vor dem Gebäude verschnaufte, in dem Zazou wohnte. Fünfte Etage links, ganz offenbar ohne Aufzug. Quentin stöhnte, betrat den Hausflur und begann, die enge verdreckte Treppe hochzusteigen, an deren oberstem Absatz sich Zazous Wohnung befand. Als er bei ihm anklopfte, schwor er sich, nie wieder Leute zu besuchen, die höher als im dritten Stock ohne Aufzug lebten.

Zazou empfing ihn mit breitem Lächeln und bat ihn herein. Er trug eine eng anliegende Jeans und ein neonpinkes Muskelshirt. Quentin folgte ihm in einen winzigen, vollgestellten Flur, an dessen einer Wand sich Kartons verschiedener Händler der Umgebung stapelten, wohl zu Umzugskisten umfunktioniert. Durch eine offene Tür blickte Quentin in ein kleines Badezimmer, wo es aus Platzmangel nur eine Dusche und eine Toilette gab.

»Tut mir leid, hier sieht es ziemlich wild aus, ich muss bald ausziehen«, entschuldigte sich Zazou.

Sie betraten den einzigen Wohnraum, in dem sich ein Bett, eine kleine Sofaecke und eine Pantryküche die begrenzte Fläche teilten. Zwei Fenster gingen zur Straße hinaus und zwei weitere zum Hof. Durch das viele Licht wirkte das Zimmer trotz seiner geringen Größe sehr freundlich.

Zazou räumte einen hohen Kleiderberg von einem Sessel,

der darunter fast vollständig begraben gewesen war, sodass Quentin sich setzen konnte.

»Willst du was trinken? Ich hab Cola light oder Orangensaft da. Ich kann auch einen Tee kochen.«

»Danke, gern einen Orangensaft.«

Zazou holte zwei Gläser und eine Saftflasche und stellte sie neben Quentin auf einen großen geschlossenen Karton, auf dem mit rotem Filzstift »Wintersachen« geschrieben stand. Er schenkte ihnen beiden ein und setzte sich auf ein riesiges Sitzkissen neben einem Ventilator, der wenigstens den Anschein erweckte, als verbreitete er ein wenig kühle Luft.

Sie tranken ihre Gläser in einem Zug leer.

»Die Eigentümer wollen die Wohnung verkaufen«, erzählte Zazou. »Und ich hab keine Ahnung, wie ich was Neues finden soll. Sobald die Vermieter hören, dass ich im Narcisse arbeite, machen sie einen Rückzieher. Die meisten haben Angst, dass ich meine Miete nicht zahle, die ganze Nacht Party mache, und noch mehr in die Richtung. Bei den Maklern brauche ich gar nicht erst anzukommen. Sobald die mich sehen, sagen sie: ›Oh, mein Bester, es tut uns schreeeecklich leid, aber für Sie haben wir leider gar nichts. Wirklich eine *Schande.*‹« Zazou imitierte den Ton und die Gestik der Immobilienmakler perfekt. Quentin musste grinsen. »Sogar die, die ihr Büro hier im Viertel haben und mich seit zwanzig Jahren kennen, selbst die sagen mir: ›Sie müssen mir glauben, ich persönlich bin ja total offen, ich habe überhaupt keine Vorurteile, nicht wahr? Aber meine Kunden sind da schwierig, die kennen das nicht so. Ihre Bewerbung hätte nicht den Hauch einer Chance. Und Gott weiß, wie leid mir das tut.‹ Immer in diesem leicht bedauernden Tonfall. Nach dem Motto: Die Welt ist leider schlecht.« Zazou hatte sich in Rage geredet. »Ich hab echt die Schnauze voll. Aber ich sag dir, mit genug Kohle sähe das anders aus. Da kannst du am helllichten Tag als Dragqueen im Immobilienbüro aufkreuzen, solange du nur sechshunderttausend in bar auf den Tisch legst, um ein ›Objekt‹ zu kaufen, wie sie so schön sagen, küssen sie dir die Füße. Die würden ihre Scheißwohnungen doch an Graf Dracula persönlich verhökern, wenn er ihnen genug dafür zahlt.«

»Das war schon immer so«, wandte Quentin ein.

»Nicht ganz. Gierige Makler gibt's natürlich schon ewig. Auch echte Halsabschneider. Aber so langsam kriegt man den Eindruck, dass man einfach nichts mehr finden kann. Es wurden doch schon alle kleinen Leute aus Paris verjagt; die Arbeiter, die Handwerker, die sich an den Stadtrand flüchten mussten. Und diese Menschen haben mit ihrem Pariser Mundwerk, ihrer Feierlaune, ihren Gepflogenheiten dieses Paris doch eigentlich erst erschaffen, das so viele Touristen anzieht und seit Jahrzehnten das ganze Geld in die Stadt spült.«

Quentin bekam Kopfschmerzen. Er goss sich noch ein Glas Orangensaft ein und trank es sofort wieder aus, konnte aber keine Besserung feststellen.

»Vielleicht finde ich was zur Untermiete«, sagte Zazou mehr zu sich selbst. »Ja, wahrscheinlich sollte ich es mal damit probieren.«

»Um auf etwas zu kommen, was uns gerade Kopfzerbrechen bereitet«, setzte Quentin nach einem unauffälligen Blick auf seine Uhr an – doch sofort verfluchte er sich im Stillen für seine taktlose Wortwahl. Sprach Zazou nicht schon die ganze Zeit über Dinge, die ihm größtes Kopfzerbrechen bereiteten? Warum konnte Quentin sich seine Notlage nicht einfach anhören, ohne dauernd daran zu denken, wie viel Zeit er hier mit Geplauder vergeudete?

Aber Zazou nickte freundlich. »Du hast recht, tut mir leid«, sagte er. »Wir haben Wichtigeres zu besprechen. Ich bin ganz Ohr.«

»Zazou«, hob Quentin an, »ich weiß, dass du mit der Sache nichts zu tun hast, schließlich bist du mit Nadine zusammen nach Hause gegangen. Aber ich würde gern wissen, ob du in letzter Zeit irgendwelche Veränderungen im Verhalten der anderen bemerkt hast.«

»Eigentlich nicht«, erwiderte Zazou zögerlich. »Ich hab gestern Abend Tony getroffen. Er war noch schweigsamer als sonst, aber ich glaube nicht, dass das irgendwas zu sagen hat. Er war schon immer menschenscheu. Vielleicht muss man schwul sein, um uns den ganzen Tag zu ertragen.« Kurz huschte ein Lächeln über sein Gesicht. »Nach der Vorstellung hat Tony es immer sehr eilig. Wahrscheinlich hat er eine Freundin.«

»Hat er dir das erzählt?«

»Nein, wir sind nicht so eng.«

»Hat er sonst irgendwelche Freunde im Club?«

»Moulin vielleicht. Ich glaube, Tony hat ihn kürzlich um einen Vorschuss gebeten. Das weiß ich, weil ich gerade am Büro vorbeigekommen bin und die Tür offen stand.«

»Hat Moulin sich darauf eingelassen?«

»Keine Ahnung. Ich bin weitergegangen. Geht mich schließlich nichts an. Aber ich hab mir gedacht, dass er vielleicht einen Verlobungsring oder etwas in der Art kaufen will. Aber das ist reine Spekulation. Man macht sich halt so seine Gedanken.«

»Hmmm. Hast du das auch der Polizei erzählt?«

»Danach haben die mich nicht gefragt.«

»Und Daphné? Kommst du gut mit ihr aus?«

Zazou zuckte die Achseln. »Ich weiß nicht, warum Moulin sie eingestellt hat. Ich finde, im Grunde täuscht er damit die Kunden.«

»Sie singt gut!«

»Sie singt gut, sie ist jung, sie tanzt gut, aber sie ist eben kein echter Travestiekünstler.«

»Sie nervt dich.«

»Ja, sie nervt mich. Aber ich kann damit umgehen, weil ich ein erwachsener Mensch bin und im Leben schon genug anderen Ärger hatte. Da muss ich keinen Mord begehen.«

Quentin lächelte. »Und du meinst, das gilt auch für alle deine Kollegen?«

»Definitiv.«

»Sonst noch was?«

»Die Prinzessin war in letzter Zeit nicht ganz auf der Höhe. Müde, blass. Irgendwie kaputt. Martial wirkte besorgt um sie.«

»Die Prinzessin, das ist Daphné?«

»Ja, wir nennen sie alle so, außer Martial natürlich.«

»Ihr mögt sie wirklich nicht, was? Und Moulin? Wie steht er zu ihr?«

»Wie ein Hetero zu einer hübschen Frau.«

»Du meinst, er interessiert sich für sie?«, fragte Quentin überrascht.

»Ich kenne keinen Hetero, der sich dem Charme der Prinzessin entziehen könnte. Dich eingeschlossen.«

»Wo du recht hast …«

»Ist ja auch kein Hexenwerk. Neben Martial ist Pierre Duval der Schlimmste. Und dabei ist er nun wirklich nicht mehr der Jüngste.«

»Macht er Daphné ernsthaft den Hof?«

»Er liest ihr jeden Wunsch von den Augen ab.«

»Sie hat also eine ganze Schar von Verehrern.«

»Oh ja. Sogar der Instrumentenbauer hat schon sein Glück bei ihr versucht, aber ich glaube, der ist nicht ihr Typ.«

»Wie kommst du darauf?«

»Ich hab mal in der Sporthalle mitgekriegt, wie sie ihn zurückgestoßen hat.«

»Du meinst körperlich?«

»Ja. Es war noch ziemlich früh. Ich hatte nicht erwartet, schon irgendwen dort zu treffen. Als ich vor den Umkleiden stand, hab ich sie gesehen.«

»Und hast du auch ihren Streit mitbekommen?«

»Nö, ich hab immer Kopfhörer auf, wenn ich Sport mache. Die Musik motiviert mich.«

12

Quentin eilte die Treppe wieder hinunter und dann weiter in Richtung Sporthalle, wo er endlich Moulin zu treffen hoffte. Der Bericht über den Streit zwischen Portland und Daphné ließ den Instrumentenbauer in einem völlig neuen Licht erscheinen. Selbst wenn er Quentin gegenüber nicht mit Absicht gelogen hatte, war mittlerweile erwiesen, dass er so einige Informationen unterschlagen hatte. Quentin wollte sehr gern Moulins Meinung dazu hören, bevor er sich Portland noch einmal vorknöpfte.

Er drückte die Tür zur Sporthalle auf, doch anstatt Moulin zu erblicken, fand er sich Nase an Nase mit dem tropfenden Cédric wieder, der sich ein weißes Handtuch um den Hals gelegt hatte und gerade auf dem Weg in die Umkleiden war. Trotz der unerträglichen Hitze schien er sich bis zum Äußersten verausgabt zu haben. Seine blonden Haare klebten ihm am Kopf, als käme er frisch aus der Dusche, und sein sonst recht blasser Teint war durch die Anstrengung gerötet.

»Salut, Cédric. Tüchtig, tüchtig!«, sagte Quentin anerkennend, um ein Gespräch in Gang zu bringen.

Cédric warf ihm einen kühlen Blick zu und ging nach knappem Kopfnicken und einem dünnen, höflichen Lächeln seines Weges.

»Bei diesem Wetter ist eine solche Disziplin bewundernswert«, fuhr Quentin unbeirrt fort.

Cédric bequemte sich zu einer Antwort. »Auf die Regelmäßigkeit kommt es an«, meinte er, während er die Treppe zu den Umkleiden hinabstieg. Quentin folgte ihm auf den Fersen.

»Du hast nicht zufällig Moulin gesehen?«

»Nein.«

»Macht nichts, dich wollte ich auch noch sprechen. Moulin hat dir vielleicht schon erzählt, dass ich mich ein bisschen bei allen umhöre, um ihm zu helfen. Er ist ja in einer vertrackten Lage.«

Sein Gegenüber brachte ein zustimmendes Brummen hervor, vermutlich um auszudrücken, dass er sich der Situation durchaus bewusst war, aber nicht geneigt, mit jedem Dahergelaufenen sein Privatleben zu bequatschen.

Quentin unterdrückte ein Seufzen. »Zwischen Martial und dir läuft es im Moment ja nicht so gut«, versuchte er es unbeholfen.

Cédric, der ihm bis dahin den Rücken zugekehrt hatte, wandte sich wie von der Tarantel gestochen zu ihm um und tat einen Schritt auf ihn zu.

»Was zwischen Martial und mir vorgeht, ist allein unsere Sache«, sagte er drohend. »Mit diesem armen Mädchen hat das nicht das Geringste zu tun.«

»In der Nacht des Mordes, nach Nadines Geburtstag, seid ihr beide da zusammen nach Hause gegangen, Martial und du?«, fragte Quentin in ruhigem, liebenswürdigem Tonfall weiter. Er wusste, dass die zwei Männer schon seit rund zehn Jahren zusammenlebten.

»Ja.«

»Und ihr seid beide zu Hause geblieben?«

»Ja. Wir haben uns gestritten.«

»Wegen Daphné? Bist du eifersüchtig?«

»Ich? Eifersüchtig auf diese Nutte? Als ob! Am liebsten würde ich sie umbringen. Das ist so ein Lästermaul, eine Schlampe, eine Zimtzicke hoch fünf, und eine Diebin. Niemand nimmt mir Martial weg, verstehst du? Niemand! Sie hat alles beschmutzt, sie hat *uns* beschmutzt. Ich hasse sie, und ich hasse Moulin, weil er sie eingestellt hat. Und das bestimmt auch nur, um sie zu bespringen. Die werden sie alle einmal rannehmen, wie die Hunde. Hattest du etwa noch nicht deinen Spaß mit ihr? Armer Kerl, da bist du ja ganz schön hintendran.«

Mit diesen Worten drehte er sich um, verschwand in der Umkleide und knallte Quentin die Tür vor der Nase zu, der allein im Flur zurückblieb wie der letzte Idiot. Er beschloss, die Sache auf sich beruhen zu lassen. Vorläufig hatte er von Cédric keine Antworten zu erwarten. Durch die geschlossene Tür drang ein ohrenbetäubendes Poltern, als hätte jemand eine Bank gegen die Wand geschmettert. Quentin suchte schleunigst das Weite.

In der stillen Gasse strich eine getigerte Katze langsam an der Mauer des Cabarets entlang. Ein fettiger Papierfetzen, den ein nachlässiger Passant zu Boden geworfen hatte, hob sich von einem winzigen Lufthauch bewegt um wenige Zentimeter und sank dann erschlafft an dieselbe Stelle zurück.

Quentin atmete tief ein, nahm all seinen Mut zusammen und legte die wenigen Meter zum Geschäft des Instrumentenbauers zurück. Er stemmte sich gegen die Tür und trat ein.

Nur das Surren eines alten Ventilators durchbrach die Stille in der Werkstatt. Quentin wähnte sich schon allein, als er eine Bewegung auf dem roten Sofa wahrnahm. David Portland richtete sich auf, setzte sich gähnend auf die Sofakante, strich sich das rote Haar glatt und sah seinen Gast verschlafen an.

»Oh! Da ist ja wieder unser wackerer Ermittler. Haben Sie immer noch nicht aufgegeben?«, fragte er, während er auf die Beine kam.

»Das ist nicht mein Stil.«

David Portland trat auf Quentin zu. »Starrsinn ist ein Charakterzug, den man häufig bei Kindern und bei einigen Künstlern beobachten kann«, bemerkte der Instrumentenbauer mit ironischem Grinsen.

Quentin ging nicht darauf ein. Portland setzte sich an seine Werkbank und deutete auf einen Stuhl ihm gegenüber. »Also gut, was verschafft mir denn diesmal die Ehre?«

»Sie haben vergessen zu erwähnen, dass Sie am Abend des Mordes ganz schön was getrunken hatten.«

»Ah, sieh an, Sie sind ja mit der Polizei ganz auf einer Wellenlänge. Die sind eine geschlagene halbe Stunde auf dem Thema rumgeritten.«

»Ja und?«

»Nichts und. Ich war an dem Abend garantiert weniger besoffen als Sie und Ihre Kumpel.«

»Aber wir haben das im Gegensatz zu Ihnen zu Protokoll gegeben.«

»Sie drücken sich für mein Empfinden mehr und mehr wie ein Mitglied der Ordnungskräfte aus. Nach nicht einmal zwei Tagen – ganz schön beachtlich.«

»Ich habe mit denen nichts zu schaffen, Monsieur Portland, das wissen Sie genau. Also lassen Sie mal hören, wenn ich bitten darf.«

»Nach einer Flasche Wein bin ich noch nicht betrunken, jedenfalls nicht so wie jemand, der sonst nie trinkt.«

»Das war es also, eine Flasche?«

»Und ein oder zwei Whiskys zum Aperitif.«

»Das ist allerdings nicht schlecht.«

»Aber nicht genug, um Geräusche zu halluzinieren, falls Sie darauf hinauswollen. Ich habe dreimal die Tür gehört, zu den Uhrzeiten, die ich Ihnen genannt habe.«

»Das Problem ist nur, dass Grenadine das Opfer erst gut zehn Minuten später in die Gasse hat kommen sehen.«

»Vielleicht irrt er sich. An dem Abend hatten wir alle viel getrunken, er auch, und er war müde.«

»Hmmm. Vielleicht. Allerdings hatte er genug Zeit, um ein wenig auszunüchtern. Er hatte sich schon eine gute halbe Stunde draußen mit einem Freund unterhalten, bevor er die Frau gesehen hat.« Quentin stand auf und begann, in der Werkstatt auf und ab zu gehen. Dann und wann blieb er vor einer der teuren Gitarren stehen, die Portland aus dem Ausland importierte.

»Verstehen Sie sich eigentlich gut mit Daphné?«, fragte er, um Portland durch den plötzlichen Themawechsel aus dem Konzept zu bringen.

Der warf ihm einen schwer zu deutenden Blick zu. »Wie meinen Sie das?«

»Jemand hat Sie beide zusammen gesehen. Daphné hat Sie von sich gestoßen.«

»Ah, Zazou, in der Sporthalle, hab ich recht? Da hat er was in den falschen Hals gekriegt.«

»Ach ja? Dann erzählen Sie doch mal, wie es wirklich war.«

»Daphné und ich sind zufällig zur gleichen Zeit in der Halle angekommen.«

»So früh am Morgen?«

»Ja, reiner Zufall. So was kommt vor.«

Quentin wiegte zweifelnd den Kopf.

»Wir kennen uns ein bisschen. Man läuft sich hier und da über den Weg. Deshalb wollte ich sie zur Begrüßung auf die

Wange küssen. Darauf war sie nicht gefasst. Ein reiner Reflex, mehr nicht.«

»Und das hat die Polizei Ihnen abgekauft?«

»Dazu haben die mich gar nicht befragt. Sie müssen bei Zazou hoch im Kurs stehen, bei Ihnen scheint er gesprächiger.«

»Die Geschichte überzeugt mich nicht. Vielleicht haben Sie ja versucht, sie auf den Mund zu küssen, und sie wollte nicht. Könnte das nicht sein?«

»Nehmen wir an, Sie hätten recht, was würde das ändern?«

»Vielleicht war es nicht der einzige Vorfall dieser Art, vielleicht haben Sie sie bedrängt. Theoretisch hätten Sie sehen können, wie die Frau, die jedermann für Daphné halten musste, in der Mordnacht das Narcisse betrat, durch den Künstlereingang, der sich direkt gegenüber Ihrer Werkstatt befindet. Sie waren betrunken, frustriert, sind ihr gefolgt.«

»Ich habe keinen Schlüssel.«

»Das behaupten Sie. Aber das Opfer hatte einen. Warum dann nicht auch Sie?«

Der Instrumentenbauer musterte Quentin aufmerksam, antwortete jedoch nicht.

»Sie folgen ihr nach drinnen und überraschen sie dabei, wie sie das Geld stiehlt. Sie sind noch einige Meter von ihr entfernt. Das Licht ist aus, deshalb merken Sie nicht, dass die Frau gar nicht Daphné ist. Sie erpressen sie.«

»Und wie?«

»Nach dem Motto: Ich verrate dich nicht, wenn du mit mir schläfst.«

Quentin hatte das unangenehme Gefühl, dass Portland sich mit jedem Satz mehr amüsierte.

»Aber darauf hätte sie mir ja etwas antworten müssen«, meinte er.

»Möglich.«

»Und da sollte mir nicht aufgefallen sein, dass die Stimme nicht Daphnés war? Es wäre doch erstaunlich, wenn das Opfer eine ähnliche Stimme gehabt hätte, so charakteristisch, so tief und ungewöhnlich für eine Frau.«

Quentin überlegte kurz. »Vielleicht ist sie sofort zum Ausgang gerannt, weil sie die Gefahr gewittert hat.«

»Und dort bin ich dann über sie hergefallen.«

»Zuerst wollten Sie ihr vielleicht nur drohen, aber irgendetwas ist schiefgelaufen.«

»Wenn man sich das Ergebnis ansieht, ist da garantiert was schiefgelaufen«, erwiderte Portland, immer noch mit diesem aufreizenden ironischen Grinsen im Gesicht. »Ihre Theorie ist bestechend, aber falsch«, fügte er hinzu.

»Es gibt noch eine andere Möglichkeit«, entgegnete Quentin, dem gerade eine Idee kam. »Vielleicht war Maggie Baxter für Sie gar keine Unbekannte, vielleicht kannten Sie sie ganz im Gegenteil sogar sehr gut.«

»Maggie Baxter?« David Portland riss seine großen blauen Augen auf.

»So hieß sie. Sie kam aus England, genau wie Sie.«

»Eine Engländerin, ja, natürlich.«

»Sie hätten hier Erkundigungen für sie anstellen und sie genau im richtigen Moment aus England kommen lassen können.«

»Aber ja, ganz klar!«

»Die Idee, dass sie sich als Daphné ausgibt, mit der Sie ebenfalls bekannt sind, stammte von Ihnen. Sie beide haben diese Sache zusammen ausgeheckt.«

»Gut und schön, nur: welche Sache eigentlich?«

Quentin trat wieder neben die Werkbank, an der Portland immer noch saß, und beugte sich über ihn. »Den Diebstahl!«

»Potzblitz! Ich bin überführt. Aber ich meine gehört zu haben, dass die aus dem Narcisse entwendete Summe nicht sehr hoch war.«

»Vielleicht sollte es nur der erste Einbruch einer Serie werden«, entgegnete Quentin und richtete sich wieder auf.

»Aber ja, natürlich, was bin ich schwer von Begriff! Montmartre, geplündert von einer englischen Gang! Das ist ja geradezu machiavellistisch!«

»Es gab vielleicht noch einen anderen Grund, ein anderes Motiv«, gab Quentin zu bedenken und wandte sich zur Tür.

»Ja, aber in diesem Fall müsste man natürlich noch herausfinden, welches, nicht wahr? Ich wünsche Ihnen viel Erfolg, Monsieur Belbasse. Kommen Sie jederzeit gerne wieder bei mir vorbei. Ihre Besuche bereiten mir immer großes Vergnügen. Sie heitern meinen eintönigen Alltag so wunderbar auf.«

13

Zurück in seiner Wohnung lockte Quentin ein verheißungsvoller Duft in die Küche, wo seine Mutter gerade mit präzisen und entschiedenen Gesten ein Kaninchen zerlegte. In einer Pfanne schmorten Paprikastreifen. Durch die allgemeine Hitze und Rosas kulinarischen Tatendrang war es im Zimmer heißer als im Backofen.

»Wie geht's dir, mein Schatz?«, fragte sie, als er an ihr vorbei zum Kühlschrank ging, der seit ihrer Ankunft von diversen Lebensmitteln geradezu überquoll. Statt einer Antwort küsste er sie auf die Wange und schenkte sich ein Glas Weißwein aus einer schon fast geleerten Flasche ein.

»Willst du auch?«, fragte er Rosa, doch die winkte ab.

»Nein, danke, gerade nicht. Ich hab vorhin schon mit Nado ein Glas getrunken. Sie ist auf einen Schwatz vorbeigekommen und hat mir von eurer Mordgeschichte erzählt.«

»Hmmm.«

»Das ist ja wirklich unglaublich.«

»Hmmm.«

Quentin hatte keine Lust, mit seiner Mutter darüber zu reden. Er brauchte Ruhe, um noch einmal über all die Informationen nachzudenken, die er im Laufe des Tages zusammengetragen hatte, und weil er ein paar Onlinerecherchen zu David Portlands Import-Export-Geschäften durchführen wollte.

Er überließ seine Mutter ihrer Arbeit, trat aus der Küche und setzte sich an seinen Computer. Nach einer knappen halben Stunde im Netz hatte er noch immer nichts Hilfreiches gefunden. Er wusste jetzt zwar, dass Portland ein zweites Geschäft in London besaß, das seltene und daher sehr teure Saiteninstrumente anbot, was der Instrumentenbauer ihm gegenüber nicht erwähnt hatte, aber das war noch keine echte Spur.

Quentin stand auf und verließ genervt den Schreibtisch. Er wählte eine CD aus seiner großen Sammlung aus. Nach den ersten Akkorden von *Speak to Me* von Pink Floyd rief Rosa zu ihm herüber: »Oha, *Dark Side of the Moon*! Nicht gerade das Neueste vom Neuesten.«

»Stimmt. Aber ich will was hören, das meiner aktuellen Gemütslage entspricht«, erwiderte Quentin gereizt.

»Paranoia, Entfremdung, Schizophrenie … Das nennst du Gemütslage!«, rief Rosa und klapperte mit den Töpfen. »Mach, was du willst, aber ich stehe ja mehr auf Slipknot. Die würden deine derzeitige Stimmung übrigens noch besser wiedergeben.«

Quentin schüttelte nur den Kopf, ihn grauste es, wenn er an die Masken dachte, hinter denen sich die Bandmitglieder verbargen. Wie kam seine Mutter bloß auf Nu-Metal? Er konnte sich nur zu gut ihren interessierten Gesichtsausdruck vorstellen, während sie zuhörte, wie die Band zu donnernden Rhythmen ihre Verzweiflung in die Welt hinausschrie. Rosa Kontrapunkt, die sich mit den Vorlieben der jüngeren Generation vertraut machte.

Er drehte die Musik ein wenig lauter, um jede weitere Diskussion im Keim zu ersticken, trat ans Fenster und blickte auf den Square d'Anvers hinunter.

Es waren kaum Leute auf der Straße. Die meisten Kinder unten auf dem Platz waren dunkelhäutig. Sie amüsierten sich auf der Drehscheibe und schrien vor Aufregung und Entzücken. Die brütende Hitze tat ihrer kindlichen Begeisterung keinen Abbruch.

Unter dem einzigen Baum, der dem Spielplatz ein wenig Schatten spendete, hatten sich einige verschleierte Frauen zusammengesetzt. Sie unterhielten sich und lachten ab und an schallend auf. Ihre Kinder sausten die Rutsche hinunter oder fuhren abwechselnd auf einem billigen Fahrrad umher. Ein paar andere spielten Ball, und die Größeren achteten auf die Kleinen. Die Luft war voller Staub.

Ausgerechnet auf diesem so friedlich wirkenden Platz hatte die geheimnisvolle Engländerin Mademoiselle Jullien angesprochen, vor gerade einmal zehn Tagen. Tatsächlich hätte auch Quentin selbst der Fremden über den Weg laufen können.

Ich muss unbedingt an ihre Fotos rankommen, dachte er bei sich.

14

Die Reste des Abendessens waren noch nicht abgeräumt, da ging Rosa zum Angriff über.

»Du hast dir also in den Kopf gesetzt, einfach so deine eigenen Ermittlungen durchzuführen, ja?«

»Seit ich diese tote Frau gesehen habe, kann ich an nichts anderes mehr denken.«

Rosa sah ihn forschend an. »Verstehe.«

Quentin senkte den Blick.

»Gut, dann erzähl mal, was du bisher so rausgefunden hast.«

Er gab seiner Mutter eine Zusammenfassung der aktuellen Lage.

Wie so oft kritzelte sie beim Zuhören kleine Strichmännchen auf ein Blatt Papier, war aber hoch konzentriert. Hinter der Fassade der egozentrischen Künstlerin verbarg sich eine intelligente Frau, die anderen mit ungeteilter Aufmerksamkeit zuhören konnte.

»Was die Uhrzeit betrifft, gibt es also zwei widersprüchliche Zeugenaussagen. Vielleicht sollte man einmal Grenadines Freund befragen, wie *er* sich an den Abend erinnert.«

»Dazu hatte ich bisher noch keine Zeit«, seufzte Quentin.

»Ich könnte dir helfen, wenn du willst.«

»Nein, Maman, vielen Dank. Ich glaube, ich sollte das besser allein machen.«

Die Enttäuschung war Rosa deutlich anzusehen.

»Du solltest auch mal mit Martial über sein Verhältnis zu Daphné sprechen und über Cédrics Eifersucht. Du musst die Polizei dazu bringen, dir die Fotos zu zeigen, die die Engländerin gemacht hat. Aber vor allem musst du herausfinden, wer sie eigentlich war. Solange du das nicht weißt, wirst du auch nicht erfahren, was sie wirklich im Cabaret und im Keller gesucht hat. Darauf solltest du dich konzentrieren. Und dann ist es auch noch wichtig zu wissen, wo sie gewohnt hat, bevor sie das Zimmer im Hôtel de la Butte bezogen hat. Aber von Nado hab ich gehört, dass sie sich bereits darum kümmert. Übrigens verstehe ich nicht, warum du sie um Hilfe bittest und mich nicht, aber lassen wir das. Dann musst du das Leben von David Portland genauer unter die Lupe nehmen und danach …«

Quentin dankte seinem Handy dafür, dass es in diesem Augenblick zu klingeln begann und ihn davor bewahrte, weiter Rosas Anweisungen zu lauschen. Moulin war dran und teilte ihm mit, dass er zufällig Anada getroffen habe, den thailändischen Kellner und Freund von Grenadine. Dieser hatte bestätigt, dass die beiden sich in der Mordnacht bis etwa zwanzig nach drei unterhalten hatten. »Außerdem«, fügte Moulin hinzu, »ist mein Nachbar Marc Vernet gerade zu Hause. Jetzt wäre also ein günstiger Zeitpunkt, ihn zu befragen.« Quentin stöhnte. An den hatte er gar nicht mehr gedacht.

15

Durch den Türspion wurde Quentin misstrauisch beäugt, dann klirrte die Türkette. Monsieur Vernet war der Inbegriff des in die Jahre gekommenen Schönlings, doch bei seinem Bemühen, sich seine natürliche Stattlichkeit zu bewahren, mangelte es ihm an Geschmack und den nötigen Mitteln. Er war ein hochgewachsener Mann mit kräftigem Knochenbau. Seinem Teint nach zu urteilen, legte er sich regelmäßig unter die Sonnenbank, und seine Haare waren von einem so ebenmäßigen Braun, dass es für einen Mann seines Alters doch etwas zu makellos schien. Vernet trug ein Jackett, einen marineblauen Zweireiher mit Goldknöpfen, hatte allerdings Hausschuhe an den Füßen. Er hielt ein kleines bauchiges Glas in der Hand, in dem eine Flüssigkeit schimmerte, die Quentin dem Geruch nach für Cognac hielt.

Er kramte in seinem Gedächtnis, ob er diesen Mann schon einmal getroffen hatte, konnte sich aber an keine Begegnung erinnern. In Marc Vernet schienen ähnliche Überlegungen zu arbeiten.

»Guten Tag, Monsieur …?«

»Quentin Belbasse. Ich bin ein Freund von Marcel Moulin. Wenn Sie nichts dagegen haben, würde ich Ihnen gern ein paar Fragen zur Mordnacht stellen.«

»Und warum? Ich habe bei der Polizei schon meine Aussage gemacht.«

»Ich weiß, aber mir geht es darum, Moulin zu helfen. Die jüngsten Ereignisse sind für uns alle verstörend, aber wissen Sie, für ihn ist es noch schlimmer. Er sitzt ganz schön in der Klemme. Ich versuche, ihn zu unterstützen, so gut ich kann.«

Marc Vernet nickte und ließ Quentin in den engen Flur eintreten, der in das Wohnzimmer mündete.

Als Quentin diesen Raum betrat, konnte er einen Ausruf des Erstaunens nicht zurückhalten, was Vernet keineswegs entging. Die Einrichtung war ganz und gar das Werk einer Frau. Florale Muster unterschiedlichster Art wanden sich über Wände, Sessel und Sofas. Die vorherrschenden Farben waren Rosa und Lindgrün. Die Anmut der Möbel mit ihren zarten Vergoldungen wurde durch grazile Ornamente unterstrichen. Den Fußboden bedeckten zwei Teppiche in ähnlichem Stil, und ein langer Tisch verschwand fast vollständig unter bestickten Zierdeckchen. In seiner Mitte thronte eine mächtige Porzellanskulptur, die eine Obstschale voll bunter Früchte darstellte. Kleinere Porzellanfiguren schmückten den Kaminsims, und an den Wänden hingen mehrere Gemälde und Radierungen ländlicher Szenen. Der großgewachsene Marc Vernet wirkte vor dieser femininen Kulisse völlig fehl am Platz, denn sie war eindeutig durch und für ein zierlicheres Wesen geschaffen.

»Meine Frau hat ein Faible für Innenausstattung.«

Quentin lächelte Vernet liebenswürdig zu, aber er ließ sich nichts vormachen. Alles, was er hier sah, musste schon seit einer Ewigkeit in dieser Wohnung sein.

»Sie leben schon länger hier, nehme ich an?«

»Ich wurde sogar hier geboren. Die Wohnung gehörte früher meiner Mutter, sie hat sie mir hinterlassen.«

Also hatte Quentin sich nicht getäuscht. Dieses Glanzstück

war das Werk von Vernets Mutter. Der Sohn hatte es erhalten und seiner Gattin aufgezwungen.

»Möchten Sie auch einen?«, fragte Vernet und deutete auf sein Glas. »Fünfundzwanzig Jahre alt. Einer meiner Cousins auf dem Land brennt selbst.«

»Nein, danke.«

»Setzen Sie sich doch.«

Quentin wählte einen Cocktailsessel, der über und über mit leuchtend roten Rosen verziert war. »Ich will Sie nicht lange stören. Sie müssen nach der Arbeit müde sein bei dieser Hitze«, setzte er an. »Madame Gendreau hat mir erzählt, dass Sie in der tragischen Nacht spät nach Hause gekommen sind.«

»Ja, ich war im Kino und habe danach auswärts zu Abend gegessen. Dann habe ich in einer Bar noch etwas getrunken. Wissen Sie, wenn meine Frau nicht zu Hause ist, langweile ich mich ein bisschen, und ich leide unter Schlafstörungen …«

»Ihre Frau ist im Urlaub?«

»Sie ist mit unserer Tochter und dem Schwiegersohn in deren Haus an der Küste, in der Nähe von La Rochelle.«

»Wann sind Sie in etwa nach Hause gekommen?«

»Das weiß ich nicht mehr, ziemlich spät. Kurz vor drei, würde ich sagen.«

»Sind Sie irgendjemandem begegnet?«

»Nein.«

»Und Sie waren allein?«

»Natürlich.«

»Ein paar Tage vorher hat man Sie in Begleitung einer jungen Dame gesehen. Und Madame Gendreau hat in der Nacht des Mordes gehört, wie der Aufzug aus Ihrem Stockwerk nach unten gefahren ist, das lässt vermuten, dass Sie spät Besuch hatten, der dann noch Ihre Wohnung verlassen hat.«

»Das ist doch lächerlich. Sie muss sich irren.«

»Sie ist sich ganz sicher.«

»Ich sage Ihnen doch, das ist völlig unmöglich. Ich bin nicht mehr vor die Tür gegangen, und ich war allein. So einer schrulligen Alten wie Madame Gendreau würde ich an Ihrer Stelle keinen Glauben schenken.«

»Letzte Woche waren Sie aber sehr wohl mit jemandem zusammen«, beharrte Quentin.

»Haben Sie das auch von ihr? Das Weib kann sich auf was gefasst machen!«

»Das hat mir jemand anderes erzählt.«

»Ach, das wird ja immer besser! Ich bin umgeben von Spitzeln. Wunderbar. Gut, vielleicht war ich letzte Woche mit jemandem zusammen. Soweit ich weiß, ist das kein Verbrechen. Und ich hoffe doch sehr, dass Sie nicht meine Ehe zerstören werden, indem Sie überall herumerzählen, dass ich eine Geliebte habe. Das geht nun wirklich niemanden etwas an.«

»Es sei denn, es hätte etwas mit dem Mord zu tun.«

»Hat es aber nicht, das können Sie mir glauben.« Vernet erhob sich und ging mit großen Schritten im Zimmer umher.

»Wie heißt denn Ihre Geliebte?«

»Dorine. Sie ist eine Arbeitskollegin«, seufzte Vernet. »Ich bitte Sie inständig, halten Sie bloß meine Frau da raus.« Er öffnete einen verschnörkelten Sekretär und notierte etwas auf einem Kärtchen. »Hier ist Dorines Nummer. Fragen Sie sie selbst, wenn Sie wollen, aber ich flehe Sie an, seien Sie diskret.«

Quentin steckte das Kärtchen ungesehen ein. »In Ordnung. Sie sind also um kurz vor drei allein nach Hause gekommen. Haben Sie irgendetwas gehört oder gesehen?«

»Nein. Ich habe mich mit einem Gläschen hier ins Wohnzimmer gesetzt und eine Schallplatte gehört, *Die Zauberflöte*.«

»Um diese Uhrzeit? Was sagen denn Ihre Nachbarn dazu?«, fragte Quentin.

»Ich höre oft nachts Musik, aber natürlich immer über Kopfhörer. Ich bin noch etwa eine halbe Stunde aufgeblieben und dann vor dem Schlafengehen ins Badezimmer gegangen. Aufgefallen ist mir nichts. Oder doch! Ich habe etwas gehört. Jetzt fällt es mir wieder ein. Ich habe gehört, wie draußen jemand vorbeigegangen ist und dann an eine Tür geklopft hat.«

»Geht Ihr Badezimmer zur Gasse raus?«

»Ja.«

»Das war also gegen halb vier«, rechnete Quentin.

Vernet nickte. »Deshalb ist es mir auch aufgefallen. Kurz danach gab es einen Krach, als wäre ein Auto irgendwo gegengefahren, das habe ich aber nur gedämpft gehört, weil es von der Straße her kam und ich noch immer im Badezimmer war.«

Über Quentins Kopf ertönte plötzlich ein lautes »Kuckuck«, das ihn zusammenfahren ließ. Für einen kurzen Moment starrte er das kleine Holzhäuschen an, aus dem der aufdringliche Vogel hervorgeschnellt war. Die Uhr schlug halb zwölf. Es war höchste Zeit aufzubrechen.

»Ich danke Ihnen für Ihre Hilfe, Monsieur Vernet.« Quentin erhob sich und ging zur Wohnungstür. Vernet folgte ihm unbeholfen in den Flur.

»Monsieur Belbasse.«

Quentin drehte sich noch einmal um und musterte das gebräunte Gesicht des älteren Herrn, der ihn flehentlich ansah.

»Seien Sie um Himmels willen diskret.«

16

»Finde ihn, finde ihn, finde ihn.« Ein abscheulicher kleiner Kuckuck wollte in Quentins Schädel einfach keine Ruhe geben. Als er am Cabaret vorbeikam, dachte er plötzlich wieder an das Muttermal auf der Brust des Opfers. An die leblosen blauen Augen. An diesen ganzen Schlamassel. Dieses Grauen. Das hier war keine Schnitzeljagd, er hatte sich auf die Suche nach einem echten Mörder eingelassen, der dazu imstande gewesen war, eine junge Frau von nicht einmal dreißig Jahren zu töten. Während er über den verlassenen Square d'Anvers ging, dachte er an Fanny. Seit diesem Nachmittag hätte er eigentlich bei ihr in Bénodet sein sollen. Sie wollten zwei romantische Wochen am Strand und in dem alten Haus von Fannys Familie verbringen. Er hatte sie angerufen und ihr gesagt, dass er noch eine wichtige Angelegenheit erledigen musste, aber so schnell wie möglich nachkommen würde. Trotz ihrer Enttäuschung war sie verständnisvoll und sanftmütig gewesen.

»Beeil dich damit. Du fehlst mir«, hatte sie vor dem Auflegen bloß gesagt. Er hatte ihr allerdings noch nicht verraten, wovon genau er aufgehalten wurde, um sie nicht zu ängstigen. Und im Grunde hatte er keine Ahnung, wie lange diese Ermittlungen noch dauern würden, die ihm von Tag zu Tag komplexer erschienen.

Die Zeugenaussagen der verschiedenen Beteiligten waren widersprüchlich. Falls Marc Vernet über die Geräusche aus der Gasse die Wahrheit gesagt hatte, wäre das eine Bestätigung von Grenadines Aussage, der das Opfer gegen zwanzig nach drei gesehen haben wollte. Wenn die Frau jedoch einen Schlüssel für den Künstlereingang gehabt hatte, konnte das Klopfen nicht von ihr stammen. War sie mit ihrem Mörder verabredet gewesen und hatte ihm eigenhändig die Tür geöffnet? Das würde die Künstler des Narcisse entlasten, die allesamt eigene Schlüssel hatten. Aber wer sollte der mysteriöse Ankömmling dann gewesen sein? Portland? Das war denkbar. Er könnte sich die Türgeräusche, die er angeblich gehört hatte, nur ausgedacht haben, um den Verdacht von sich abzulenken und alle auf eine falsche Fährte zu locken. Das würde Sinn ergeben.

Und Vernet? Konnte man ihm trauen? Zugegebenermaßen schien die Aussicht, dass seine Frau von seinem Seitensprung erfuhr, seine einzige Sorge zu sein und ihn in Angst und Schrecken zu versetzen. Doch vielleicht war das alles nur ein großer Bluff. Warum der Aufzug noch einmal aus seinem Stockwerk nach unten gefahren war, blieb weiterhin ungeklärt.

Ich muss mir eine Übersicht über den zeitlichen Ablauf erstellen, dachte Quentin, als er vor seiner Haustür ankam.

»Quentin!«, hörte er es da plötzlich rufen.

Er wandte sich um und erblickte Daphné, die über die Straße in seine Richtung lief. Die junge Frau schien völlig außer sich. Ihre Augen waren geschwollen und das Make-up war verschmiert. In diesem Zustand wirkte sie jünger, als sie in Wirklichkeit war. Zum ersten Mal verspürte Quentin beinahe so etwas wie Mitleid mit ihr.

»Ich wollte gerade zu dir. Ich muss mit dir reden.«

»Was ist denn los?«, fragte er.

Sie senkte den Blick. »Ich hab dich angelogen.«

»Und deshalb weinst du so? Aus Reue?«, fragte er sarkastisch.

»Nein, ja, also nein«, schluchzte sie.

»Worüber hast du denn gelogen?«

»Über den Grund, warum ich im Narcisse angefangen habe. Ich hab dir was verschwiegen.«

Quentin wartete gespannt die Fortsetzung ab.

»Ich habe vorher mit einem Mann zusammengelebt, in Bussy-Saint-Georges. Er hat ein Juweliergeschäft. Und als ich ihn verlassen habe, hab ich Geld und ein bisschen Schmuck mitgenommen. Ich brauchte dringend Kohle.«

»War es viel?«

»Dreitausend Euro, dazu ungefähr zehn Halsketten und ein paar Ringe.«

»Verstehe.«

»Lieutenant Brossard hat Jérôme ausfindig gemacht. Der Kerl hat ihm einen Haufen Lügen über mich erzählt. Schreckliche Dinge.«

»Hat dieser Jérôme Anzeige gegen dich erstattet?«

»Ja.« Sie schniefte vernehmlich.

»Und jetzt verdächtigt man dich, auch das Geld von Moulin gestohlen zu haben.«

»Aber das ist nicht wahr!«

»Das Geld wurde in der Mordnacht aus dem Narcisse entwendet, vermutlich noch bevor das Opfer umgebracht wurde. Dass du zur gleichen Zeit im Cabaret gewesen sein sollst, während diese Frau quasi als Daphné Nummer zwei verkleidet vor Ort war, ist schwer zu glauben. Dass du sie getötet hast, scheint mir noch unwahrscheinlicher …«

»Na also, siehst du? Das ist doch ein Beweis!«

»Nein, das ist eine Hypothese. Bei deinen Scherereien mit der Polizei kann ich dir nicht helfen. Außerdem ist es schon spät, ich bin hundemüde. Wir reden morgen weiter. Am besten gehst du jetzt nach Hause.«

»Ich kann nicht.«

»Was soll das heißen, du kannst nicht?«

»Als ich von der Polizei kam, wollte ich in meine Wohnung, aber da hat schon ein Journalist auf mich gewartet. Er hat Wind von dem zweiten Polizeiverhör gekriegt, und auch von der Anzeige gegen mich, und jetzt kampiert er vor meiner Haustür und bedrängt mich.«

»Klar, das hätte man sich ja denken können. Schließlich stecken wir mitten im Sommerloch, und das Thema ›Jahrhundertsommer‹ hat sich selbst bei all den Todesfällen so langsam erschöpft. Du weißt also nicht, wo du jetzt hinsollst«, stellte Quentin fest.

»Ich wollte zu Moulin. Aber der sagt, dass er im Moment kein Risiko eingehen darf und ich deshalb nicht bei ihm bleiben kann. Er wird auch beobachtet, genau wie ich.«

»Versuch's mal bei Nadine«, schlug Quentin vor.

»Meinst du?«, fragte Daphné mit einem kleinen Lächeln.

»Sonst fällt mir niemand ein«, erwiderte Quentin fest.

»Schade.«

Sie wandte sich um und begann, den Montmartre-Hügel hinaufzusteigen.

17

Quentin wurde früh wach. Er entschied sich gegen ein Frühstück und verließ nach einer erfrischenden Dusche die Wohnung, um sich auf die Suche nach einer Tasse Kaffee zu machen, die ihm seine erste Dosis gut zubereiteten Koffeins zuführen sollte, am besten zu einem Croissant frisch aus dem Ofen.

Nach diesem trostreichen Rendezvous mit seinem schwarzen gezuckerten Heiltrunk in der Einsamkeit eines anonymen Cafés fühlte er sich gestärkt für einen weiteren Tag voller Ermittlungen. Um kurz vor neun brach er zum Narcisse auf. Ein paar Spatzen plusterten im fließenden Wasser des Rinnsteins ihr Gefieder. Der Verkehr war noch nicht sehr dicht. Mehrere Passanten kamen ihm mit einem Baguette unter dem Arm entgegen. Nichts erinnerte mehr an die Tragödie, die sich drei Tage zuvor hier abgespielt hatte. Nur ein verbeulter Poller an der Straßeneinfahrt kündete noch von dem Unfall, den alle Befragten in der Mordnacht gehört hatten.

Als er am Hôtel de la Butte vorbeikam, rief Madame Moscovicz seinen Namen und stürzte aus dem Hoteleingang, als hätte sie auf ihn gewartet.

»Monsieur Belbasse!«

»Madame Moscovicz, wie geht es Ihnen? War der Lieutenant Brossard diesmal netter zu Ihnen?«

»Ich glaube, Sie hatten recht. Die sind noch gar nicht wieder hier gewesen. Sicher hat die Polizei andere Sorgen. Aber stattdessen ist gestern Abend ein Journalist bei mir aufgetaucht. Er wollte alles ganz genau wissen. Das bisschen, was mir bekannt ist, habe ich ihm erzählt. Das war doch hoffentlich in Ordnung?«, fragte sie.

»So wie ich es sehe, kann man von Ihnen keine großen Geheimnisse erfahren.«

»Das stimmt. Aber als ich mit ihm geredet habe, ist mir noch etwas eingefallen. Wahrscheinlich ist es gar nicht wichtig.«

»Und was?«, fragte Quentin gespannt.

»Die junge Frau hat Diät gehalten.«

»Diät?«

»Ja, ich erinnere mich nämlich, dass sie ihr Frühstück so gut wie gar nicht angerührt hat. Sie hat einen Joghurt gegessen, mehr nicht. Kein Croissant, kein Pain au chocolat, nicht mal ein bisschen belegtes Baguette. Nichts. Das weiß ich noch, weil es ziemlich selten vorkommt, dass die Gäste dem Duft von frischem Brot widerstehen. Sie wissen ja, wie das ist: Ferien, hochwertige Produkte. Sogar die, die eigentlich ein bisschen auf ihre Figur achten müssten …«

»Aber sie war ja sehr schlank«, gab Quentin zu bedenken.

»Ach, wissen Sie, die Frauen …«

Quentin nickte. »Danke jedenfalls. Wenn Ihnen noch etwas einfällt, sagen Sie Bescheid.«

Die neue Information bedrückte ihn ein wenig. Die Frauen und ihre ewigen Figurprobleme. Sogar Diebinnen – zweifelhafte Subjekte, die unter falschem Namen reisten –, achteten auf ihr Gewicht. Wie sinnlos! Wenn man das Schicksal der jungen Frau bedachte, hätte sie lieber lustvoll ein ganzes Baguette verdrücken sollen.

Derart in Gedanken betrat er das Cabaret, wo Tony gerade eine Warenlieferung beaufsichtigte.

»Nanu«, meinte Quentin, »macht ihr wieder auf?«

»Nein, aber der Chef sagt, wir sollen uns bereithalten.«

»Und was meint die Polizei dazu?«

»Mir scheißegal«, murmelte Tony, während er die Flaschen mit Rohrzuckersirup nachzählte, die der Lieferant ihm auf die Bar gestellt hatte.

»Hast du denen erzählt, dass ich meine eigenen Ermittlungen durchführe?«

»Ermittlungen!« Der Barkeeper zog mit angewiderter Miene die Schultern hoch. »Du bist doch bloß ein dahergelaufener Gitarrenklimperer, der sich als Detektiv aufspielt, weil er mit seiner Zeit sonst nichts anzufangen weiß.«

Quentin näherte sein Gesicht ganz langsam dem von Tony und starrte ihn mit eisigem Blick an. »Vielleicht sollte ich mal ein bisschen in *deinem* Leben herumstochern, um herauszufinden, wofür du diesen Vorschuss haben wolltest, um den du Moulin gebeten hast. Und mir überhaupt dein Privatleben mal etwas genauer ansehen.«

»Denkst du etwa, du machst mir Angst?«, gab Tony in einem Ton zurück, der wohl provozierend klingen sollte.

»Ja«, hauchte Quentin ihm geradewegs ins Gesicht.

Er war gut in dem beliebten Männerspiel, andere niederzustarren. Tony wandte den Blick zuerst ab. Er war ganz offensichtlich nicht erpicht darauf, dass man sich näher mit seinen Privatangelegenheiten beschäftigte. Er unterschrieb den Lieferschein und verabschiedete den Lieferanten, der soeben den letzten Karton beim Eingang abgestellt hatte.

»Sie ist guter Hoffnung, die Prinzessin. Manche freut das, andere eher nicht.«

»Willst du damit sagen, sie ist schwanger?«, rief Quentin aus. »Woher weißt du das?«

»Ich hab zufällig einen Streit zwischen ihr und Martial mitbekommen. Und da war ich nicht der Einzige.«

»Wer hat es noch gehört?«

»Die einzige Person, die es auf keinen Fall hätte erfahren sollen.«

Quentin nahm an, dass er Cédric meinte.

»Und was genau haben sie gesagt?«

»Martial hat die für ihn einmalige Chance gewittert, Vater zu werden. Es war fast schon rührend«, meinte Tony mit vor Sarkasmus triefender Stimme. »Aber das Prinzesschen hatte keine Lust, sich in einen Walfisch zu verwandeln und das Balg eines Schwulen auszutragen.«

»Sie wollte also abtreiben.«

»Messerscharf geschlossen.«

»Hast du das auch der Polizei erzählt?«

»Ich entscheide allein, wem ich was auf die Nase binde.«

»Aber das ist ein handfestes Motiv.«

»Ganz genau«, erwiderte der Barkeeper und riss einen Karton voller Papierservietten auf.

In Quentins Kopf blies es zum Angriff. Wie der Blitz eilte er aus dem Narcisse und marschierte strammen Schrittes zu Nadines Wohnung, die nur wenige Straßen entfernt lag.

Er gab den Eingangscode ein, betrat das Gebäude, durchquerte den Innenhof und stürmte die schmale Treppe in den dritten Stock hinauf. Dort drückte er so lange auf die Klingel, bis Nadine ihm öffnete.

»Hallo, mein Spatz. Was ist denn los? Du bist ja ganz außer Atem.«

»Wo ist diese Natter?«, stieß Quentin hervor und schob sich an Nadine vorbei in die Wohnung.

»Was für eine Natter? Was ist denn nur?«

Quentin ging auf das Sofa zu, wo Daphné immer noch schlief, in einem langen weißen Shirt mit rosarotem Teddybärmotiv. Er schüttelte sie und riss sie unsanft aus dem Schlaf.

»Quentin, was ist denn in dich gefahren?«, empörte sich Nadine.

»Was in mich gefahren ist? Dass dieses Biest mich zum Narren hält!«

Daphné war mit einem Ruck hochgeschreckt. Sie kauerte sich ans andere Ende des Sofas und sah Quentin ängstlich an.

»Gestern hat sie mich noch flennend um Hilfe angebettelt und hoch und heilig geschworen, dass sie nichts als die reine Wahrheit sagt, und heute Morgen muss ich mir anhören, dass sie schon wieder nur gelogen hat«, brüllte Quentin.

»Beruhige dich, Spätzchen. Du machst ihr ja Angst.«

»Wovon redest du eigentlich?«, fragte Daphné.

»Von deiner Schwangerschaft.«

»Ihrer Schwangerschaft?«, wiederholte Nadine überrascht.

»Ja, Mademoiselle ist schwanger.«

Daphné seufzte, senkte den Kopf und zog an ihrem T-Shirt herum, um ihre nackten Beine zu bedecken.

»Die Kleine ist schwanger? Aber das ist ja wunderbar!«

»Das ist ganz allein meine Sache. Mit dem Mord hat das nichts zu tun«, sagte Daphné bestimmt.

»Das behauptest du. Martial und du, ihr habt euch gestritten«, entgegnete Quentin, der trotz seines Ärgers Mühe hatte, den Blick von ihrem albernen Nachthemd abzuwenden.

»Ja, so wie alle Menschen. Hast du dich etwa noch nie mit jemandem gestritten?«

»Doch, nur leider ist eine Frau, die dir zum Verwechseln ähnlich sah, kurz danach ermordet worden. Wie lange ist es her, dass ihr euch die Köpfe eingeschlagen habt?«, fragte Quentin aufgebracht.

»Immer mit der Ruhe, Spatz, Daphné erwartet immerhin ein Kind!«, unterbrach ihn Nadine, setzte sich zu Daphné aufs Sofa und griff nach ihrer Hand.

»Wir haben uns mehrmals gestritten.«

»Und jedes Mal im Narcisse?«

»Nein, nur beim ersten Mal. Das war so um den 15. Juli. Ich hatte am Tag vorher den Test gemacht. Ich habe sofort entschieden, dass ich abtreiben will, aber als ich das Martial gesagt habe, war er außer sich. ›Warum behältst du es nicht?‹, hat er gesagt. ›Wir könnten es zusammen großziehen. Okay, wir wären nicht gerade die typischen Eltern, aber was macht das schon?‹ So was in der Art. Ich habe ihm gesagt, dass er spinnt. Das hat ihn ganz schön aufgeregt.«

»Warum hast du es ihm überhaupt erzählt? Du hättest das Kind doch auch abtreiben können, ohne es irgendwem zu verraten.«

»So eine Abtreibung kostet Geld.«

»Hmmm. Und hat er sie dir am Ende bezahlt?«

»Du wolltest abtreiben?«, fragte Nadine erschrocken.

»Nein«, erwiderte Daphné an Quentin gewandt.

»Ach, Gott sei Dank«, seufzte Nadine erleichtert.

»Bist du sicher, dass Martial der Vater ist?«

»Wofür hältst du mich eigentlich?«, regte sich nun auch Daphné auf.

»Dir ist schon klar, dass du nicht mehr sonderlich glaubwürdig wirkst?«

»Ach, denk doch, was du willst.«

Daphné stand auf und ging erhobenen Hauptes an Quentin vorbei, der ihr folgte.

»Du erlaubst?«, meinte sie, verschwand im Badezimmer und schlug ihm die Tür vor der Nase zu.

»Siehst du, jetzt ist sie sauer. Warum bist du auch so hart zu ihr?«, machte Nadine ihm Vorwürfe.

»Halt du dich da raus, Nado.«

»Ach, du bist ja nicht mehr ganz bei Trost. So springt man nicht mit einer Schwangeren um.«

»Wusstest du, dass es Zeugen für euren Krach gibt?«, schrie Quentin Daphné durch die Badezimmertür zu.

Statt einer Antwort drehte sie die Dusche auf.

Quentin gab auf und ging zu Nadine in die Küche. Ohne ein weiteres Wort stellte sie ihm eine Tasse Kaffee hin und setzte sich dann wieder auf einen der Resopalstühle, die an einem kleinen Tisch beim Fenster standen.

»Da, trink das erst mal in Ruhe. Ich klappe inzwischen das Sofa zusammen und mache ein bisschen Ordnung, bis du hoffentlich wieder bei Sinnen bist«, sagte Nadine und verließ den Raum.

Quentin nippte an seinem Kaffee und sah sich in der Küche mit ihren Überbleibseln aus den fünfziger Jahren um, die Nadine wohl mehr aus Sparsamkeit denn aus Nostalgie behalten hatte.

Er trank aus, stand auf und ging zurück ins Wohnzimmer, wo Nadine gerade geräuschvoll herumräumte, um die gewohnte Ordnung wieder herzustellen. Sie schenkte ihm keinerlei Beachtung.

Die geblümte Tapete ließ das Zimmer noch kleiner wirken, als es ohnehin war. Porzellantiere schmückten ein Regal, auf dem außerdem eine Lampe mit dunkelrotem Schirm und Fransen stand. Auf einer Anrichte aus weiß lackiertem Holz thronte eine schwere Vase aus Bleiglas mit Kunstblumen darin. An der Wand hingen zwei Ölgemälde in grellen Farben, eines mit Vogelmotiv, das andere zeigte einen Strauß Buschwindröschen. Zwei weiche, wuchtige, abgewetzte Cordsofas, überladen mit Kissen in allen Größen und Farben, dominierten das Zimmer. Jeder Einrichtungsgegenstand war für sich genommen eine Beleidigung des guten Geschmacks, und doch verströmten sie als Ensemble einen gewissen Charme, oder besser gesagt eine angenehme Wärme, die sie der Persönlichkeit ihrer Eigentümerin verdankten. Quentin hatte sich in dieser Zweizimmerwohnung immer zu Hause gefühlt. Durch die Fenster blickte man auf Sacré-Cœur, dieses architektonische Baiser, das die fragwürdige Gestaltung der Räume seltsam abzurunden schien.

Als Nadine ihre Aufräumarbeiten beendet hatte, sah sie sich zufrieden im Zimmer um, zog dann eine leichte Jacke über, die sich aufgrund ihres enormen Brustumfangs nicht schließen ließ, griff nach ihrer Handtasche und drehte sich noch einmal zu Quentin um.

»Ich hoffe, du hast dich ein wenig beruhigt. Bis nachher. Ich lasse dich mit der Kleinen allein, aber mach ihr nicht noch mehr Ärger!«, mahnte sie und ging zur Wohnungstür.

»Wo willst du hin?«, fragte Quentin, von ihrem plötzlichen Aufbruch überrumpelt.

»Du hast mich doch gebeten, mich nach der Unterkunft umzuhören, die dieses arme Mädchen vor dem Zimmer im Hôtel de la Butte gemietet hatte. Genau das mache ich jetzt. Und das wird harte Arbeit, mein Spatz.«

Quentin entging der versteckte Vorwurf dieser Bemerkung nicht, aber bevor er sich hätte rechtfertigen können, hatte Nadine bereits die Tür hinter sich zugezogen. Er zuckte leicht die Achseln. Das Rauschen der Dusche war inzwischen verstummt.

Er wartete gut und gerne fünf Minuten, mucksmäuschenstill, damit Daphné glaubte, er hätte zusammen mit Nadine die Wohnung verlassen.

Seine Strategie ging auf. Er hörte, wie sich der Türriegel öffnete, und wartete, bis Daphné das Badezimmer verlassen hatte.

»Oh nein!«, rief sie aufgebraucht, als sie ihn entdeckte. »Jetzt reicht's aber!«

Sie stapfte wutentbrannt ins Wohnzimmer, zog ihren Bademantel aus und suchte nach ihrer Kleidung. Quentin folgte ihr auf den Fersen.

»Wie es aussieht, hast du auch ein Problem mit David Portland? Du hast ganz schön viele Probleme mit deinen Mitmenschen.«

»Wie kommst du denn darauf?«, fragte sie misstrauisch.

»Jemand hat gesehen, wie du ihn von dir gestoßen hast.«

»Daran kann ich mich nicht erinnern«, behauptete sie, während sie sich anzog.

»Aber du kennst ihn.«

»Ein bisschen.«

»Und du kannst dich an keinen Streit mit ihm erinnern?«

»Nein. Er ist ein feiner Kerl.«

»Ach ja? Unter den gegebenen Umständen kommt er mir eher verdächtig vor.«

Daphné, die mit einem Mal ruhiger wirkte, setzte sich aufs Sofa und zündete sich eine Zigarette an. »Wieso das?«

»Er hat kein Alibi für den Abend. Er behauptet, die Tür des Künstlereingangs mehrmals gehört zu haben, allerdings eine gute Viertelstunde, bevor ein Zeuge das Opfer in der Gasse gesehen hat. Diese Aussage deckt sich mit der eines anderen Zeugen, der ein paar Minuten später ein Klopfen am Künstlereingang gehört haben will. Portland hat die gleiche Nationalität wie das Opfer. Und außerdem hat er dich, entgegen deiner Beteuerungen, belästigt. Vielleicht bedroht er dich sogar, denn ich wüsste nicht, warum du sonst alles abstreiten solltest.«

»Hast du mit ihm gesprochen?«

»Ja.«

»Und was sagt er?«

»Nichts. Britischer Sarkasmus und dazu noch dieses feine, spöttische Grinsen auf den Lippen.«

Daphné seufzte. Sie stand auf, drückte ihre Zigarette aus und musterte Quentin. Sie schien kurz nachzudenken, dann sagte sie leise: »Er ist ein feiner Kerl, und er hat ein Alibi.«

»Welches?«

»Mich.«

Quentin riss die Augen auf. Das hatte er nicht erwartet.

»Willst du damit sagen, du warst bei ihm?«

»Nachdem ich die Feier verlassen hatte, bin ich nach Hause gegangen und habe das von Jérôme geklaute Geld und den Schmuck geholt. Mir war mittlerweile klar, dass er mich nicht so leicht davonkommen lassen würde und ich Moulin damit in Schwierigkeiten bringen könnte, und davon hat er schließlich schon genug. Ich musste die Sachen zurückgeben, aber ich konnte es nicht selbst machen. Deshalb hab ich David gefragt. Er ist verschwiegen und kann sich wehren, wenn es nötig ist. Wir waren uns von Anfang an sympathisch. Wir hatten uns für den Abend verabredet. Also bin ich kurz darauf noch mal zurück. Da muss es etwas später als Viertel nach drei gewesen sein. Ich habe die Treppe neben der Kirche genommen. Zwei oder drei Minuten danach habe ich bei David geklopft. Er hat mich reingelassen. Ich habe ihm das Geld und den Schmuck gegeben, und dann …« Sie seufzte. »Eigentlich wollte ich es dabei bewenden lassen. Aber er war sehr nett. Und außerdem war ich ihm ja was schuldig …«

»Du bist bei ihm geblieben?«

»Ja.«

»Warum hast du mir das nicht schon früher erzählt?«

»Ich wollte das mit dem Schmuck für mich behalten. David sollte ihn zurückgeben. Damit wäre die Sache erledigt gewesen. Wenn dieser Bulle nicht mein gesamtes Privatleben auf den Kopf gestellt hätte …«

»Wenn du die Wahrheit sagst, hat Grenadine also wirklich dich gesehen und nicht das Opfer.«

»Ja.«

»Das heißt, Portland kann also auch die drei Türgeräusche schon früher gehört haben, genau wie er sagt«, überlegte Quentin laut weiter. »Aber eine Sache passt trotzdem nicht ins Bild. Zazou hat gesehen, wie du Portland in der Sporthalle von dir weggeschubst hast.«

»Ich habe David nicht weggeschubst. Wir haben über den Schmuck geredet. Wir dachten, wir sind allein, und plötzlich taucht Zazou auf. Ich habe David aus Reflex von mir gestoßen, damit man uns nicht zusammen sieht.«

»Hatte er dich gerade geküsst?«

»Was macht das für einen Unterschied?«

18

Quentin lief die Rue Lepic hinab und bog in die Rue des Abbesses in Richtung Kirche ein. Er wollte noch einmal zu Portland und ihn fragen, ob er Daphnés Aussagen bestätigen konnte, die trotz ihrer Unglaubwürdigkeit nicht unwahrscheinlich klangen. In diesem Fall wäre sein Verdächtiger Nummer eins allerdings aus dem Schneider. Wer blieb dann noch übrig? Vernet? Cédric? Daphnés Schwangerschaft hatte Cédric sicher fuchsteufelswild gemacht. Dieser Spur musste er weiter nachgehen.

Quentin betrat die Gasse, in der sich Portlands Werkstatt befand. Er lief gerade an Moulins Sporthalle vorbei, als helle Kinderstimmen an sein Ohr drangen, die das *Ave Maria* sangen. Der Chor von Duval steckte mitten in einer Probe. Neugierig öffnete Quentin die Tür. Im Probenraum waren etwa fünfzehn Kinder versammelt, größtenteils dunkelhäutig, die bei seinem Eintreten abrupt zu singen aufhörten und die Blicke auf ihn hefteten. Der Chorleiter, ein kleiner, hagerer Mann mit wallendem grauen Haar, wandte sich ebenfalls zu ihm um. Auf einer Holzbank saß Pierre Duval. Er erhob sich sofort und kam mit ausgebreiteten Armen und warmem Lächeln auf Quentin zu.

Dieser stammelte eine Entschuldigung, doch Duval beschwichtigte ihn unverzüglich.

»Monsieur Belbasse, kommen Sie doch herein. Was für eine

nette Überraschung! Wir freuen uns immer über Besuch, vor allem von einem echten Musiker, nicht wahr, Kinder?«

Die Kinder nickten. Der Chorleiter nutzte die Gelegenheit, um eine Pause zu verkünden, wischte sich den Schweiß von der Stirn und trat an einen Tisch, auf dem Wasserflaschen und eingeschweißte Plastikbecher standen.

»Wie Sie sehen, setze ich das Werk meiner armen Frau fort«, erklärte Pierre Duval und seufzte schwer. »Man tut, was man kann, um das Leid hier auf Erden zu lindern. Moulin gibt Sportkurse, und bei uns wird gesungen. Übrigens weiß ich gar nicht, ob Sie es mitbekommen haben: Vor ein paar Monaten hat der Chor einen bedeutenden Wettbewerb gewonnen.«

Ein etwa zwölfjähriger Junge meldete sich zu Wort: »Alle Zeitungen haben über uns geschrieben«, erklärte er stolz. Bei der Erwähnung ihres Triumphs lächelten die Kinder. »Gucken Sie mal«, fuhr der Junge fort und deutete zur Wand, an der drei Zeitungsartikel mit Gruppenfotos des Chores nebst Chorleiter und einem strahlenden Pierre Duval hingen. Quentin warf einen flüchtigen Blick darauf und brachte seine Bewunderung zum Ausdruck.

»Seitdem werden wir überall angefragt«, erklärte ihm Duval. »Kommen Sie, wir lassen die Kinder weiterproben.«

Er ging an Quentin vorbei zur Tür. Dieser verabschiedete sich rasch von Kindern und Chorleiter und folgte Duval nach draußen. Sobald sie auf der Straße standen, setzte das Singen wieder ein.

»Das ist eine schöne Idee«, meinte Quentin. »Hat Ihre Frau den Chor gegründet?«

»Ja, und sie hat ihn auch selbst geleitet. Früher war sie eine berühmte Sängerin, wissen Sie?«, erklärte Duval gedankenverloren. »Nach ihrem Tod habe ich dann den Chorleiter eingestellt. Ich bin selbst leider nicht besonders musikalisch. Jeder hat eben so seine Talente, nicht wahr?«

Er verriet nicht, worin sein eigenes Talent bestand, aber Quentin nickte rasch.

Duval sah auf die Uhr. »Ach, du meine Güte, es ist schon schrecklich spät. Ich muss mich beeilen. Meine Mitarbeiterin hat heute Vormittag einen Arzttermin, und ich muss mich ums Reisebüro kümmern. Immerhin nur noch für ein paar Tage – in zehn Tagen fahre ich in den Urlaub.«

Er hob die Hand zum Gruß und entfernte sich eilig. Quentin blieb noch einen Augenblick in der Gasse stehen und lauschte dem *Ave Maria,* das durch die morgendliche Stille hallte.

19

Er hatte wirklich kein Glück. Portlands Geschäft war noch geschlossen. Quentin umrundete den Häuserblock und wollte die Eingangstür zum Narcisse öffnen, aber auch dort hatte er Pech. Er versuchte, Moulin auf dem Handy zu erreichen, doch es meldete sich nur die Mailbox. Er fluchte laut und machte sich dann auf den Weg zur Wohnung von Martial und Cédric.

Auf sein Klingeln hin öffnete ein misstrauisch dreinblickender Martial im Morgenmantel.

»Hallo«, sagte Quentin so herzlich wie möglich. »Tut mir leid, wenn ich störe, aber ich würde gern mit Cédric sprechen.«

»Ich auch«, knurrte Martial.

Quentin brauchte einen Augenblick, um den Sinn seiner Worte zu begreifen. »Er ist nicht da?«

»Sie haben es erfasst, Herr Detektiv, er hat die ganze Nacht auf der Wache verbracht, und alles nur wegen Tony, diesem hinterhältigen Mistkerl. Das wird er mir noch büßen, das sag ich dir. Die Aufregung hast du verpasst.«

»Darf ich reinkommen?«, fragte Quentin.

»Ich wüsste nicht, was das bringen sollte.«

»Ich bleibe auch nicht lange.«

Widerwillig trat Martial einen Schritt zur Seite, um Quentin einzulassen. Die Wohnung wirkte vernachlässigt. Schmutzige Kleidungsstücke lagen kreuz und quer verstreut, und auf dem Couchtisch standen eine fast leere Whiskyflasche und ein Glas.

Der ehemalige Startänzer blieb neben der Wohnzimmertür stehen. Die durchwachte Nacht hatte die Fältchen um seine Augen vertieft, die normalerweise nicht weiter auffielen. Quentin schob eine schmutzige Socke beiseite und setzte sich auf einen Sessel. Er wusste nicht recht, womit er anfangen sollte.

»Wie lange kennst du Cédric eigentlich schon?«

»Etwa zehn Jahre.«

»Habt ihr euch im Narcisse kennengelernt?«

»Da sind wir zusammengekommen, falls du das meinst.« Martial klang nicht einmal mehr feindselig, nur noch müde.

»Und liebt ihr euch?«

»Ja. Wir werden zusammen alt werden.«

»Wie wolltest du dann deine Vaterrolle ausfüllen?«

»Glaub mir, das hätte ich schon geschafft. Ich wäre ein liebevoller Vater gewesen, ein anwesender. Vielleicht ein bisschen ungewöhnlich, aber verlässlich. Nun, damit ist es jetzt vorbei.« Er fuhr sich erschöpft mit der Hand übers Gesicht.

»Hat sie denn abgetrieben?«

»Keine Ahnung. Wahrscheinlich.«

Es bekümmerte Quentin, den schönen Martial so zu sehen. Er hätte ihn gern in Ruhe gelassen, aber das ging nicht.

»Glaubst du, Cédric wäre zu einem Mord fähig?«

»Aus Eifersucht? Vielleicht«, gab Martial nach langem Schweigen zu. Das überraschte Quentin, der ein solches Eingeständnis nicht erwartet hatte.

»Habt ihr über Daphnés Schwangerschaft gesprochen?«

»Er ist an dem Abend nach Hause gekommen und hat mich beschimpft. Er war völlig außer sich. Fühlte sich in den Dreck gezogen, betrogen, verraten. Ich habe versucht, ihn zu beruhigen, habe ihn um Verzeihung gebeten. Aber in letzter Zeit haben wir trotzdem nur noch gestritten.«

»Hat er gedroht, dich zu verlassen?«

»Cédric würde mich niemals verlassen.«

Martial ging durchs Zimmer und stellte sich ans Fenster. Er sah hinaus.

»Die ganz große Liebe, für immer und ewig?«, fragte Quentin.

»Wundert dich das?«

»Es ist selten.«

»Unter Schwulen?«

»Nein«, erwiderte Quentin aufrichtig. »Allgemein.«

»So ist Cédric. Wie so viele Waisen.«

»Ist dir klar, dass er dadurch ein noch stärkeres Motiv hat?«, fragte Quentin leise.

»Er hat das Mädchen nicht umgebracht.«

»Sagt er das selbst?«

»Ja.«

»Ihr seid in der Nacht nicht zusammen nach Hause gekommen?«

»Doch.« Martial dachte einen Moment nach und fügte dann hinzu: »Aber wir haben uns wieder gestritten, und dann ist Cédric noch mal raus.«

»Wann war das?«

»Um drei, glaube ich. Aber ganz genau weiß ich es nicht. Ich war müde und hatte einiges getrunken.«

»Empfindest du etwas für Daphné? Also ich meine … sie ist eine attraktive Frau. Eine echte Verführerin.«

Martial zuckte leicht die Achseln. »Sie ist eine der wenigen Frauen in meinem Leben, die ich wirklich gut kenne. Da war etwas zwischen uns. Als ich sie wiedergesehen habe …« Er verstummte.

»Wann ist Cédric denn nach Hause gekommen?«

»Ungefähr um sechs.«

Quentin nickte. Sie wussten beide, was das bedeutete.
»Er war sturzbetrunken.«
»Hat er was zu dir gesagt?«
»Nein. Er ist sofort ins Bett gefallen.«
»Und morgens?«
»Auch nicht. Er hat geschmollt.«
»Aber wenn er die Frau getötet hätte, denkst du, er hätte es dir gegenüber zugegeben? Später, meine ich.«
»Ja. Mir gegenüber schon.«
»Bist du sicher?«
»Ganz sicher. Cédric hat nur mich.«
Quentin erhob sich. Er war durcheinander. Unbeholfen verabschiedete er sich und stand kurz darauf erneut auf der Straße. Es war schon nach halb zwölf. Er blickte zum Himmel auf, wo die Sonne ihr blendend helles Licht verströmte.

Als er noch einmal am Narcisse vorbeiging, in der Hoffnung, Moulin dort zu finden, war die Tür unverschlossen. Doch kaum hatte er das Cabaret betreten, hielt er abrupt inne. An der Bar saß Lieutenant Brossard und sprach in sein Handy. Quentin drehte sich rasch wieder um und zog lautlos die Tür hinter sich zu.

Er hatte Durst. Ein illegaler Straßenhändler, der einige Meter vom Eingang des Narcisse entfernt auf dem Boden saß, verkaufte gekühlte Mineralwasserflaschen zu horrenden Preisen. Quentin beschloss trotzdem, ihm eine abzunehmen.

Während er das Wasser gierig hinunterstürzte, blickte er sich um. Touristen schleppten sich zu zweit oder in Grüppchen die Straße hinauf und hinunter. Er schnappte Gesprächsfetzen auf Italienisch, Spanisch, Niederländisch, Chinesisch und Englisch auf. Die einzigen Brocken Französisch, die er vernahm, stammten von einem Betrüger, dem es mit seinem Kauderwelsch gelungen war, einige naive Spieler um einen Karton zu versammeln, wo er ihnen mit Hilfe von drei Spielkarten das Geld aus der Tasche zog. Ein wenig abseits hielt sein Komplize, ein wahrer Hüne, aufmerksam Ausschau nach Polizeistreifen. Auf dem Bürgersteig gegenüber betrachtete ein Pärchen die Postkarten auf ihrem Drehständer. Quentin bemerkte, wie die Jalousie des Geschäfts erzitterte. Plötzlich erinnerte er sich, dass ihm dieses Zittern schon zweimal aufgefallen war, als er die Straße mit Corsini entlanggegangen war.

Er warf seine leere Flasche auf den Müllhaufen eines überquellenden Abfalleimers, überquerte die Straße und betrat den Laden.

20

Kaum hatte er die Tür hinter sich zugezogen, stieg ihm ein beißender Geruch nach Katze, Staub und ranzigem Fett in die Nase. Es war kühl im Geschäft, fast schon kalt. Der plötzliche Temperaturunterschied ließ ihn frösteln. Der Laden lag im Halbdunkel. Quentin blieb bewegungslos im Eingang stehen, nahm seine Sonnenbrille ab und blinzelte angestrengt in die Dunkelheit. Nichts rührte sich.

»Guten Tag«, vernahm er da eine schwache Stimme.

»Guten Tag«, erwiderte er und versuchte auszumachen, woher die Stimme kam. Seine Augen gewöhnten sich allmählich an das spärliche Licht, und er erkannte eine hagere Silhouette im Sessel hinter einem Schreibtisch, die sich erhob und langsam auf ihn zukam. Ein lächelnder alter Herr wurde sichtbar.

»Ich hoffe, ich störe Sie nicht. Ich heiße ...«

»Ich weiß, wer Sie sind«, unterbrach ihn der alte Mann und blickte ihn listig an.

Überrascht verstummte Quentin.

»Ich hatte mich schon gefragt, ob Sie wohl zu mir kommen würden«, fuhr der Ladeninhaber bedächtig fort und wandte sich ab. Er hob eine dicke rote Katze hoch, die den einzigen Sessel im Raum in Beschlag genommen hatte, setzte sich und deutete auf einen Stuhl ihm gegenüber. Während er das Tier streichelte, fuhr er fort: »Sie reagieren hoffentlich nicht allergisch auf Katzenhaare?«

»Nein, und ich habe auch nichts gegen Katzen«, erwiderte Quentin und setzte sich ebenfalls.

»Sehr gut. Katzen sind geheimnisvolle Wesen. Und außerdem haben sie ganz besondere Eigenschaften. Wissen Sie, was Prévert über sie gesagt hat?«

»Ja, ich glaube schon. Er meinte, dass er Katzen Hunden vorziehe, weil es keine Polizeikatzen gibt.«

»Ganz genau. Das ist einer ihrer Vorzüge, aber leider kann man deshalb auch nicht auf sie zählen, wenn es um offizielle Ermittlungen in einem Mordfall geht«, erwiderte der Alte und ließ ein kurzes schrilles Lachen hören.

Quentin betrachtete die Fotografien, die einen Großteil der vergilbten Wände ringsum füllten. »Haben Sie alle diese Fotos selbst gemacht?«

»Ja.«

»Sie sind sehr schön. Vor allem die Porträts sind gelungen.«

»Sie haben nicht nur gute Ohren, Monsieur Belbasse, sondern auch gute Augen.«

»Es gibt viele Frauenporträts.«

»Frauen und Kinder. Sonst nichts. Wissen Sie, ich war als junger Mann Kriegsberichterstatter«, erklärte der alte Mann in ernsterem Tonfall. »Und ich musste aus beruflichen Gründen derart grauenhafte Dinge fotografieren …« Er schloss kurz die Augen, atmete einmal tief durch und sprach dann weiter: »… dass ich mir seitdem geschworen habe, nichts mehr außer Unschuld und Schönheit festzuhalten.«

»Ich verstehe … Und wer sind diese Personen?«

»Größtenteils Leute aus dem Viertel, in einem bestimmten Moment ihres Lebens, lange vorbei.«

Quentin sah zu, wie der Blick des alten Mannes von einem Bild zum nächsten wanderte.

»Sie haben sich alle verändert. Das ist der Lauf der Dinge …«

Quentin bemerkte, dass die Augen seines Gegenübers beim Porträt einer Frau mit dichtem blonden Haar verweilten.

»Und manche sind tot«, fügte der Alte hinzu.

»Monsieur …«

»Caillebotte, Gabriel Caillebotte.«

»Monsieur Caillebotte, ist Ihnen vielleicht am Tag oder sogar in der Nacht des Mordes etwas Außergewöhnliches aufgefallen? Oder hat sich einer Ihrer Nachbarn seitdem irgendwie seltsam verhalten?«

»Mehr, als Sie bereits herausgefunden haben, weiß ich auch nicht.«

Quentin stand auf und ging zum Schreibtisch des alten Herrn hinüber. Er hob die Lamellen der Jalousie ein wenig an und spähte nach draußen.

»Sie haben einen hervorragenden Beobachtungsposten. Von hier aus sehen Sie, ohne gesehen zu werden.«

»Selbst wenn man die Einsamkeit selbst gewählt hat, ist sie erdrückend, junger Mann. Und ab und zu geht in dem Strom gewöhnlicher und fader Gestalten ein verirrter Engel vorüber. Aber ich verbringe mehr Zeit in meinem Keller bei meinen Freunden, als dass ich hinter der Jalousie die Straße beobachten würde …«

»In Ihrem Keller?«

»Da habe ich mein Labor, da sehe ich die Gesichter wieder, die ich liebe.«

»So wie das da«, meinte Quentin und deutete auf das Porträt der blonden Frau.

»Ja«, bestätigte der Alte und wandte den Blick dem Bild zu.

Die Schwarz-Weiß-Fotografie zeigte das Gesicht einer sehr schönen Frau von etwa vierzig Jahren. Volles blondes Haar umrahmte das perfekte Oval, das leicht geneigt einen langen, anmutigen Hals zierte. Er wurde durch eine schlichte Perlenkette zur Geltung gebracht. Ihren Mund umspielte ein feines, schüchternes Lächeln, doch der Blick der hellen, kristallklaren Augen war traurig.

»Wer ist sie?«

»Eine wunderbare Frau … Eine Erscheinung.«

»Und sie ist tot?«

»Marthe ist von uns gegangen«, sagte Caillebotte in einem Ton, in dem sich Trauer und Erschöpfung mischten.

Quentin nickte verständnisvoll. »Schlafen Sie eigentlich gut, Monsieur Caillebotte?«

Die Katze öffnete mit einem Mal die Augen und warf Quentin den gleichen undurchdringlichen Blick zu wie ihr Besitzer.

»In meinem Alter schläft man nur noch wenig, aber deshalb spioniert man noch lange nicht die Leute aus«, erwiderte Caillebotte schroff.

21

Draußen lastete immer noch bleischwer die Hitze. Quentin setzte seine Sonnenbrille wieder auf, dachte kurz nach und beschloss dann, dass er sich auf andere Gedanken bringen musste, um ein wenig Ordnung in seinem Hirn zu schaffen. Der Vormittag war ein Wechselbad der Gefühle gewesen, und das Gespräch mit Caillebotte hatte ihn zusätzlich aufgewühlt. Er hatte den Eindruck, dass der alte Mann mehr wusste, als er zugab. Vielleicht wollte er sich aber auch nur interessant machen. Alte, einsame Menschen, die keine echte Aufgabe mehr hatten, verhielten sich manchmal so. Doch dieser Caillebotte hatte etwas Eisiges an sich. Quentin überlegte, ob das Fotolabor des Alten wohl mit Moulins Keller verbunden war. Das war nicht unwahrscheinlich. In Montmartre existierten zwischen den meisten Gebäuden unterirdische Verbindungsgänge, was bei Razzien einen freien Grenzverkehr ermöglichte. Das gesamte Viertel war auf Steinbrüchen errichtet, die einst das Baumaterial für einen Großteil der Stadt geliefert hatten. Der Untergrund glich somit einem wahren Schweizer Käse, der laufend instand gehalten werden musste.

»Ich muss mit Moulin darüber sprechen«, dachte Quentin, während er in Richtung der Rue de Douai lief, einem Mekka für Musiker. Etwa fünfzig Musikgeschäfte reihten sich dort aneinander und boten alles, was das Herz begehrte.

Quentin verspürte das Bedürfnis, wieder in seine eigene Welt einzutauchen, Freunde zu treffen, Gitarrensaiten und Plektren zu kaufen und ein paar Gitarren auszuprobieren. Er musste in sein Element zurückfinden, die Atmosphäre dieses Lebensraums für Randexistenzen atmen, den er stolz als seinen eigenen betrachtete. Hören, wie die Musiker miteinander plauderten, Erfahrungen, Konzerttermine und den neuesten Tratsch austauschten. Er nahm ihre Aufmachung wahr, ihre Frisuren, ihren Gang, all die kleinen Details, an denen man sie leicht erkannte. Natürlich gab es je nach bevorzugter Musikrichtung und Alter einige Unterschiede, aber irgendetwas war ihnen doch allen gemeinsam. Dieses gewisse, nach innen gerichtete Lauschen. Ähnlich dem seltsamen Leuchten in den Augen von Seeleuten. Einige Musiker standen mit umgehängten Gitarren in kleinen Gruppen auf der Straße beisammen und diskutierten miteinander.

Als Quentin gerade sein Lieblingsgeschäft verließ, traf er auf Alain, den Bassisten seiner Band, und sie aßen zusammen in einem Bistro in der Rue Pigalle zu Mittag. Zu ihren Kalbsschnitzeln tranken sie ein paar Bier und tauschten sich über ihre letzten Auftritte aus. Danach ging Quentin nach Hause. Nach diesem erfrischenden und tröstlichen Zwischenspiel brauchte er Zeit zum Nachdenken.

Zu seiner großen Erleichterung war Rosa nicht da. So konnte er die jüngsten Wendungen in dieser Angelegenheit rekapitulieren, die ihn einfach nicht losließ. Daphnés Schwangerschaft und die Tatsache, dass Cédric wahrscheinlich angeklagt werden würde, hatten ihn durcheinandergebracht. Er wusste auch nicht so recht, warum. Falls Cédric der Schuldige war, wäre Moulin von jedem Verdacht reingewaschen. Er könnte das Narcisse wieder aufmachen, und nach und nach würden die Dinge in ihre gewohnten Bahnen zurückfinden. Natürlich nicht für Martial und Cédric, was bedauerlich war, aber man konnte es den Leuten schließlich nicht durchgehen lassen, wenn sie aus Eifersucht ihre Mitmenschen umbrachten.

»Sonst wäre bald kaum noch einer übrig«, sagte Quentin laut zu sich selbst, während er sich seiner Kleider entledigte. Cédric lag ihm nicht gerade am Herzen, zumal er sich Quentin gegenüber nie besonders freundlich gezeigt hatte. Und doch ... Er bekam das Bild von Martial nicht aus dem Kopf, müde und unglücklich, wie er unruhig auf die Rückkehr seines Lebensgefährten wartete.

»Er hat nur mich«, hatte er gesagt. Dieser kleine Satz verriet alles über Cédrics Leben. Seine Arroganz und seine Heftigkeit erschienen plötzlich in ganz neuem Licht. »Er hat nur mich.«

Quentin stieg unter die Dusche, um die Schweißschicht auf seiner Haut loszuwerden. Das Wasser rann ihm über den Körper. Er dachte an Daphné, die kein Kind bekommen wollte. An Martial, der gern Vater geworden wäre. Und dann wieder an Cédric, der in der Mordnacht möglicherweise rotgesehen hatte. Er dachte auch an die junge Tote mit ihrem Muttermal auf der Brust, die in der Gerichtsmedizin darauf wartete, dass jemand kam und sie identifizierte, damit sie ordnungsgemäß beerdigt werden konnte. Auch sie würde niemals Mutter sein. Für sie war alles zu Ende. Keine Liebe mehr, keine Schicksalswendungen, keine Siege und auch keine Niederlagen. Vorbei. Sie hatte sicher irgendwo Verwandte, Freunde, Eltern, die sich um sie sorgten, nach ihr suchten.

»So eine Sauerei!«, fluchte Quentin und wickelte sich in sein Duschhandtuch. Er legte sich aufs Sofa, rauchte eine Zigarette und schlief ein. Nackt und traurig.

So fand Rosa ihn bei ihrer Rückkehr. Sie blieb einen Augenblick stehen und betrachtete ihren Sohn, dieses Wesen, das aus ihrem Bauch gekrochen und nun schon seit fast zwanzig Jahren ein Mann war. Er ähnelte seinem Vater, und das erinnerte Rosa an die Jahre wilder Leidenschaft, die mit dem Tod des geliebten Mannes geendet hatten, als Quentin fünf Jahre alt gewesen war. Sie holte eine Decke und breitete sie über ihren Sohn, sorgsam darauf bedacht, ihn nicht zu wecken.

Plötzlich war sie es leid, Rosa Kontrapunkt zu sein, und sie empfand Bedauern.

Sie versuchte, sich ein Leben auszumalen, das ruhiger verlaufen wäre, harmonischer, normaler.

Sie setzte sich in den Sessel, der dem Sofa gegenüberstand, und sah ihrem großen und einzigen Meisterwerk beim Schlafen zu, bis draußen auf der Straße die Geräusche des Abends die des Tages ablösten.

22

Das La Mamma, eins von Quentins Lieblingsrestaurants, war im ganzen Viertel für seine gute Küche bekannt und lag im Erdgeschoss seines Wohnhauses.

Als Rosa auf dem Rückweg von den Toiletten den Speiseraum durchquerte, zog sie die Blicke der Gäste an den Tischen ringsum auf sich, besonders die der Männer. Lächelnd setzte sie sich auf der Terrasse ihrem Sohn gegenüber, der gerade telefonierte.

»Komm doch vorbei«, sagte er kurz vor dem Auflegen.

Rosa bestellte *Saltimbocca alla romana,* Quentin ein Tintenfischgericht und eine Flasche Lacryma Christi.

Eine Viertelstunde später traf Nadine ein. Nachdem sie Sohn und Mutter zur Begrüßung geküsst hatte, setzte sie sich neben Quentin und ließ eine rätselhafte Bemerkung über ein Detail fallen, das sie aufgedeckt hatte. Eine vollkommen nichtssagende Kleinigkeit, die sich jedoch unter Umständen als bedeutsam erweisen konnte.

»Aber letztendlich ist es natürlich nicht an mir, das zu beurteilen«, sagte sie mit feinem Lächeln.

Quentin drängte sie, deutlicher zu werden, doch sie gab sich geheimnisvoll und studierte ausführlich die Speisekarte. Dabei stellte sie einen Haufen Fragen zu verschiedenen Gerichten, die Luigi, der Kellner, ihr mit einer Engelsgeduld beantwortete.

Schließlich wählte sie das Gleiche wie Rosa, und als Luigi sich entfernte, grinste sie Rosa und Quentin schelmisch an.

»Also?«, drängte Quentin.

»Ich habe den Ort gefunden, wo die junge Frau gewohnt hat, bevor sie ins Hôtel de la Butte umgezogen ist«, verkündete Nadine so bescheiden wie möglich.

»Nado! Du bist genial!«

»Wie hast du das nur gemacht?« Rosa war sichtlich beeindruckt.

»Ich hatte Glück«, erwiderte Nadine ausweichend.

»Und wo hat sie gewohnt?«, fragte Quentin ungeduldig.

»In der Rue Caulaincourt. In einem möblierten Zimmer, das man wochen- oder monateweise mieten kann.«

»Wie lange hat sie da gewohnt?«

»Sie ist am 15. Juli eingezogen.«

»Also zwei Wochen vor dem Mord. Haben die Vermieter dir gesagt, von wo aus sie reserviert hatte? Aus England?«

»Sie war so wenig englisch wie du oder ich.«

»Was?«

»Den Hotelbesitzern zufolge hat sie telefonisch reserviert, in perfektem Französisch, nicht von Paris aus, aber ohne den Ort genauer anzugeben, unter dem Namen Agnès Sylvestre.«

»Sieh an! Interessant. Das bringt uns endlich weiter. Haben sie ihre Identität überprüft?«

»Ach, weißt du, in Hotels dieser Art nimmt man es mit den Papieren nicht so genau. Wenn du verstehst, was ich meine.«

»Durchaus.«

»Also eine Art Stundenhotel?«, fragte Rosa.

»Früher hat man so etwas Etablissement genannt, das klang netter. Sie hatte das Zimmer über einen Monat im voraus gebucht.«

»Ach ja? Dann hat sie die Reise also von langer Hand geplant«, sagte Quentin.

»Scheint so. Das ist alles, was ich in Erfahrung bringen konnte. Sie war sehr diskret. Und die Besitzer sind es auch.«

»Wie hat sie bezahlt?«

»Bar auf die Kralle. Offenbar mit einem ordentlichen Trinkgeld.«

Luigi öffnete ihnen die Flasche Lacryma Christi und füllte ihre Gläser. Quentin und Rosa stießen auf Nadines Ermittlungskünste an, und die wurde rot vor Freude.

»Unser Opfer war also Französin und kam vom Land. Sie hat einen Monat vor ihrer Anreise ein Zimmer reserviert, wahrscheinlich unter falschem Namen. Ein Zimmer in einem Hotel, in dem man nicht viele Fragen stellt, nicht weit von dem Viertel, in dem sie fast zwei Wochen lang umhergestreift ist und sich als Engländerin ausgegeben hat, bis sie gefunden hatte, wonach sie suchte«, fasste Quentin nach einigen Schlucken Wein zusammen.

»Ich frage mich schon die ganze Zeit, was sie eigentlich gesucht hat«, sagte Rosa.

»Wenn wir das wüssten, wüssten wir auch, wer sie umgebracht hat und warum. Aber jetzt muss ich erst mal herausfinden, woher sie kam.«

Große, dampfende Teller wurden an ihren Tisch gebracht. Ohne Eile begannen sie zu essen. Die Hitze und die Aufregung über diese erstaunlichen Entwicklungen hatten ihren Appetit gedämpft. Die Mahlzeit verlief beinahe schweigend. Jeder versuchte, den Ablauf der Ereignisse für sich nachzuvollziehen. Es war, als würden sie mit verbundenen Augen Schach spielen.

23

Am nächsten Morgen klingelte Quentin an der Pforte des Hotels, dessen Adresse Nadine ihm gegeben hatte. Als der Summer ertönte, trat er in einen engen Flur, von dessen Wänden die Farbe abblätterte.

Er stieg zur Rezeption in der ersten Etage hinauf. Der winzige Raum, in dem sich nur eine verdreckte Theke befand, war in Neonlicht getaucht. Nach einer Weile tauchte am Ende eines dunklen Flures ein griesgrämig wirkender alter Mann auf. Schlecht rasiert und in Hemdsärmeln blickte er Quentin gleichgültig entgegen.

»Ich bin ein Freund von Nadine«, begann Quentin umstandslos.

Der Mann verzog keine Miene.

Im Türspalt eines der Zimmer erschien der Kopf einer etwa siebzigjährigen Frau.

»Aber sicher doch, Conrad – Nadine, die Eule, weißt du nicht mehr?«

Die Miene des Mannes hellte sich auf.

Quentin runzelte die Stirn. Wie hatte die Frau Nadine gerade genannt?

Die Hotelwirtin kam kopfschüttelnd aus dem Zimmer und stellte sich zu den beiden Männern.

Fasziniert betrachtete Quentin das ungewöhnliche Paar. So mager und missmutig der Mann wirkte, so pummelig und freundlich war die Frau. Ihre mächtige Leibesmitte passte kaum in das leuchtend blaue Taftkleid, das an die Mode der fünfziger Jahre erinnerte, als man üppige weibliche Rundungen gerne zur Geltung gebracht hatte. Sie war sorgfältig und gekonnt geschminkt, die Fältchen in ihrem Gesicht wurden von einer dicken Schicht Puder geglättet und die gezupften Augenbrauen waren mit dem Stift nachgezogen. Eine kräftige Portion Rouge rötete ihre Wangen. Ein perfekter Farbverlauf aus Blautönen zierte die Augenlider, und der Mund wurde durch knalliges Rot betont. Ein platinblonder, zu einer Hochsteckfrisur aufgetürmter Haarschopf krönte dieses Meisterwerk der Retro-Schminkkunst. Armbänder, Ringe, Ohrclips, alles unecht, und dazu noch eine Halskette mit einem Kreuz, die das tiefe Dekolleté kühn hervorhob.

Die Frau schenkte Quentin ein schelmisches Lächeln, das verriet, welchem Gewerbe sie jahrzehntelang nachgegangen war und wie wenig Geld sie für ihr Gebiss ausgeben konnte.

»Entschuldigen Sie«, sagte sie, indem sie Quentin die Hand hinstreckte und die andere an ihre Schläfe führte, »zuweilen …« Sie präzisierte nicht, was ihrem Gefährten »zuweilen« unterlief, das war gar nicht notwendig.

»Nadine hat uns gestern besucht. Und das hat uns wirklich sehr gefreut. Wir wohnen im selben Viertel, nur auf verschiedenen Seiten des Hügels, und trotzdem sehen wir uns so selten, nicht wahr, Conrad?«

Sie hatte sich die Aussprache des Paris ihrer Jugend bewahrt, ein wenig schleppend und durchsetzt von ungewohnten Betonungen.

Der alte Mann nickte und fuhr sich mit den Händen durch das schüttere Haar.

»Sie hat uns Fotos von diesem armen Mädchen gezeigt. Ich

habe sie sofort erkannt. Das war nicht schwer. Nicht einmal Conrad hatte Zweifel. Dazu muss man sagen, dass sie ziemlich hübsch war, und solche vergisst er nicht, stimmt's?«

»Und sie hat sich Ihnen als Agnès Sylvestre vorgestellt?«

»Ja.«

»Demnach war sie Französin?«

»Ja, gewiss.«

»Ihnen ist nicht der geringste Akzent aufgefallen?«

Die alte Dame warf ihrem Partner einen Blick zu, als wolle sie die Frage an ihn weitergeben, aber der schüttelte nur den Kopf.

»Nein«, sagte sie. »Kein Akzent.«

»Und sie hat nicht gesagt, woher sie kommt?«

»Doch, La Rochelle.«

»Hatte sie einen Ausweis?«

»Wissen Sie, junger Mann, wir sind die letzte Bastion der Freiheit. Hier macht jeder, was er will. Man redet, in Ordnung. Man redet nicht, auch in Ordnung. Die Angelegenheiten unserer Nachbarn gehen uns nichts an. So läuft das hier, und darauf bestehe ich. Da wir mittlerweile in einer Welt leben, in der jeder ständig ausspioniert wird, bestehe ich umso mehr darauf. Überall sind heute Kameras, Polizisten an jeder Ecke, Fragebögen mit immer intimeren Fragen. Und dann sagt man uns: Regen Sie sich nicht auf, die Daten werden nicht gespeichert, die Informationen sind vertraulich. So ein Schwachsinn! Wir leben in einer Demokratie, aber wir werden von früh bis spät überwacht. Sobald Sie durch meine Tür treten, haben Sie Ruhe. Ein Hafen des Friedens.«

Sie warf Quentin einen triumphierenden Blick zu, aber der zeigte sich wenig beeindruckt von ihren Ausführungen. Also legte sie noch eins drauf, und ihr Kleiderstoff knisterte dazu herausfordernd. »Ich werde dereinst vielleicht nicht viel ausgerichtet haben auf dieser Welt, aber mein Territorium habe ich verteidigt. Und ich werde es weiter verteidigen, bis zu meinem letzten Atemzug.« Ihre letzten Worte klangen in Quentins Ohren wie eine Drohung. Er ignorierte sie.

»Haben Sie sie im voraus bezahlen lassen?«, fragte er in neutralem Tonfall.

»Ja. Das ist sicherer.«

»Wie viel für eine Woche?«

»Fünfhundert Euro.«

»Ziemlich teuer«, kommentierte Quentin.

»Man muss schließlich von etwas leben«, erklärte die Frau trocken. Conrad brummte zustimmend.

»Ein Meldebuch?«

»Wir nehmen es nicht so genau. Wir notieren den Namen, den man uns nennt. Ich weiß sowieso nicht, wozu es gut sein soll, sich den Ausweis zeigen zu lassen. Es ist nicht schwer, sich falsche Papiere zu beschaffen. Alles eine Frage des Geldes und der Kontakte. Und die gefährlichsten Leute haben immer die besten Kontakte, glauben Sie mir.«

Quentin nickte. Wo sie recht hatte, hatte sie recht. Die Geschäftsführerin des zu einem Hotel umgewidmeten Bordells kannte ihre Pappenheimer.

»Zuweilen überprüfen wir unsere Gäste persönlich«, erklärte sie. »Wenn wir den Eindruck haben, dass es angebracht ist.«

Aha, eine kleine Nebentätigkeit als Polizeispitzel, dachte Quentin, um sich ein paar Kröten dazuzuverdienen und die Gunst der Ordnungskräfte zu erhalten.

»Wenn etwas nicht rundläuft«, ergänzte sie. »Weil wir keinen Ärger wollen, Sie verstehen?«

Er verstand.

»Aber dieser jungen Frau haben wir blind vertraut. Und außerdem hat sie ja nichts angestellt. *Sie* wurde schließlich umgebracht, die Ärmste. Wie furchtbar! Eine so junge Frau!«

Dieser letzte Ausruf kam von Herzen, darauf hätte Quentin geschworen. Mord konnte sie nicht gutheißen. Eine Kupplerin, Diebin, Wucherin war sie, kein Zweifel, sie musste ein ziemlich langes Vorstrafenregister haben, ganz zu schweigen von dem ihres Lebensgefährten, aber Mord war für sie nicht akzeptabel. Das war keine Pose.

»Bieten Sie Frühstück an?«

»Nein. Gelegentlich helfen wir bei etwas aus. Aber hier bleibt jeder für sich. Manche Gäste bekommen wir praktisch nicht mehr zu Gesicht, nachdem sie gezahlt haben. Nein, die meisten Leute frühstücken im Café, gleich hier unten ist eins. Das ist praktisch. Andere essen auf ihrem Zimmer. Es ist zwar verboten, auf den Zimmern zu essen, aber das Frühstück ist ja keine richtige Mahlzeit. Ich sage immer: Man muss nicht päpstlicher sein als der Papst. Stimmt's, Conrad?«

Der nickte brav, aber ohne jeden Enthusiasmus. Er hatte diese Sätze schon so oft gehört, dass er es nicht mehr für nötig hielt, Überschwang zu heucheln.

»Ihnen ist nichts Besonderes aufgefallen?«

»Sie ist ein paar Tage vor Ablauf des gebuchten Aufenthalts ausgezogen. Das kommt selten vor. Sie hatte ja schon bezahlt.«

»Hat sie gesagt warum?«

»Nein, sie hat mir bloß den Schlüssel zurückgegeben.«

»Hat sie anders ausgesehen?«

»Nein … abgesehen davon, dass sie ein Tuch auf dem Kopf trug. Eine Art bunter Turban. Ich habe angenommen, wegen der Hitze.«

Die junge Unbekannte hatte sich also die Haare gefärbt, bevor sie sich als Engländerin ausgab. Quentin fragte, ob er sich das Zimmer ansehen dürfe. Die alte Dame holte den Schlüssel von einem mit der Zeit nachgedunkelten Holzbrett und ging ihm voraus, den dunklen Korridor entlang. Bei der Berührung mit den Wänden gab ihr blaues Kleid ein leises, charmantes Rascheln von sich. Vor fünfzig Jahren hatten die Männer, die ihr durch den Flur folgten, vermutlich im Schutz der Dunkelheit ihre Röcke gehoben, um einen Blick auf die weiße Haut eines appetitlichen Hinterteils zu erhaschen. Man merkte ihrem Gang an, dass sie die Erinnerung an all diese drängenden Triebe und schneller schlagenden Herzen in ihrem Gedächtnis bewahrte, auch wenn heute niemand mehr daran dachte, ihr einen Kuss oder mehr zu rauben.

Am Ende des Korridors stieg sie eine Treppe hinauf, die in die nächste Etage führte. Die Stufen knarrten unter ihrem Gewicht, als sie sie mit Hilfe des Geländers eine nach der anderen erklomm. Oben bahnte sich das Tageslicht einen Weg durch zwei verschmierte Fensterscheiben und zeichnete ein helles Viereck auf den blauen Teppichboden.

Die Frau blieb vor der Tür mit der Nummer 15 stehen und öffnete sie. Sie ließ Quentin eintreten, blieb selbst auf der Schwelle stehen und behielt ihn im Auge.

»Es stört Sie doch nicht, wenn ich mich kurz in Ruhe umsehe?«, fragte er mit einem breiten Lächeln. In Ermangelung eines schlagenden Arguments zog sie sich widerstrebend zurück. Quentin zog entschlossen die Tür hinter ihr zu.

Der sogenannte Hafen des Friedens war ein winziger Raum, der durch die braune Tapete noch beengter wirkte. Das Fenster ging auf einen gepflasterten Hinterhof, dessen einzige Zierde ein paar vertrocknete Sträucher waren. Ein Fernseher aus den achtziger Jahren thronte auf einem Buffet, auf dem außerdem mehrere Gläser, Teller und eine billige Vase standen. Ein Regal diente den Mietern als Ablage für Bücher und andere persönliche Gegenstände. Quentin fuhr mit dem Finger über eine der kunststoffbeschichteten Spanplatten, und als er ihn zurückzog, war er von Staub bedeckt. Hier war seit Tagen nicht mehr geputzt worden. Wahrscheinlich könnte die Polizei noch Spuren der jungen Frau finden. Er wusste nicht genau, was er eigentlich suchte. Einen Hinweis, eine Idee, irgendeine Information über die Identität der Toten und ihre Absichten.

Das Zimmer strahlte etwas Düsteres aus. Wer immer sich hier aufhielt, musste sich einsam fühlen. Man musste schon ein ganz bestimmtes Vorhaben verfolgen, um eine solche Umgebung freiwillig zu ertragen, man musste so konzentriert sein, dass man sie gar nicht wahrnahm. Aber konzentriert worauf?

An der hinteren Wand des Zimmers stand ein schmaler Spiegelschrank. Als Quentin an ihm vorüberging, fiel ihm auf, wie müde und sorgenvoll sein Spiegelbild wirkte. Sein ganzes Erscheinungsbild hatte etwas Kraftloses, und das war nicht nur mit der Hochsommerhitze zu erklären. Gereizt hob er die Hand, um sich wenigstens das Haar glatt zu streichen, und ihm ging der Gedanke durch den Kopf, dass ihn das Alter offenbar über Nacht eingeholt hatte. Diese Geschichte würde ihn seine jugendliche Unbekümmertheit kosten, die er sich dank der Musik so lange hatte bewahren können; er hatte nach ihrem Rhythmus gelebt, der ihn mal in diese, mal in jene Richtung trieb. Wie bei Wachstumsschüben von Kindern ging das Altern ruckartig vor sich, in Stufen, von einem Tag auf den anderen, ein wenig geheimnisvoll, wie stets, wenn die Natur ihr unbarmherziges Gesicht zeigte.

Eine kleine beige lackierte Tür führte in ein winziges Badezimmer mit einer Sitzbadewanne und einem Waschbecken. Quentin beugte sich über die Wanne und griff in den Abfluss. Wie erwartet, fand er einige rote Haare.

Außer den Haaren förderte seine minutiöse Suche nichts Außergewöhnliches zutage, nur eine alte Kleenex-Rolle unter dem Bett.

Der Gründlichkeit halber öffnete er den Schrank, überwand seinen Widerwillen und tastete mit der Hand in die hintersten Ecken.

Im untersten Fach, wo normalerweise die Schuhe stehen, spürte er etwas Raues. Feine Sandkörnchen blieben an seinen Fingern haften. Quentin überlegte kurz und rieb sie dann wieder an ihrem alten Platz von den Fingern. Vielleicht würde die Polizei sie bemerken und zur Analyse ins Labor mitnehmen. Sie konnte die Herkunft des Sandes sicher genau bestimmen, aber eines glaubte er auch jetzt schon zu wissen: Der Sand stammte vom Meer, nicht von einer Baustelle. Zu den Hotelbesitzern hatte die junge Frau gesagt, sie stamme aus La Rochelle. Das war vermutlich eine Lüge, aber vielleicht nicht sehr weit von der Wahrheit entfernt. Den meisten Menschen mangelte es an Phantasie. Sie errichteten ihre Lügengebäude auf dem Fundament realer – oder zumindest nicht ganz abwegiger – Fakten.

Nachdenklich verließ Quentin das Zimmer und klopfte an die Tür nebenan. Er hörte, wie jemand auf Strümpfen langsam herantappte. Ein alter Araber lugte misstrauisch durch den Türspalt. Quentin grüßte höflich und fragte, ob er seine junge Nachbarin gekannt habe. Der Mann antwortete in gebrochenem Französisch, er sähe nie jemanden, und schloss die

Tür wieder, ohne auch nur Quentins Gruß erwidert zu haben. Mit einem Seufzer klopfte dieser an die nächste Tür, aber die anderen Hotelgäste waren ausgeflogen.

Niedergeschlagen stieg er die Treppe hinunter und gab dem Paar dankend den Schlüssel zurück.

»Sie sind sich ganz sicher, dass Agnès Sylvestre keinen südlichen oder südwestlichen Akzent hatte, nicht einmal einen leichten?«

Die Hotelwirtin verneinte entschieden.

Als Quentin sich verabschiedet hatte, ging ihm auf, dass Conrad die ganze Zeit über keine einzige Silbe von sich gegeben hatte.

Er war schon auf dem Weg den Hügel hinauf, als er innehielt. Ein kurzer Besuch im Café schien geboten. Er setzte sich draußen an einen Tisch im Schatten und bestellte einen Espresso. Als der Kellner mit der Bestellung kam, zeigte er ihm das Foto der Toten.

»Kennen Sie diese Frau?«

Der Kellner erwies sich als freundlicher als die meisten seiner Kollegen in den Pariser Cafés. Er nahm das Foto in die Hand und sah es sich lange an.

»Ja, ich habe sie ein paarmal hier gesehen, das muss ungefähr zwei Wochen her sein. Sie hatte eine andere Haarfarbe, aber es ist die Frau. Hübsch war sie! Suchen Sie sie? Hat sie es Ihnen angetan?«

»Sagen wir mal, ich arbeite an einer Studie über die gastronomischen Gewohnheiten hübscher Mädchen, die ihre Haarfarbe geändert haben.«

Der Kellner lachte.

»Hat sie hier gefrühstückt?«, fragte Quentin.

»Frühstücken wäre zu viel gesagt, sie hat Kaffee und Orangensaft getrunken, mehr nicht. Manchmal hat sie einen Joghurt mitgebracht und heimlich gegessen. Sie hat wohl auf ihre Linie geachtet.«

»Kein Brot, kein Croissant? Niemals?«

»Nein.«

»Und am Vormittag bedienen immer Sie draußen?«

»Nur samstags und sonntags nicht, weil ich kleine Kinder habe und sie gerne ab und zu sehen will. Wenn man schon Kinder hat, soll man sich auch um sie kümmern. Oder gleich auf sie verzichten. Natürlich bedeutet das einen Lohnausfall, aber Geld allein macht auch nicht glücklich.«

Quentin nickte zustimmend.

»Würden Sie mir die Telefonnummer Ihres Kollegen geben, der Sie am Wochenende vertritt?«

»Warum nicht.«

Der Kellner notierte die Nummer auf seinem Block und riss das oberste Blatt ab.

Quentin holte sein Handy heraus und tippte die Nummer ein. Der zweite Kellner bestätigte die Angaben seines Kollegen, aber erst, nachdem er sich nach den Gründen für diese merkwürdige Frage erkundigt hatte.

Quentin bedankte sich, legte auf und zahlte. Während er den Hügel hinunterging, zog er Bilanz. Die ermordete Frau hatte zweifellos einen falschen Namen angegeben, aber sie stammte aller Wahrscheinlichkeit nach von der normannischen oder bretonischen Küste. Sie hatte die Absteige in der Rue Caulaincourt vor dem vorgesehenen Abreisetermin verlassen und sich unter Angabe einer anderen Nationalität im Hôtel de la Butte einquartiert. Demnach musste irgendein Ereignis die Dinge beschleunigt haben. Sie könnte eine Information erhalten haben, die sie dazu veranlasste, früher zu handeln als geplant.

Aber was konnte das für eine mysteriöse Information sein, und wie hatte ihr ursprünglicher Plan ausgesehen? Eines wusste Quentin nun immerhin mit Sicherheit: Sie hatte auf ihre Figur geachtet. Das allerdings hatte sie mit der Mehrzahl der Frauen gemeinsam. Was konnte man daraus schon ableiten!

24

»Ich möchte gern mit Capitaine Corsini sprechen.«

Quentin hatte sich entschlossen, den alten Polizisten anzurufen und ihm die Adresse des Hotels durchzugeben, das er gerade aufgesucht hatte. Damit kam er seiner moralischen Verpflichtung nach, und es lag nun an der Polizei, die Identitätsprüfung vorzunehmen, zu der er allein nicht imstande war.

»Er ist nicht da. Wer ist am Apparat?«, fragte Brossard.

»Belbasse. Ich rufe ihn auf seinem Handy an.«

»Nein, sagen Sie mir, was Sie von ihm wollen«, forderte der Lieutenant.

Quentin war nicht in Streitlaune. Er berichtete Brossard von dem Ort, den Nadine gefunden hatte.

»Sie waren dort?«

»Ja.«

»Sie haben überhaupt kein Recht, das Zimmer zu durchsuchen, bevor wir dort gewesen sind, und das wissen Sie genau. Womöglich haben Sie wichtige Spuren verwischt.«

Quentin holte tief Luft. »Sie können mich mal.«

Im Narcisse war niemand. Hoffentlich haben die Bullen Moulin nicht mitgenommen, dachte Quentin besorgt. Er versuchte, seinen Freund anzurufen, erreichte aber wieder nur die Mailbox und hinterließ eine dringende Bitte um Rückruf.

Er wollte Moulin so schnell wie möglich von den Ereignissen

des Vormittags berichten und ihn vor allem nach dem Vogelnamen fragen, den das merkwürdige Paar Nadine gegeben hatte. Nadine. Die Eule. Das hatte ihn wirklich verblüfft. Eine eigenartige Wahl, die sicher auf ein Ereignis in ihrer Jugend zurückging. Die Eule, ein Nachtvogel, Symbol der Weisheit. Sehr seltsam. Er hätte natürlich auch Nadine selbst fragen können, aber das widerstrebte ihm. Zuerst wollte er darüber nachdenken.

Und um seine Neuronen in Schwung zu bringen, war dringend eine Erfrischung fällig, wie er fand. Er holte seine Badehose und ein Handtuch und machte sich auf den Weg ins Schwimmbad.

Leider hatten Dutzende Hitzegeplagte die gleiche Idee gehabt. Das Becken war dermaßen überfüllt, dass Quentin nicht einmal seine üblichen dreihundert Meter Kraulen absolvieren konnte, ohne alle naselang gegen entrüstete Schwimmer zu stoßen.

Kinder spielten Fangen oder warfen sich gegenseitig ins Wasser, tobten und plantschten. Ihr Gelächter und Geschrei wurden von der gläsernen Schwimmbadkuppel und der Wasseroberfläche reflektiert, sodass ein ohrenbetäubender Hall entstand.

Von allen Seiten sprangen Menschen ins Becken, und das Wasser spritzte hoch auf. Ein paar ältere Frauen mit geblümten Badehauben, die verzweifelt versuchten, wie gewöhnlich ihre Bahnen zu ziehen, schimpften lauthals. Ein paar Sekunden Ruhe fand man nur, indem man abtauchte. Unter Wasser schwimmend versuchte Quentin, seine Gedanken abzuschalten, aber nach zwanzig Minuten gab er auf. Zu viel Menschenfleisch.

Er kletterte aus dem Becken, duschte und zog sich an. Als er die Sonnenbrille aufsetzte, um sich wieder der Außenwelt zu stellen, klingelte sein Handy.

»Corsini hier. Ich möchte Sie sehen. Um fünfzehn Uhr, im Pinson, in Ordnung?«

»Ich komme.«

25

Das Pinson war eines der letzten alten Bistros von Montmartre. Tagsüber diente es vor allem als Treffpunkt seiner Stammgäste, vorwiegend Rentner, die sich, auf die Theke aufgestützt und an ihren Gläsern nippend, über Tagesereignisse austauschten oder die Nachrichten kommentierten.

Sie waren die unverzichtbaren Säulen eines dahinschwindenden Betriebs, der für seinen Widerstand gegen alle Modernisierungstendenzen teuer bezahlte. Abends wagten sich gelegentlich ein paar Neugierige oder versprengte Spaziergänger auf der Suche nach exotischem Flair hinein, doch trotz des herzlichen Willkommens und der exzellenten Küche sah man sie nie wieder.

Quentin war da anders. Er hatte nichts gegen die trendigen Cafés, die überall eröffneten, aber in der alten Sorte Bistro fühlte er sich nun mal am wohlsten. Anscheinend hatte er das mit Corsini gemeinsam. Er stellte sich an die Theke und bestellte beim Wirt ein kleines Bier.

Am anderen Ende der Theke redete ein Taxifahrer auf eine alte Frau mit Schürze ein, die vornübergebeugt auf einem Barhocker saß.

»Nächstes Jahr hör ich auf. Vierzig Jahre im Taxi, kannst du dir das vorstellen? Am schlimmsten ist das Wochenende, Lucette. Vor allem samstags, überall diese Sonntagsfahrer …«

Quentin lächelte. Er warf einen Blick auf seine Uhr: fünf nach drei. Ungeduldig griff er nach dem Glas, das der Wirt vor ihn hingestellt hatte, und in diesem Augenblick betrat Corsini das Bistro. Er war allein.

Ohne Quentin zu grüßen, schimpfte er los. »Nirgendwo ein Parkplatz in dieser Gegend!«

Auch er bestellte ein kleines Bier.

»Und, war es ihr richtiger Name?«, fragte Quentin.

»Nein.«

»Das habe ich mir gedacht. Eine komische Geschichte.«

»Kann man wohl sagen«, bestätigte der alte Polizist.

Quentin nickte.

»Monsieur Belbasse, Sie haben Wort gehalten, indem Sie mir Ihre Information weitergeleitet haben. Dadurch haben Sie mir Zeit erspart. Vielleicht nicht mehr als eine halbe Stunde, aber immerhin. Ich weiß Ihre Ehrlichkeit zu schätzen.«

»Ich halte mein Wort«, murmelte Quentin. »Auch wenn Ihr Kollege nicht dieser Ansicht zu sein scheint.«

Corsini reagierte nicht darauf. »Ich sage Ihnen, wie es aussieht: Wir kennen die Identität der Toten nicht. Wir haben einen Verdächtigen mit einem triftigen Motiv, den wir die ganze Nacht lang verhört haben.«

»Cédric.«

»Ja.«

»Und? Hat er gestanden?«

»Nein. Trotzdem könnte ich Anklage erheben, aber das werde ich nicht tun.«

»Warum nicht?«

»Weil wir nicht genügend Beweise haben. Selbst wenn ich den Untersuchungsrichter erweichen könnte, würden wir bei Gericht damit nicht durchkommen. Dennoch würde ich es versuchen, wenn ich davon überzeugt wäre, dass er der Täter ist, aber das bin ich nicht. Ich glaube, diese Geschichte ist komplexer.«

Er trank sein Bier in einem Zug aus und forderte Quentin stumm auf, es ihm nachzutun. Dann legte er ein paar Euro auf die Theke.

»Gehen wir.«

Während sie nebeneinander die Rue Lepic entlangliefen, sah Quentin aus dem Augenwinkel, dass zahlreiche Geschäfte, in denen sich normalerweise die Menschen drängten, geschlossen waren. In den meisten Schaufenstern lehnte ein Schild mit dem Wort »Urlaub«.

»Wie alt sind Sie, Monsieur Belbasse?«, fragte der Polizist.

»Dreiunddreißig. Warum?«

»Dann kennen Sie Ihren Freund Moulin nicht länger als dreißig Jahre.«

»Was wollen Sie damit sagen?«

»1968 war ich ein junger Streifenpolizist. Wir wurden zu einem Tatort gerufen. Patrick Saulnier, genannt der Linkshänder, ein gewalttätiger Zuhälter, für den ein Dutzend Mädchen auf den Strich gingen, war tot in seinem Unterschlupf in der Rue Victor-Massé aufgefunden worden. Jemand hatte ihm das Genick gebrochen. Obwohl keiner über den Tod des Linkshänders viele Tränen vergoss, führten wir eine ordnungsgemäße Untersuchung durch.«

Quentin war das alles neu.

»Wir haben die Zeugen vernommen, die Mädchen, die anderen Zuhälter, kurz, alle, die ihn näher gekannt hatten. Es stellte sich heraus, dass eines der Mädchen mit ihm in Streit geraten war und er sie zur Strafe übel zugerichtet hatte – ein blaues Auge, ein gebrochener Arm und zwei angeknackste Rippen. Sie konnte mehrere Wochen nicht arbeiten. Wir haben sie verhört, aber sie hat uns natürlich nichts erzählt. Doch aus anderen Quellen haben wir erfahren, dass sie seit zwei, drei Monaten einen Freund hatte, den sie offenbar sehr mochte. Einen Liebhaber. Durch Gegenüberstellungen haben wir die Identität dieses Freundes herausbekommen. Schwant Ihnen, um wen es sich handelt?«

»Um Moulin, nehme ich an.«

»Genau. Und welchen Beruf hatte Ihr Freund zu jener Zeit?«

Quentin hatte auf einmal einen trockenen Mund.

»Ja, Monsieur Belbasse, Ihr Freund Marcel Moulin, genannt ›der Rote‹, war einer der besten Catcher von Paris. Ich habe ihn mir oft angesehen, im Élysée Montmartre. Das war damals noch kein Konzertsaal, sondern eine berühmte Boxsporthalle.«

»Haben Sie ihn vernommen?«

»Ja, natürlich, und dabei war ich nicht gerade zimperlich. Aber er hat nie etwas preisgegeben, und wir konnten ihm nie das Geringste nachweisen. Und das Mädchen hat ihm natürlich ein Alibi gegeben: An dem Abend, an dem der Linkshänder umgebracht wurde, waren sie angeblich zusammen.«

»Aber das haben Sie ihr nicht geglaubt?«

»Nein. Moulin ist ein Mann mit mehr Geheimnissen, als Sie gedacht hätten, was?«

Quentin antwortete nicht. Kindheitserinnerungen wirbelten durch seinen Kopf. In den achtziger Jahren war Moulin häufig ins Ausland gereist. Nadine hatte sich oft darüber beklagt. Dann auf einmal war er wiedergekommen, gut aussehend, gebräunt, Respekt einflößend, zur Beerdigung seines Onkels, von dem er das Narcisse geerbt hatte. Bei der Eröffnung des Cabarets hatten sie die Nacht durchgefeiert. Ganz Montmartre war gekommen. Mit der Zeit war Moulin zum Helden der Außenseiter avanciert, eine lebende Legende geworden. Mit diesem Bild war Quentin aufgewachsen, aber entsprach es der Wahrheit?

»Nach einigen Monaten«, fuhr Corsini fort, »hat sich die Polizei, da es keine neuen Erkenntnisse gab, anderen Fällen zugewandt. Der Tod eines Halunken war nicht wichtig genug, als dass man sich lange mit ihm aufgehalten hätte. Neue Fälle haben ihn in den Hintergrund gedrängt.«

»Aus welchem Grund hatten Sie Moulin im Verdacht?«

»Wegen der Todesursache. Die meisten Leute im kriminellen Milieu werden erschossen. Damals hatten alle Knarren. Auch der Linkshänder war bewaffnet.«

»Es könnte ein Unfall gewesen sein. Ein gebrochenes Genick kann von einem unglücklichen Sturz herrühren. Eine Auseinandersetzung, und dann ein Sturz.«

»Ja. Möglich. Aber die Verletzung sah nicht nach einem Sturz aus. Ich bin immer der Meinung gewesen, dass da ein Profi am Werk war.«

Corsini schwieg einen Moment und sah Quentin an.

»Sie erraten nicht, wer die Frau war?«

»Nein«, gab Quentin zu.

»Ein liebes Mädchen aus der Provinz, sehr sanftmütig, sehr schön, mit großen blauen Augen. Man nannte sie die Eule, wegen dieser auffälligen Augen, ihrer Sanftmut und weil sie ausschließlich nachts arbeitete.«

Quentin riss die Augen auf.

»Das glaube ich nicht.«

Corsini ignorierte seinen Einwurf und sprach langsam und unbeirrt weiter.

»Monsieur Belbasse. Die junge Frau, die in Moulins Keller gefunden wurde, hatte ein gebrochenes Genick. Ihr wurde mit einem schweren Gegenstand eine Wunde zugefügt, aber sie hatte auch ein gebrochenes Genick, und das war die Todesursache. Marcel Moulin hat kein Alibi, und er war in jener Nacht am Tatort.«

Quentin brachte kein Wort heraus.

»Heute früh wurde uns ein weiterer Mord gemeldet, im 18. Arrondissement, alle sind schon hingefahren. Wir haben nicht genügend Personal. Das bedeutet, der Fall der jungen Frau wird bald in seiner Dringlichkeit heruntergestuft werden. Ein paar unserer Männer werden weiterhin versuchen, die Identität der Unbekannten zu ermitteln, aber in absehbarer Zeit werden sie die Akte schließen.«

Der alte Polizist schwieg erneut. Er betrachtete Quentin voll Mitgefühl und verabschiedete sich dann mit einem festen Händedruck.

»Ich wünsche Ihnen gutes Gelingen.«

26

In seinem unterirdischen Fotolabor, auf einem alten Sessel inmitten seiner Gerätschaften sitzend, lauschte Gabriel Caillebotte mit geschlossenen Augen Mozarts *Requiem*. Die Stimmen verklangen. In der Stille, die sich nun ausbreitete, war ein Miauen zu hören. Der Alte schlug die Augen auf, erhob sich, ging zu einer Eisentür und öffnete sie. Mit einer toten Maus im Maul schlüpfte die Katze herein und legte ihre Trophäe in einen Korb, in dem sie es sich anschließend bequem machte.

»Du warst wohl wieder in den Kellern unterwegs, du Herumtreiberin.«

27

Quentin wachte davon auf, dass sich der Schlüssel im Schloss drehte, aber er blieb auf dem Sofa liegen. Er hörte, wie seine Mutter ihre Einkaufstaschen am Eingang abstellte und dann in die Küche ging, wo sie ein Glas aus dem Schrank nahm und den Wasserhahn aufdrehte. Dann kam sie ins Wohnzimmer und setzte sich an den Tisch.

»Hast du Bescheid gewusst über Nado?«, fragte Quentin schroff, die Augen immer noch geschlossen.

Rosa fuhr herum.

»Du hast mir einen Schrecken eingejagt. Ich dachte, du schläfst.«

»Sag schon! Hast du gewusst, dass Nado, bevor sie meine Kinderfrau wurde, unter dem Namen ›die Eule‹ anschaffen gegangen ist?«

»Ja«, gab Rosa widerstrebend zu.

»Warum hast du mir das nie erzählt?«

»Weil es keine Rolle spielt. Das sind alte Geschichten, die niemanden mehr interessieren.«

Quentin fuhr hoch.

»Aber mich interessieren sie! Nado ist ein Teil meiner Familie. Ich bin mit ihr aufgewachsen. Sie hat sich so oft um mich gekümmert, wenn du nicht da warst! Ich habe ihr blind vertraut, und heute, mit dreiunddreißig Jahren, finde ich heraus, dass es einen ganzen Abschnitt in ihrem Leben gibt, von dem ich überhaupt nichts weiß. Und von wem erfahre ich das? Von einem Fremden, einem Polizisten noch dazu, Capitaine Corsini.«

Rosa trank ihr Glas aus und drückte es gegen ihre Brust.

»Das tut mir sehr leid«, murmelte sie.

»Was hast du denn gedacht? Dass ich so bescheuert bin, sie dafür zu verurteilen?«

»Nein, natürlich nicht«, gab Rosa zurück, plötzlich gereizt. Sie stand auf und begann, im Zimmer auf und ab zu gehen, das Glas immer noch in der Hand. »Du warst eben noch so klein, und ich war oft weg. Dann habe ich es irgendwie vergessen. Der richtige Zeitpunkt ist einfach nie gekommen. Und du weißt sehr gut, dass ich nicht in der Vergangenheit lebe. Was für mich zählt, sind Gegenwart und Zukunft. Und Nados Jugend …«

Quentin stand ebenfalls auf und stellte sich auf der anderen Seite des Zimmers an eines der Fenster, die auf den Square d'Anvers hinausgingen. Er beobachtete eine Zeit lang ein paar spielende Kinder, die sich mit großem Vergnügen gegenseitig mit Wasser aus dem Springbrunnen nass spritzten.

»Und Nadine hat deiner Meinung nach aus denselben Gründen geschwiegen?«, fragte er schließlich.

»Vielleicht nicht, aber es ist schwer, einem Menschen, den man liebt und den man schon als Baby gekannt hat, zu sagen, dass man sich früher prostituiert hat.«

»Und dass Moulin möglicherweise ihren Zuhälter umgebracht hat, wusstest du das auch?«

»Was?«

»Laut Corsini gibt es gute Gründe für die Vermutung, dass Marcel Moulin den Zuhälter der Eule getötet hat, indem er ihm das Genick brach.«

»Was ist denn das für eine Geschichte?«, rief Rosa fassungslos aus.

Quentin stellte sich seiner Mutter in den Weg. Er musterte sie argwöhnisch, musste aber zugeben, dass sie ehrlich überrascht aussah.

»Das ist vollkommen absurd«, sagte sie vehement, als wollte sie sich selbst davon überzeugen.

Quentin schwieg.

»Ich verstehe, was du empfindest, mein Schatz«, fuhr Rosa behutsam fort, »aber man muss Wichtiges und Unwichtiges unterscheiden können.«

»Genau das versuche ich«, antwortete Quentin tonlos. »Und man kann nicht gerade behaupten, dass ich dabei viel Hilfe bekomme.« Damit verließ er die Wohnung.

Er aß allein in einem kleinen indischen Restaurant in der Nachbarschaft. Dann ging er ins Café Laurent, den Nachfolger des Tabou Clubs, um seinen Freund Charlie zu hören, der in einem Jazz-Quartett spielte. Die Musik ergriff Besitz von ihm und verjagte die giftigen Worte. *One O'Clock Jump, My Funny Valentine, Round Midnight.* Die Töne nahmen seine Gedanken mit auf die Reise, und er überließ sich seiner Müdigkeit und den kraftvollen, drängenden Rhythmen. Um zwei Uhr morgens wankte er nach Hause und rollte sich auf dem Sofa zusammen.

Ein Zug aus Glas fuhr durch ein endloses Tal, das von heftigen Explosionen erschüttert wurde, deren scharlachroter Schein die Nacht erhellte, bis hin zu dem von schwarzen Fetzen verhängten Himmel. Brennende Bäume reckten zu Tausenden ihre Stümpfe einem Hügel zu, auf dem dunkle Schattengestalten Katzenkadaver enthäuteten, die sie in Brunnen warfen.

Schweißgebadet schreckte Quentin hoch.

»Hatschi!«

Erst ertönte heftiges Niesen, dann erschien Rosa Kontrapunkt in der Wohnzimmertür.

»Alles in Ordnung, mein Schatz?«

»Alles okay«, antwortete Quentin und griff nach seinem Morgenmantel. »Ich habe nur schlecht geträumt.«

»Das wundert mich nicht. Du hast sehr unruhig geschlafen. Hast dich wohl ordentlich volllaufen lassen. Verständlich, aber das wird dir nicht bei der Lösung deiner Probleme helfen. Ich wollte dich schon wecken. Es ist spät, fast elf Uhr. Hier, nimm das«, sagte sie und reichte ihm ein Glas mit einer sprudelnden Flüssigkeit.

Quentin ergriff das Glas, das seine Mutter ihm hinhielt. Darin waren zwei Alka-Seltzer in Auflösung begriffen.

»Haaatschi! Scheiße. Sich im Hochsommer eine Erkältung zu holen, muss man erst mal fertigbringen. In Reykjavík war ich nie erkältet«, beklagte sich Rosa. Sie stellte den Ventilator an und verzog sich in die Küche.

Quentin blieb, in seinen Morgenmantel gehüllt, auf dem Sofa sitzen und schloss die Augen.

Als Rosa zurückkam, hatte sie eine Schachtel Papiertaschentücher in der einen und eine Tasse Tee in der anderen Hand.

»Angeblich ist die Pollensaison vorbei, und das würde ich ja gern glauben, aber irgendetwas ist da noch in der Luft.«

Sie stellte ihre Tasse und die Taschentücher auf dem Fußboden ab und blickte sich, während sie sich auszog, vorwurfsvoll im Zimmer um.

»Die Hitze verschlimmert meine Allergie. Oder ich entwickele gerade eine Allergie gegen etwas anderes.«

Als sie vollständig nackt war, ging sie ins Badezimmer, wo sie ihre Litanei mit lauterer Stimme fortsetzte, um das Rauschen der Dusche zu übertönen.

»Weißt du, das kommt manchmal vor. Während meiner Schwangerschaft bin ich auf einmal allergisch gegen Milch geworden. Ich hatte einen Ausschlag am ganzen Körper. Das hat grässlich gejuckt.«

Quentin schlug die Augen auf und trank sein Glas leer. Der Wortschwall seiner Mutter hatte ihn aus seinen düsteren Grübeleien geholt. Rosa erschien wieder in der Badezimmertür und rubbelte sich die Haare mit einem Handtuch trocken.

»Keiner wusste, woher das kam, bis ich gemerkt habe, dass ich keine Milch mehr mochte. Und nach der Geburt, schwups, war alles wieder gut. Merkwürdig, oder?«

Sie zog sich ein langes grünes T-Shirt über und setzte sich mit dem Gesicht zum Ventilator neben ihren Sohn.

»Wovon redest du überhaupt?«, fragte Quentin matt.

»Von meinen Allergien.«

»Allergien?«

»Ja, ich hab doch immer gesagt, dass ich nur gegen Pollen allergisch bin, aber während meiner Schwangerschaft hatte ich auch eine Lebensmittelallergie. Wusstest du, dass immer mehr Kinder davon betroffen sind? Das kann sehr gefährlich sein.«

Quentin richtete sich auf.

»Sag das noch mal.«

»Was?«

»Das über deine Lebensmittelallergie.«

»Man kann gegen fast alles allergisch sein. Gegen Eier zum Beispiel. Oder gegen Milch, wie ich damals. Aber häufig erkennen es die Ärzte nicht gleich. Man muss eine ganze Reihe von Tests machen, das ist sehr lästig. Und das alles nur wegen der Umweltverschmutzung und unserer ungesunden Lebensweise. Der Körper gerät aus dem Gleichgewicht. Darum geht es übrigens auch in meiner neuen Performance.«

»Weizen! Kann man gegen Weizen allergisch sein? Oder andere Getreidesorten?«

»Klar«, erwiderte Rosa kurz angebunden, weil es sie ärgerte, dass ihr Sohn das Thema wechselte, wenn sie von ihrer Kunst sprach.

Quentin sprang auf und schaltete den Computer an.

»Darf man wissen, was du da treibst?«, fragte seine Mutter nach ein paar Minuten.

»Ich suche die Liste der Krankenhäuser und Kliniken, die auf die Behandlung von Allergien spezialisiert sind.«

»Und wozu?«

»Vielleicht hat die ermordete Frau gar nicht streng auf ihre Figur geachtet, sondern war allergisch.«

»Das ist eine Möglichkeit«, gab Rosa zu. »Andererseits kommt es ziemlich selten vor.«

»Was uns, wenn es stimmt, eine echte Chance eröffnet, ihre Identität herauszufinden«, erwiderte Quentin, von neuer Hoffnung erfüllt. Er fing an, Namen und Telefonnummern zu notieren.

Rosa legte den Kopf schief. »Du kennst das Arztgeheimnis?«

»Ja, und?«

»Sie dürfen dir über ihre Patienten keine Auskunft geben.«

»Na gut, dann gebe ich mich eben als Polizist aus.«

»Hör mal, Quentin, das kannst du nicht machen. Das ist eine schwere Straftat.«

»Mir egal. Ich habe keine andere Wahl. Wenn ich keine Unterstützung bekomme, muss ich eben Risiken eingehen. Sonst werde ich die Wahrheit nie herausfinden. Und jetzt interessiert sie mich mehr denn je. Ich will wissen, was im Narcisse passiert ist. Ich werde nicht lockerlassen, bis ich weiß, wer dieses arme Mädchen umgebracht hat und warum. Sie hat nur noch mich.«

28

Die meergrüne DS 21 bretterte über die Autobahn auf die Atlantikküste zu. Das Prunkstück aus der Citroën-Werkstatt war eine von Quentins wenigen Extravaganzen. Er war sehr stolz darauf. Er hatte den Wagen zehn Jahre zuvor bei einem alten Automechaniker in Pantin erstanden, der ihn liebevoll gepflegt hatte. Trotz seines Alters wirkte der Wagen wie neu. Quentin fuhr ihn nur gelegentlich und holte ihn ab und zu aus der Garage, um die Batterie aufzuladen. Alles an ihm war noch im Originalzustand, abgesehen von der modernen Lautsprecheranlage, die Quentin sich gegönnt hatte, ohne etwas am ursprünglichen Aussehen zu verändern.

Janis Joplin sang aus voller Kehle *Bobby McGee,* und Quentin unterstützte sie nach Kräften.

Er hatte seine Sonnenbrille aufgesetzt, und sein Oberkörper zuckte rhythmisch im Takt der Musik. Wäre er nicht mit offenen Fenstern gefahren, hätte ein ahnungsloser Zuschauer fürchten müssen, er litte unter Krampfanfällen. Aber da er mit seinem Rock 'n' Roll die gesamte Umgebung beschallte, hielt man ihn vermutlich bloß für ein wenig verrückt.

Quentin fühlte, wie ihn neue Energie durchströmte. Er hatte sein Selbstvertrauen wiedergefunden. Der Sand im ersten Hotel und das Fehlen eines südfranzösischen Akzents beim Opfer, das die Wirtin bestätigt hatte, veranlassten ihn zu einer kühnen Schlussfolgerung: Falls sich die Unbekannte wegen ihrer Allergie in Behandlung begeben hatte, dann in einer Spezialklinik an der nordfranzösischen Küste. Und falls sich seine Mutmaßungen als zutreffend erwiesen, würde er dort ihre wahre Identität und vielleicht ihre Adresse herausfinden. Andere Fährten gab es ohnehin nicht, also würde er dieser folgen. Sie hatte zudem den nicht zu leugnenden Vorteil, dass er für ein paar Tage aus Paris verschwinden konnte. Ein bisschen Abstand würde ihm guttun und ihm helfen, die Situation zu überdenken.

Sein Handy hatte er auf den Beifahrersitz geworfen, und dort lag auch das Blatt mit den Adressen der Krankenhäuser, die er im Internet gefunden hatte. Wie er vorgehen wollte, hatte er sich noch nicht überlegt. Wenn es so weit war, würde ihm schon etwas einfallen. Ihm *musste* einfach etwas einfallen.

»Sie hat nur noch mich«, wiederholte er mit lauter Stimme.

Ausflüchte, Zagen und Zaudern kamen nicht infrage. Warum das Schicksal ausgerechnet ihn für diese Aufgabe auserwählt hatte, blieb unklar. Bisher hatte er sich davor gedrückt, entschieden Position zu beziehen und eine maßgebliche Rolle im Räderwerk des Lebens auszufüllen. Er hatte keinen Beruf ausüben wollen, bei dem er zu viel Verantwortung für seine Mitmenschen übernehmen musste. Als Richter, Chirurg oder Wissenschaftler hatte er sich nie gesehen. Musik machen, mit leichtem Gepäck reisen, so lautete sein Credo, da lag seine Begabung.

Und auf einmal entdeckte er in sich etwas – vielleicht nicht gerade einen Racheinstinkt, aber doch den drängenden Wunsch, den Lauf der Geschehnisse zu beeinflussen. Er konnte die junge Frau nicht dem Vergessen anheimgeben, ohne versucht zu haben, Licht auf die Gründe ihres allzu frühen und gewaltsamen Todes zu werfen.

Eine Stunde später, nachdem er in einer Raststätte einen ungenießbaren Kaffee getrunken und ein gummiartiges Sandwich gegessen hatte, näherte er sich Saint-Nazaire. Er verfuhr sich zweimal in den Vororten und fand schließlich vor einem großen modernen Gebäudekomplex einen Parkplatz. Da seine übliche Kleidung nicht der Person entsprach, die er verkörpern wollte, hatte er ein neutrales Outfit gewählt: Jeans, Sneakers, eine Lederjacke und das einzige weiße Hemd, das er besaß.

Er steckte Abzüge der Fotos, die er mit dem Handy von dem Opfer aufgenommen hatte, in seine Hemdtasche und ging mit schnellen Schritten auf die Pforte des Hôpital Sainte-Croix zu. Schrilles Möwengeschrei und das Tuten der Frachtschiffe drangen vom nahe gelegenen Hafen herüber. Quentin sog die Meeresluft tief in sich ein und betrat dann das Gebäude. In dem kühlen, autoritären Ton eines Beamten, der keine Zeit zu verlieren hat und dessen Arbeit weit bedeutender ist als die des anwesenden Personals, fragte er nach der Abteilung für Allergologie.

Diese nützliche Taktik, die er sich bei Lieutenant Brossard abgeschaut hatte, zeigte die erhoffte Wirkung. Als Clou bedachte er die Dame am Empfang noch mit einem unwirschen Blick.

Die junge Frau war beeindruckt und gab ihm umgehend die gewünschte Auskunft. Quentin knurrte einen Dank und schlug, bestärkt durch das ausgezeichnete Ergebnis seiner Darbietung, die ihm gewiesene Richtung ein. In der Allergologie-Abteilung traf er auf eine Oberschwester von imposanter Körperfülle.

Die hünenhafte Frau, die hinter ihrem Schreibtisch stand, überragte ihn um einen ganzen Kopf. Der Blick, mit dem sie ihn fixierte, war nicht weniger finster als seiner.

Quentin ließ sich seine Nervosität nicht anmerken und stellte sich vor.

»Lieutenant Belbasse, von der Pariser Kriminalpolizei.«

»Ja?«, erwiderte die Frau, nicht im mindesten beeindruckt von seinem vorgetäuschten Titel.

Er zog die Fotos aus der Hemdtasche und legte sie direkt vor ihr auf den Schreibtisch.

»Ich wüsste gern, ob diese junge Frau hier behandelt wurde.«

»Ihre Dienstmarke, bitte«, forderte die Hünin.

Scheiße, dachte Quentin. Er blickte noch strenger und sprach die nächsten Worte betont gravitätisch aus, indem er jede einzelne Silbe betonte.

»Setzen Sie sich und hören Sie mir gut zu, Madame.«

Die stattliche Assistentin war sichtlich überrascht von dieser unerwarteten Reaktion und gehorchte.

Quentin beugte sich langsam zu ihr vor, fixierte sie mit dem eisigsten Blick, den er zustande brachte, und fuhr im selben Tonfall fort.

»Es handelt sich hier um einen Mordfall. Ich habe heute Vormittag mehrfach angerufen und keine kompetente Person ans Telefon bekommen, weshalb ich gezwungen war, von Paris hierherzufahren …«

»Lieutenant, wie Sie wissen, haben wir nicht das Recht, Ihnen Auskunft …«

»Lassen Sie mich ausreden! Ich habe viel zu tun und bin sehr in Eile. Ein Mörder ist auf freiem Fuß, und wir müssen ihn schnellstens fassen. Denn, sehen Sie, ein Mörder kann innerhalb kürzester Zeit ein zweites Mal zuschlagen. Sollten Sie also die Ermittlungen behindern, bin ich gezwungen, sehr unangenehm zu werden.«

Das Bild des Serienkillers, das er heraufbeschworen hatte,

ohne groß darüber nachzudenken, löste bei seiner Gesprächspartnerin sofort die gewünschte Reaktion aus. Sie stand abrupt auf und rief in Richtung einer offenen Tür, die sich hinter ihr befand: »Marion, Sonia, könnt ihr mal kommen?«

Quentin staunte, wie reibungslos sein Täuschungsmanöver funktionierte. Hätten die Umstände nicht erfordert, dass er seine Rolle bis zum Ende spielte, hätte er ein Triumphgeheul ausgestoßen. Eine der Krankenschwestern – Marion oder Sonia – war eine bildschöne dunkelhäutige Frau mit langen Zöpfchen, die ihn interessiert betrachtete. Ihre voluminöse Kollegin erklärte den beiden Frauen, was der Polizist wissen wollte.

Die drei beugten sich über die Fotos.

»Wegen welcher Allergie soll man sie denn hier behandelt haben?«, fragte die Schönheit.

»Mehl, Weizen, etwas in der Art.«

»Oh, das ist selten und sehr belastend. Man sieht die Patienten ziemlich häufig, weil sie engmaschig betreut werden müssen. Nein, mir sagt das Foto nichts, ich würde mich an sie erinnern.«

Ein kleines Mädchen von etwa fünf Jahren lief im Korridor vorbei. Sie war sehr blass und hatte einen Verband um die Armbeuge.

»Nein, Élodie«, mahnte die Schöne. »Du musst noch ein Weilchen liegen bleiben. Hab Geduld, mein Schatz.« Sie führte die Kleine in ihr Zimmer zurück.

Die beiden anderen Krankenschwestern kannten das Opfer auch nicht. Quentin dankte ihnen und verabschiedete sich. Als er an dem Zimmer vorüberging, in dem die dunkelhäutige Schwester verschwunden war, sah er drei Kinder in ihren Betten liegen. Eines davon war noch ganz klein und sein Gesicht war fast vollständig von einer Atemmaske verdeckt. Eine blonde Frau hielt seine Hand und lächelte ihm ermutigend zu.

Schweinerei, dachte er. Rosa hat recht. Es ist eine Seuche. Und ich, ich lebe in meiner Blase und schere mich um nichts. Ich tue nichts, um den Zustand der Welt zu verbessern. Ich habe noch nie etwas getan, um jemandem zu helfen. Die Einzige, um die ich mich bemühe, ist eine Tote.

Auf dem Parkplatz der Klinik zündete er sich eine Zigarette an und nahm einen tiefen Zug. Eine elegante ältere Dame in einer weißen Bluse ging an ihm vorbei und schüttelte missbilligend den Kopf. Leicht verlegen trat Quentin die Zigarette mit der Fußspitze aus und stieg in sein Auto.

Nachdem er ein paar Kilometer mit offenen Fenstern gefahren war, sagte er sich, dass er die Kinder dieser Welt nicht damit retten würde, dass er das Rauchen aufgab, und zündete sich eine neue Zigarette an.

Als Nächstes fuhr er Richtung Rennes und setzte in einer anderen Klinik seine Recherchen fort, doch auch dort erfuhr er nichts Neues. Am Spätnachmittag erreichte er Caen, versuchte sein Glück vergebens im städtischen Krankenhaus und verbrachte die Nacht in einem drittklassigen Hotel in der Nähe des Bahnhofs, im Bann seiner düsteren Gedanken.

Am nächsten Tag hatte er im Krankenhaus von Rouen, das er bloß noch aus Pflichtgefühl aufsuchte, bevor er sich geschlagen geben und nach Paris zurückkehren wollte, unerwartet Erfolg. Dr. Carmel, ein älterer Arzt mit weißem Haar und wasserblauen Augen, sah sich die Fotos lange an und gab sie Quentin mit betrübter Miene zurück. Er bat ihn in sein Sprechzimmer.

»Eine scheußliche Sache.«

Quentin nickte.

Dr. Carmel warf ihm einen prüfenden Blick zu. Quentin war beklommen zumute.

»Wie ist es passiert?«

So nüchtern wie möglich fasste Quentin die Tatsachen zusammen.

»Véronique Fontaine«, sagte Dr. Carmel. »Ein sehr ungewöhnlicher Fall. Sie war recht lange hier bei uns.«

Quentins Herz tat einen Satz.

»Wissen Sie, woher sie kam?«, fragte er aufgeregt.

»Natürlich.« Der Arzt gab etwas in seinen Computer ein. »Aus Trouville. Sie kam vor sechs Jahren wegen starker Gelenkschmerzen zu mir. Wir mussten zahlreiche Tests durchführen, bevor wir die Ursache ihrer Beschwerden fanden. Dann haben wir jede Art von Mehl aus ihrer Ernährung gestrichen, und nach und nach konnte sie wieder normal leben, beschwerdefrei. Natürlich war das eine sehr große Einschränkung, denn viele Lebensmittel enthalten Spuren von Mehl. Sie durfte kein Brot, keine Saucen, keinen Kuchen mehr essen. Schwierig für eine junge Frau, aber sie war diszipliniert und entschlossen. Sie kam regelmäßig zu mir, damit ich kontrollieren konnte, ob alles gut verlief.«

»Musste sie Medikamente nehmen?«

»Nein, solange sie sich an die vorgegebene Diät hielt, war das nicht notwendig.«

»Wann haben Sie sie zum letzten Mal gesehen, Dr. Carmel?«

»Am 10. Juli. Sie hat mir erzählt, dass sie nach Italien in Urlaub fährt, und wir sind übereingekommen, dass sie nach ihrer Rückkehr wieder zu mir kommen soll.«

Quentin nickte.

»Wie alt war sie?«, fragte er.

»Einen Moment bitte. Hier: Sie war achtundzwanzig.«

»Verheiratet?«

»Alleinstehend.«

»Wissen Sie, welchen Beruf sie ausgeübt hat?«

»Übersetzerin.« Der Arzt warf einen Blick auf den Bildschirm. »Ja, richtig. Sie hat aus dem Englischen übersetzt.«

Deshalb war es ihr so leicht gefallen, sich als englische Touristin auszugeben, dachte Quentin.

»Hat sie eine Reise nach Paris erwähnt?«

Der Arzt schüttelte den Kopf.

»Nein, ich kann mich nur an Italien erinnern. Wir haben über die Antike gesprochen. Über Rom … Sie war eine gebildete Frau.«

»Könnten Sie mir ihre Adresse geben, Dr. Carmel?«

»Natürlich, Lieutenant«, antwortete der Spezialist mit der Andeutung eines Lächelns. »Das Ableben meiner Patientin entbindet mich von meiner ärztlichen Schweigepflicht.«

Er riss ein Blatt von seinem Rezeptblock und notierte darauf Véronique Fontaines Adresse. Dann reichte er Quentin den Zettel.

»Danke. Sie haben mir sehr geholfen.«

»Monsieur Belbasse, ob Sie nun von der Polizei sind oder nicht, finden Sie denjenigen, der das getan hat.«

Die beiden Männer lächelten sich zu und schüttelten einander die Hand.

Um acht Uhr abends saß Quentin wieder am Steuer. Er fuhr ins Stadtzentrum und fand ein Hotelzimmer mit Blick auf die Kathedrale.

Er hatte Lust, noch ein wenig spazieren zu gehen, bevor er sich ein Restaurant suchte. Seit zwei Tagen war er Kilometer um Kilometer gefahren und hatte fünf Krankenhäuser aufgesucht. Die Anstrengung machte sich körperlich und nervlich bemerkbar.

Trotz seiner Müdigkeit empfand er bei dem Gedanken, am nächsten Tag nach Trouville zu fahren und in die Welt von Véronique Fontaine einzutauchen, eine Art freudiger Erregung. Er konnte es kaum fassen, dass ausgerechnet er die Identität des Opfers aufgedeckt und mit seiner kühnen Hypothese einer Lebensmittelallergie recht behalten hatte. Er hätte Corsini über seine Entdeckung informieren müssen, das war ihm bewusst, aber er wollte sich gern noch etwas Vorsprung bewahren. Die Polizei hatte Zugang zu Informationen, die sie ihm vielleicht zur Verfügung stellen würde, wenn er etwas zum Tausch anzubieten hatte. Wenn er jetzt die Behörden informierte, würde man ihn daran hindern, seine Ermittlungen fortzusetzen. Dann wären ihm die Hände gebunden. Nein, es war besser, noch mehr in Erfahrung zu bringen, Véroniques Umfeld auszukundschaften, ihre Freunde und Nachbarn zu befragen und alle anderen Personen, die ihm etwas über sie mitteilen konnten. Seitdem er ihre Identität kannte, war das Geheimnis noch undurchdringlicher geworden. Was sie in Montmartre gewollt hatte, war ihm völlig unbegreiflich. Er musste sich in ihrem Leben umsehen, in ihrer Vergangenheit. Irgendwo musste es eine Verbindung zu seinem Viertel geben, wo sie umgebracht worden war. Aber welche? Hatte sie sich mit Moulin treffen wollen, den sie kannte – auch wenn dieser etwas anderes behauptete?

29

Früh am nächsten Morgen machte sich Quentin auf den Weg nach Trouville. Der zunächst höchst angenehme Abend auf der Terrasse eines Restaurants, wo er Muscheln gegessen und Weißwein getrunken hatte, war ihm schlecht bekommen. Ein Albtraum nach dem anderen hatte ihn in seinem Hotelbett auf der durchgelegenen Matratze überfallen. Nach dem letzten war er gegen fünf Uhr morgens aufgewacht und hatte beschlossen, vor den Dämonen zu flüchten und aufzustehen. Nach einem raschen Frühstück, das ihm ein völlig apathischer Mann in einem abgetakelten Speisesaal serviert hatte, war er in sein Auto gesprungen und losgefahren.

Um acht Uhr parkte er seinen Citroën in Trouville vor dem Haus, in dem Véronique Fontaine gewohnt hatte. Es war ein modernes, fünfstöckiges Gebäude, dessen bodentiefe Fenster alle auf Balkons hinausführten. Es hob sich deutlich von den alten, für die Küste der Normandie so typischen Fachwerkhäusern ab, die die Straße säumten. Das Gebäude stand ganz oben auf dem flachen Hügel, der die Stadt dominierte.

Als Quentin die Autotür öffnete, begrüßte ihn eine leichte Brise vom Meer her. Er schloss die Augen und füllte seine Lungen. Nach den letzten Wochen in der Gluthitze von Paris empfand er das frische Lüftchen als die reinste Wohltat. Abgesehen von einem alten Mann, der seinen Schäferhund ausführte, war er allein auf der Straße.

Quentin umrundete das Gebäude. Von der Schmalseite aus hatten die Bewohner einen schönen, ungehinderten Blick auf die Bucht. Das Meer plätscherte sanft gegen den leicht ansteigenden, halbmondförmigen Strand, an dem sich schon die ersten urlaubshungrigen Familien ausbreiteten.

Quentin hatte Glück. Eine dunkelhaarige Frau um die fünfzig trat, in einen bonbonrosafarbigen Morgenmantel gehüllt, auf die Terrasse im Erdgeschoss. Sie trug eine Kaffeekanne und zwei Schalen, die sie auf einem kleinen Plastiktisch abstellte. Quentin sprach sie an.

»Guten Morgen, Madame, darf ich Sie kurz stören?« Er nahm die Sonnenbrille ab.

»Guten Morgen.«

»Könnten Sie mir sagen, in welcher Etage Mademoiselle Fontaine wohnt?«

Die Frau legte die Stirn in Falten, aber sie gab ihm Auskunft.

»Direkt über uns. Was wollen Sie von ihr?«

Quentin ging auf sie zu.

»Ich bin Privatdetektiv. Ich komme aus Paris und würde Ihnen gerne einige Fragen stellen, wenn Sie nichts dagegen haben.«

»Privatdetektiv?«, fragte sie ungläubig. Sie wandte sich der offenen Terrassentür zu und rief nach drinnen: »Georges, komm doch mal.«

In der Tür erschien ein braungebrannter, muskulöser Glatzkopf von Mitte sechzig.

»Georges, dieser Herr ist Privatdetektiv. Er will mit uns über Véronique sprechen«, sagte die Frau, noch unschlüssig, wie sie mit diesem seltsamen morgendlichen Gast umgehen sollte.

Georges nahm Quentin scharf ins Visier und übersah dabei auch die dunklen Augenringe nicht.

»Guten Morgen, Monsieur.«

»Véronique ist im Urlaub …«

»Leider ist sie das nicht. Sie wird nicht wieder zurückkommen«, unterbrach ihn Quentin in ernstem Ton.

»Wie das? Warum nicht?«, rief die Frau erschrocken.

»Sie wurde ermordet.«

»Mein Gott!« Die Frau wurde kreidebleich.

Quentin sprach schnell weiter. »Ich habe einen weiten Weg zurückgelegt, um die Spur der jungen Frau aufzunehmen und brauche Hilfe.«

»Kommen Sie herein«, sagte Georges.

Quentin kehrte zum Hauseingang zurück, durchquerte den Hausflur und ging auf die geöffnete Wohnungstür zu, in der der Mann auf ihn wartete.

Er trat ein und wurde aufgefordert, sich auf einen Sessel zu setzen, dem Paar gegenüber, das sich auf ein Sofa aus schwarzem Kunstleder sinken ließ.

So schonend wie möglich und sehr auf seine Wortwahl bedacht, berichtete Quentin ihnen, was ihrer Nachbarin zugestoßen war. Die Frau brach in Tränen aus und lief mit einer erstickten Entschuldigung aus dem Zimmer.

»Aber wie kommt es, dass Sie und nicht die Polizei sich um diese Angelegenheit kümmern?«, fragte Georges argwöhnisch.

»Die Polizei wird auch noch kommen, ich bin gewissermaßen die Vorhut. Wir arbeiten zusammen.«

»Sie war ein feiner Mensch«, sagte Georges betroffen. »Immer höflich. Immer hilfsbereit. Meine Frau hat manchmal einen Kaffee mit ihr getrunken. Sie hat unsere Pflanzen gegossen, wenn wir im Urlaub waren, und umgekehrt.«

»Haben Sie einen Schlüssel zu ihrer Wohnung?«, fragte Quentin gespannt.

»Ja«, gab der Mann zu. »Aber ich kann Sie nicht hineinlassen. Es gibt keinerlei Beweise für Ihre Behauptungen. Vielleicht ist sie gar nicht tot, und das ist nur ein Trick, um in ihre Wohnung zu gelangen. Nein, ausgeschlossen. Nicht, dass ich Ihnen nicht glaube, aber … heutzutage sieht man im Fernsehen so vieles. Es gibt so viele Spinner.«

»Sie haben recht mit Ihrer Vorsicht«, versicherte Quentin. Nach kurzem Zögern holte er die Fotos aus der Hemdtasche.

»Zeigen Sie sie bitte nicht Ihrer Frau.«

Der Mann nahm die Fotos entgegen und betrachtete sie. Aus seinem Gesicht war alles Blut gewichen. »Oh, mein Gott!« Hastig gab er Quentin die Aufnahmen zurück.

»Ich glaube Ihnen. Aber wie ist so etwas möglich?«

»Feinde hatte sie nicht? Sie hat sich nie über Drohungen oder Stalking beklagt?«

»Nein. Sie war eine ganz normale, ruhige junge Frau.«

»Gewalttätige Freunde?«

»Nicht, dass ich wüsste. Ich glaube nicht, dass sie in letzter Zeit einen festen Freund hatte. Aber stellen Sie die Frage lieber meiner Frau. Sie kann dazu sicher mehr sagen. Das sind so Sachen, die Frauen eher merken als Männer. Ich habe mich manchmal mit ihr übers Segeln unterhalten. Sie ist gern mit dem Boot rausgefahren. Sie war eine sehr gute Seglerin. Sie hat einen Großteil ihrer Freizeit auf dem Wasser verbracht. Das Meer und den Sport hat sie geliebt, wie viele hier. Wir waren sogar im selben Verein.«

»In welchem?«

»Dem Yachtclub Trouville.«

»Hatte sie viele Freunde?«

»Ich glaube nicht. Ein paar junge Leute aus dem Club, aber die kamen nicht her, und sie ist wenig ausgegangen. Sie war eher der stille Typ, blieb lieber für sich, ich würde fast sagen, sie war in sich gekehrt.«

»Seit wann hat sie hier gewohnt?«

»Seit ungefähr fünf Jahren. Auch das kann Ihnen meine Frau sicher genau sagen, aber ganz falsch liege ich vermutlich nicht.«

»Wussten Sie, dass Sie unter Allergien litt?«

»Oh ja, allerdings, die Arme! Es war praktisch unmöglich, sie zum Essen einzuladen. Ihr war so gut wie alles verboten. Na gut, ich übertreibe. Ich meine, alles, was wirklich gut schmeckt.«

»Leben ihre Eltern noch?«

»Nein, ihr Vater ist gestorben, als sie ganz klein war, und ihre Mutter etwas später. Sie ist bei ihrer Tante und ihrem Onkel aufgewachsen.«

»Haben die sie oft besucht?«

»Oft wäre zu viel gesagt. Die Tante habe ich häufiger gesehen als den Onkel.«

Seine Frau kam zurück. Sie trug nun statt des Morgenmantels eine dunkelblaue Leinenhose und eine weiße Bluse. Ihre Augen waren immer noch leicht gerötet, aber sie hatte Make-up und ein wenig Rouge aufgelegt. Sie setzte sich und goss sich eine Tasse Kaffee ein.

»Entschuldigen Sie.«

Georges legte seine große Hand auf die seiner Frau.

»Marie, ich habe mit Monsieur Belbasse gesprochen. Er möchte Véroniques Wohnung sehen.«

»Warum ist die Polizei noch nicht hier?«, fragte seine Frau beunruhigt.

»Sie kommt noch, Madame.«

»Der Herr sagt, dass er befugt ist, Ermittlungen durchzuführen. Das ist leicht nachzuprüfen. Ich denke, wir können ihm glauben.«

»Die Zeit drängt«, erklärte Quentin nachdrücklich. »Ich muss mir unbedingt die Wohnung Ihrer Nachbarin ansehen. Wenn Sie wollen, kommen Sie mit. Sie können gern ein Auge auf mich haben.«

Die Frau blickte ihren Mann fragend an, und dieser bedeutete ihr durch ein Nicken, dass er einverstanden war.

Sie stand auf. »Folgen Sie mir.«

30

Ein breiter Streifen Sonnenlicht, der aus dem Wohnzimmer in den Flur fiel, begrüßte die beiden Besucher, als sie die Wohnungstür öffneten.

Quentin ging langsam voran. Ihn verwirrte die Helligkeit, dieser bestürzende Kontrast zu dem dunklen Kellerloch, in dem er die tote Frau gesehen hatte, die mittlerweile einen so großen Raum in seinem Leben einnahm.

Die Zimmeraufteilung glich der im Erdgeschoss. Ein kleiner Flur führte zu einem geräumigen Wohnzimmer, dessen von Vorhängen eingerahmtes Panoramafenster den Blick aufs Meer freigab. Auf derselben Seite befand sich ein Schlafzimmer, ebenfalls von einer Fensterfront erhellt. Zur Straße hin führte eine Tür ins Badezimmer und eine weitere in die Küche. Der Boden war durchgehend weiß gefliest.

Während die Nachbarin bei der Eingangstür stehen blieb, stellte sich Quentin in die Mitte des Wohnzimmers und blickte sich aufmerksam um.

Die geräumige Zweizimmerwohnung war funktional eingerichtet, geschmackvoll, aber phantasielos. Die übliche Sitzecke aus Sofa, niedrigem Tisch und passenden Sesseln nahm zwei Drittel des Raumes ein. Auf mehreren Regalen, die das Sofa umrahmten, lagerte ein Sammelsurium von Objekten: unterschiedlich große Steine, mit Meeresmotiven bemalt, Kopien von alten Kunstgegenständen, vorwiegend italienisch

– Schmuckkästchen und venezianische Spiegel, Figürchen aus der Antike oder der Renaissance –, eine alte Spendendose aus Eisen, mit der für die Seenotrettung gesammelt wurde, ein paar Bildbände über das Segeln, Werke über die großen Maler und Bildhauer Italiens. Keine Romane.

Auf dem untersten Regalbrett lag etwas, das Quentin als Flötenetui erkannte. Er klappte den Deckel auf und fand eine in drei Teile zerlegte Querflöte, die in ihrem Samtfutteral ruhte.

»Hat Ihre Nachbarin Flöte gespielt?«, fragte er Marie, die nun doch hinter ihm ins Zimmer gekommen war.

»Ich glaube nicht. Wir haben nie etwas gehört. Aber die Wohnungen sind gut gedämmt.«

Quentins Blick fiel auf ein Schränkchen mit einer Stereoanlage und einem CD-Ständer. Er trat näher heran und las die Aufschriften auf den CDs, die sorgsam alphabetisch und nach Genre geordnet waren. Es gab klassische Werke, aber auch Chansons, Pop und Jazz. Die besten Stücke, die besten Interpretationen. Véronique hatte einen sehr eigenwilligen, aber erlesenen Geschmack.

Dass sie so musikbegeistert war, verunsicherte Quentin – es war, als hätte sich ihm plötzlich eine geheime Verbindung offenbart, die sie einander noch näher brachte.

Ein leiser Schrei riss ihn aus seinen Gedanken. Überrascht drehte er sich zu Marie um, die bisher noch keinen Laut von sich gegeben hatte. Sie stürzte auf ein winziges Orangenbäumchen zu, dessen Blätter halb verdorrt herabhingen.

»Guter Gott!«, rief sie aus und hob die Pflanze hoch. »Der ist ja ganz vertrocknet. Er geht mir noch ein. Bei dieser Hitze passiert das so schnell. Ich … Georges und ich, wir haben ihn gegossen, aber … Das verzeihe ich mir nie … Sie ver- … sie hat mir doch vertraut …«

Tränenüberströmt lief sie aus dem Zimmer, das Orangenbäumchen in den Armen. Quentin hatte keine Chance, darauf zu reagieren. Kurz darauf hörte er, wie Wasser aus einem Wasserhahn rauschte und die Nachbarin sich die Nase putzte.

Er setzte seine Erkundung des Wohnzimmers fort. An der Wand gegenüber den Regalen stand das auffälligste Möbelstück, ein ausladender weißer Schreibtisch mit einem Computer darauf. Mehrere Wörterbücher waren daneben aufgereiht, englische wie französische. An der Wand darüber hing in einem Glasrahmen ein einziges Foto, schon ein wenig vergilbt und zerknittert. Es zeigte eine junge Frau und ein etwa achtjähriges Kind an einem normannischen Strand. Die junge Frau hatte langes rotes Haar.

Das kleine Mädchen musste Véronique sein, die junge Frau, der sie ähnelte, ihre Mutter. Das Kind leckte an einem Eis, das auf seinen Bauch getropft war. Es lachte und alberte herum. Quentin beugte sich vor und entdeckte den Leberfleck auf der Brust.

Mit Herzklopfen setzte er sich auf den Schreibtischstuhl und schaltete den Computer an. Der Bildschirm wurde hell und zeigte einen Sonnenuntergang über einem ruhigen Ozean. Nacheinander leuchteten die Desktopsymbole auf.

Ein Passwort schien nicht erforderlich zu sein.

Marie war ins Wohnzimmer zurückgekommen. »Setzen Sie sich doch«, schlug Quentin vor. »Es wird sicher etwas länger dauern.«

Sie folgte seiner Aufforderung und setzte sich auf einen der cremefarbenen Sessel am Fenster, legte die Hände in den Schoß und wartete. Ihr Blick irrte durchs Zimmer, als sähe sie ihre junge Nachbarin vor sich oder als suchte sie nach irgendeiner Erklärung.

Quentin konzentrierte sich wieder auf den PC. Er öffnete verschiedene Ordner, die mit Véroniques Beruf in Zusammenhang standen, stieß auf die Übersetzung eines Kochbuchs, einen Ordner mit Rechnungen, einen weiteren mit Daten für die Steuererklärung. Nach den Zahlen, die dort standen, hatte Véronique recht gut verdient, und zwar regelmäßig, zumindest in den letzten fünf Jahren.

Quentin öffnete einen Ordner mit Fotos, der hauptsächlich Aufnahmen vom Meer enthielt. An Bord eines Segelbootes, an einem windigen Tag. Mehrere Personen in Segelkluft, die in die Kamera lächelten. Männer und Frauen unterschiedlichen Alters. Eine Anzahl von Aufnahmen, die Véronique in verwaschenen orangeroten Shorts zeigten, das Haar mit einem Gummiband zurückgebunden. Jung und fröhlich. Lebendig. Die Fotos waren vor weniger als einem Monat aufgenommen worden.

Quentin sah, dass einige Gesichter immer wieder auftauchten: eine Frau um die sechzig, ein etwas älterer Mann mit Glatze und Bierbauch und eine Frau in Véroniques Alter mit Baby.

»Entschuldigen Sie, Madame.« Die Nachbarin hob ruckartig den Kopf, als wäre sie mit den Gedanken meilenweit entfernt gewesen.

»Könnten Sie bitte kurz herkommen?«, fragte Quentin.

Marie stand auf und stellte sich neben ihn.

»Wissen Sie, wer diese Personen sind?«

»Ihre Tante, ihr Onkel und ihre Cousine, glaube ich.«

»Und die anderen?«

»Bekannte aus dem Yachtclub. Schauen Sie, da ist ja auch mein Mann.« Sie deutete auf ein Foto, auf dem man im Hintergrund tatsächlich Georges erkannte. Er schien zwei jungen Männern zu helfen, eine Jolle ins Wasser zu ziehen und sprach dabei mit einem dunkelhaarigen Mann mittleren Alters, der eine Sonnenbrille trug.

»Das war während der Regatta, glaube ich.«

Quentin nickte. Er suchte weiter, fand aber nichts Interessantes mehr. Die Fotos stammten alle aus jüngerer Zeit, die frühesten waren drei Jahre alt. Vermutlich hat sie sich da den Computer gekauft, dachte Quentin.

In der nächsten halben Stunde klickte er verschiedene Icons an, fand aber nichts von Belang. Auch unter ihren E-Mails warteten keine aufschlussreichen Nachrichten. Er druckte trotzdem die neuesten aus und machte außerdem einen Ausdruck von der Liste ihrer Auftraggeber, die sich im Steuerordner befand. Auf die würde er später noch einen Blick werfen, nahm er sich vor.

»Gut.« Er schaltete den Computer aus. »Suchen wir weiter.«

Er zog die Schreibtischschubladen auf. Die kleine auf der rechten Seite enthielt den üblichen Krimskrams. Visitenkarten, Werbung für örtliche Restaurants mit Lieferservice, ein Impfpass, ein Ausweis der Stadtbibliothek mit einem missratenen Passbild, Schlüssel für ein Fahrradschloss, eine Sonnenbrille. Was sich dort fand, war weniger bemerkenswert als das, was fehlte: keine EC-Karte, kein Ausweis, keine Versichertenkarte. Das wunderte Quentin, da man bei der Leiche keinerlei Papiere gefunden hatte. Quentin blätterte in ihrem Impfpass und war enttäuscht.

Sie war nicht sehr reiselustig gewesen. Kein Impfstoff, der auf ein exotisches Ziel hindeutete. Weder Gelbfieber noch Hepatitis. Nicht einmal ihr Tetanus-Impfschutz war auf dem neuesten Stand. Die letzte Auffrischung hätte vor vier Jahren erfolgen müssen, aber es gab keinen Stempel.

Die junge Frau schien ein zurückgezogenes, fast schon einförmiges Leben geführt zu haben, bevor sie zu ihrer Reise nach Paris aufbrach, von der sie nicht mehr zurückgekehrt war.

»Was genau suchen Sie denn?«, fragte Marie zaghaft.

»Das weiß ich nicht«, gestand Quentin, während er die Schublade zuschob. Er hob wie zur Entschuldigung die Hände, stand auf und trat ans Fenster.

Er schob die weiße Gardine beiseite, um freie Sicht auf die Bucht zu haben. Weiter hinten brachten vorüberziehende Kumuluswolken das tiefe Blau des Himmels zur Geltung. Das Meer lag still da, am Scheitelpunkt der Gezeiten. Die kleinen Wellen schwappten unentschlossen an den Strand, als wüssten sie nicht, ob sie sich zurückziehen oder weiter vordringen wollten.

Ein Band aus Schaum, Algen und Abfällen zog sich über den dunklen Sand. Die morgendlichen Badegäste mussten diesen dünnen Streifen überspringen, bevor sie sich in die Fluten stürzen konnten, die Erfrischung und Ablenkung versprachen.

Ein paar Wassersportler kletterten auf ihre Jollen oder Surfbretter, in der Hoffnung, dass weiter draußen ein stärkerer Wind wehte.

Auch die braungebrannten Krapfenverkäufer waren schon unterwegs und priesen ihre Ware an. Ein neuer Tag brach an, ein Tag, der gute Geschäfte versprach.

Quentin trat auf den Balkon. Links in der Ferne erkannte er das Casino von Trouville; es erwachte träge aus einer Nacht der Illusionen und Aufregungen, die manch einen Spieler in den Ruin getrieben und anderen flüchtiges Glück beschert hatte.

Staub sind wir, dachte Quentin, und zu Staub werden wir. Er drehte sich um und kehrte den Badenden den Rücken.

Nachdem er die Balkontür hinter sich zugezogen hatte, machte er sich daran, das Schlafzimmer, die Küche und das

Bad zu inspizieren, aber sie schienen keine Geheimnisse zu enthalten. Zuletzt sah er sich noch einmal im Wohnzimmer um, dann beschloss er, dass es genug war.

»Sie haben nichts gefunden?«, fragte Marie enttäuscht.

»Nein, nichts«, antwortete Quentin.

Die Nachbarin ging in die Küche, nahm das Orangenbäumchen an sich und öffnete die Wohnungstür. Quentin hielt sie zurück.

»Einen Moment noch, bitte.«

Er hatte auf einem Hocker in der Ecke des kleinen Flurs einen Stapel Zeitschriften entdeckt.

Das Gesicht der Nachbarin, die sich an den kranken Orangenbaum klammerte wie an eine Rettungsboje, leuchtete hoffnungsvoll auf. Auf ihre weiße Bluse tropfte Wasser.

Quentin ging in die Knie und breitete die Segelmagazine und Lokalzeitungen nacheinander auf dem Boden aus. Er blätterte sie aufmerksam durch, aber sie schienen nichts Interessantes zu enthalten. Mit einer Geste des Bedauerns hob er den Stapel wieder auf den Hocker, und schweigend verließen sie die Wohnung.

31

Quentin ging die Mole entlang. Dass er Véroniques Familie die schreckliche Nachricht überbringen musste, setzte ihm schwer zu. Er fühlte sich der Aufgabe nicht gewachsen. Aber wenn er die Wahrheit über den Tod der jungen Frau herausfinden wollte, blieb ihm nichts anderes übrig, als die Rolle des Boten zu übernehmen.

Doch bevor er sich dem Schmerz der Familie stellen konnte, musste er dringend frische Luft schnappen und eine Weile das Meer betrachten.

Während er so dahinlief, verborgen hinter seiner Zigarette und der Sonnenbrille, gestand er sich ein, dass er zum ersten Mal Lieutenant Brossard verstand, der sich vor den menschlichen Tragödien schützte, indem er sich eine Haltung professioneller Grobheit zugelegt hatte. Auch so mancher Chirurg will lieber nicht wissen, wem er den Bauch aufschneidet, um Krebszellen herauszuholen, weil er befürchtet, Handwerk und Gefühle durcheinanderzubringen.

Die Polizisten wussten, dass sie nur gutgeschliffene Instrumente waren, unentbehrliche Rädchen im Getriebe der Menschheit. Sie hatten sich entschieden, diesen Job zu übernehmen. Morgens mit einem Kaffee in der Hand anzukommen und gleich in die leeren Augen einer Leiche zu blicken, die noch wenige Stunden zuvor ein Mensch gewesen ist, ein Mensch, der hofft, lacht, leidet. Jeden Morgen aufzustehen und sich denen zu stellen, die noch da sind, um nach Möglichkeit den Schuldigen zu finden.

Dass man bei einem solchen Alltag mit dreißig zum Alkoholiker werden konnte, verwunderte Quentin nicht. Lieutenant Brossard war ein Mann mit Durchhaltevermögen, einer, der sich bemühte, seinen Mann zu stehen, den winzigen roten Faden, der ›Sinn‹ hieß, nicht aus den Augen zu verlieren. Konnte man ihm seine Unnachgiebigkeit vorwerfen? Quentin war kurz davor, ihn anzurufen und sich zu entschuldigen, aber er wusste, dass das zwecklos war. Manche Pfeile verfehlen ihr Ziel, daran ließ sich nun mal nichts ändern.

Sein Handy vibrierte. Er warf einen Blick auf das Display. Fanny. Er zögerte einen Moment, dann nahm er ab.

»Wo steckst du denn? Was treibst du? Wenn du jemanden kennengelernt hast, könntest du wenigstens den Mumm haben, es mir ins Gesicht zu sagen, statt mich hier versauern zu lassen, während du in Paris rumvögelst.«

Sie schniefte geräuschvoll.

»Es ist nicht so, wie du denkst«, stotterte er unbeholfen. »Ich suche den Mörder einer jungen Frau.«

»Das kannst du deiner Oma erzählen! Aber nicht mir!«, sagte Fanny und legte auf.

Die Wahrheit ist nicht unbedingt immer glaubwürdig, dachte Quentin bekümmert. Er wusste, dass es vorerst sinnlos war, Fanny zurückzurufen.

32

Ein enges Gässchen im Straßengewirr des historischen Stadtkerns. Bis hierher schien die Sonne kaum je vorzudringen. Auf beiden Straßenseiten standen die traditionellen normannischen Fachwerkhäuser mit ihren dunklen Holzbalken. Unter der Last ihres Alters hatten sich die Gebäude vornüber geneigt, als wollten ihre Dächer so nah wie möglich aneinanderrücken, um besser miteinander tuscheln zu können. Windschief, wie sie waren, fiel noch weniger Licht von oben herein. An Regentagen, wie sie in der Normandie so häufig sind, musste es in dem Gässchen finster sein, dachte Quentin, während er die Hausnummern las. Der dritte Laden auf der rechten Seite vom Hafen aus gesehen war das Schreibwarengeschäft, von dem Véroniques Nachbarn gesprochen hatten. Quentin holte tief Luft und stieß die Tür auf. Eine Ladenglocke bimmelte und ein dicker, glatzköpfiger Mann mit Schnurrbart erschien und bahnte sich einen Weg durch den engen, vollgestopften Laden. Seine Hemdsärmel waren hochgekrempelt, und er kaute mit vollem Mund. Die Neonbeleuchtung an der Decke verlieh seiner Haut einen gräulichen Schimmer.

»Wie kann ich Ihnen helfen?«, nuschelte er zum Gruß.

Quentin wusste nicht, wie er das Gespräch am besten einleiten sollte.

»Monsieur …«

»Marchand«, antwortete der Mann.

Obwohl man alles darangesetzt hatte, den Laden modern und einladend erscheinen zu lassen, roch er nach altem Papier. Auf Wandregalen aus Metall waren verschiedene Büroartikel aufgereiht. Neben dem Eingang standen ein Zeitungsgestell und ein Drehständer mit Postkarten.

»Monsieur Marchand, haben Sie eine Nichte namens Véronique?«

»Sie ist die Nichte meiner Frau«, erklärte der Mann. »Warum?«

»Ist Ihre Frau da?«

»Nein, sie ist außer Haus. Sie sollte in ungefähr einer Stunde zurück sein. Wer sind Sie? Was ist mit Véronique?«

»Ich heiße Quentin Belbasse. Ich habe eine schlechte Nachricht für Sie. Können wir uns einen Moment setzen, Monsieur Marchand? Für das, was ich Ihnen zu sagen habe, brauchen wir etwas Ruhe.«

Der Schreibwarenhändler runzelte die Stirn, drehte sich um und ging in das Hinterzimmer zurück. Auf einem Stück Tageszeitung lagen die Reste eines belegten Brötchens. Marchand räumte sie hastig weg und deutete auf einen Stuhl.

»Nehmen Sie Platz.«

Er selbst ließ sich auf einen anderen Stuhl fallen und blickte seinen Besucher fragend an.

»Stehen Sie Véronique nahe?«, fragte Quentin. Fast hätte er gesagt: »Standen Sie«, aber er hatte sich im letzten Moment noch zurückhalten können.

»Wir haben sie großgezogen«, sagte Marchand. »Nach dem Selbstmord ihrer Mutter, der Schwester meiner Frau.«

Quentin senkte den Blick.

»Monsieur Marchand, Ihre Nichte …«

Er zögerte, dann stellte er sich dem Unvermeidbaren und gab sich einen Ruck.

»Ihre Nichte ist verstorben. Es tut mir sehr leid, dass ich Ihnen eine so schreckliche Nachricht überbringen muss.«

»Véronique? Tot?«

Quentin nickte nur.

»Wie ist das möglich? Oh, mein Gott!«

»Sie ist … Sie wurde in einem Kellerraum in Paris aufgefunden. Es war kein natürlicher Tod.«

Sein Gegenüber war zu schockiert, um die Einzelheiten zu erfassen. Monsieur Marchand besaß nicht einmal die Geistesgegenwart, Quentin zu fragen, woher er über den Tod seiner Nichte Bescheid wusste.

»Marion wird am Boden zerstört sein«, murmelte er, nachdem er lange schweigend vor sich hin gebrütet hatte.

»Marion ist Ihre Frau?«, fragte Quentin behutsam.

»Ja, sie hat sich immer um Véronique gekümmert. Wir haben sie nicht nur großgezogen, sondern fast als zweite Tochter betrachtet. Sie und unsere Tochter sind … waren fast gleichaltrig.«

»Ihre Tochter lebt auch in Trouville?«

»In Deauville, mit ihrer Familie. Sie ist Lehrerin. Sie hat zwei Kinder.« Trotz des Ernstes der Situation und seiner ehrlichen Bestürzung hörte man ihm den Vaterstolz an.

»Wie heißt sie?«

»Lucie. Das Licht. Lucia. Ihr Vorname passt gut. Sie war immer unser Sonnenschein. Seit dem Tag ihrer Geburt. Véronique ist viel komplizierter. Aber das ist nicht ihre Schuld, armes Kind. Erst der frühe Tod ihres Vaters und dann eine solche Mutter. Sie hatte größere Schwierigkeiten als unsere Tochter, sich im Leben zurechtzufinden.«

»Aber sie hatte einen Beruf«, widersprach Quentin sanft.

»Ja, sie schlug sich so durch, ohne je eine sichere Zukunft vor Augen zu haben, aber gut, ja, sie hat gearbeitet. Sprachen sind ihr schon immer leichtgefallen. Nur mit den Männern, ich weiß auch nicht, ich bin da nicht auf dem Laufenden, aber jedenfalls war da nie etwas Festes, soviel ich weiß. Nichts, auf das sie hätte bauen können, wenn Sie verstehen, was ich meine?«

Quentin nickte.

»Es lag in den Genen. Traurig, wenn man das so sagen muss, aber …«

Quentin warf ihm einen fragenden Blick zu.

»Ihre Mutter verhielt sich seltsam. Nicht die ganze Zeit natürlich. Aber immer mehr. Labil eben. Sich umzubringen, obwohl man ein Kind hat, das einen braucht! Unverantwortlich!«

»Wie alt war Véronique, als ihre Mutter sich das Leben genommen hat?«

»Zehn. Sie war in einem Ferienlager, als es passiert ist. Bei ihrer Rückkehr war ihre Mutter tot. Können Sie sich das vorstellen?«

Quentin schüttelte den Kopf.

»Nein, das ist wirklich unfassbar«, fuhr sein Gegenüber fort. »Eine unvorstellbare Erfahrung.«

»Und danach ist sie bei Ihnen aufgewachsen?«

»Ja, wir haben sie adoptiert. Das war für uns selbstverständlich. Wir waren ihre nächsten Verwandten. Wir haben ihr all die Liebe gegeben, die wir aufbringen konnten, aber eine Mutter ersetzt das natürlich nicht. Selbst wenn diese Mutter verrückt ist. Was für ein Schlamassel!«

»Hat sich Lucie gut mit ihrer Cousine verstanden?«

»Ja. Sie mochten sich gern, obwohl sie vom Charakter her so verschieden waren. Véronique war ein verschlossenes Kind, das nur dann geredet hat, wenn es unbedingt nötig war. Es war fast schon eine Verweigerung. Mir gegenüber jedenfalls. Glauben Sie mir, es war nicht leicht, mit einem kleinen Wesen zusammenzuleben, das die Zähne nicht auseinanderkriegt. Und trotzdem habe ich es gemacht.«

»Und ihr Vater?«

»Gestorben, als sie noch ganz klein war. Sie konnte sich nicht einmal an ihn erinnern.«

»Woran ist er gestorben?«

»Auf dem Meer. Bei einem Rettungseinsatz. War bei der Seenotrettung und ist eines Tages mit zwei Kameraden im Sturm ertrunken. Eine Tragödie.«

»Und so war die kleine Véronique mit einem Schlag im Alter von zehn Jahren Vollwaise«, seufzte Quentin.

Die Ladenglocke bimmelte.

»Meine Frau«, sagte Monsieur Marchand mit einer Spur Erleichterung in der Stimme.

Eine Frau mit grauen kinnlangen Haaren erschien in der Tür. Sie mochte Ende fünfzig sein.

»Ich habe für Sonntagmittag reserviert. Im Saal in der oberen Etage, ein Tisch mit Blick auf ...« Jetzt erst bemerkte sie Quentin und brach mitten im Satz ab. »Entschuldigung, ich wusste nicht, dass du Besuch hast.«

Quentin stand auf und hielt ihr die Hand hin.

»Quentin Belbasse.«

Sie ergriff sie, murmelte ein »angenehm« und sah dabei ihren Mann fragend an.

»Du solltest dich setzen«, sagte der leise und überließ ihr seinen Stuhl. »Monsieur Belbasse kommt aus Paris. Er hat dir etwas zu sagen.«

Marion Marchand setzte sich, wobei sie Quentin nicht aus den Augen ließ.

»Ja?«

»Madame Marchand, Ihre Nichte ...«

»Véronique«, präzisierte ihr Mann, als existierten Scharen von Nichten und Neffen.

»Ihre Nichte ist … verstorben«, fuhr Quentin fort. »Schon vor einigen Tagen. Sie hatte keinen Ausweis bei sich, deshalb wusste zunächst niemand, wer sie ist.«

Die Frau starrte ihn mit leerem Blick an. Quentin fragte sich einen Moment lang, ob sie überhaupt verstand, was er ihr zu erklären versuchte.

Dann auf einmal schossen ihr Tränen in die Augen und rannen ihr über die blassen Wangen, aber sie gab immer noch keinen Laut von sich. Regungslos und stumm starrte sie vor sich hin, während dicke Tränen aus ihren Augen kullerten, als gehörten sie zu einer anderen Person.

Ihr Mann lief hinaus und kam mit einer Schachtel Papiertaschentücher zurück, die er ihr hinhielt. Sie beachtete sie gar nicht.

»Madame Marchand, es tut mir wirklich aufrichtig leid.«

Sie gab immer noch kein Lebenszeichen von sich. Quentin blickte unsicher zu ihrem Mann hinüber, der ebenfalls sehr beunruhigt wirkte.

»Chérie …«

Da drang ein lang anhaltender, fast animalischer Klagelaut aus ihrer Brust.

»Rufen Sie einen Arzt«, sagte Quentin.

33

Um sich die Wartezeit zu verkürzen, bis die verzweifelte Marion Marchand wieder zu sich käme, beschloss Quentin, der Hitze zu entfliehen und schwimmen zu gehen.

Kaum fünf Minuten später war er nahe daran, seinen Entschluss zu bereuen, denn der Parkplatz, den er nach langem Suchen fand, lag über einen Kilometer vom Strand entfernt. Horden von Urlaubern strömten in Richtung Meer, beladen mit zahllosen Utensilien, die für das Überleben im Feindesland offenbar unentbehrlich waren.

Eine menschliche Raupe aus spärlich bekleideten, schweißglänzenden Körpern wand sich träge Richtung Wasser. Quentin, als Einziger in Straßenkleidung, hatte keine andere Wahl, als sich ihnen anzuschließen. Im stillen vor sich hin fluchend, brauchte er fast eine halbe Stunde bis an sein Ziel. Er hatte einen Horror vor Menschenmengen. Die einzigen Anlässe, bei denen er sich freiwillig ins Gedränge begab, waren Konzerte. Für seine Lieblingsbands bezwang er sogar seine Abneigung gegen allzu viel Tuchfühlung mit fremden Menschen.

Als er endlich ein paar Quadratzentimeter freien Sands ausfindig gemacht hatte, legte er seine wenigen Habseligkeiten ab und stürzte sich in die Fluten. Nachdem er die Plantscher, die Reiher in Menschengestalt und die fanatischen Ballspieler hinter sich gelassen hatte, konnte er sich endlich etwas freier bewegen.

Er schwamm eine Stunde lang. Die Menschen am Strand schrumpften immer mehr, und ihr Lärm wurde von den Wellen geschluckt.

Als er wieder festes Land unter den Füßen hatte, fühlte er sich besser. Die körperliche Anstrengung hatte seinen Geist belebt. Er ließ sich in der Sonne trocknen und dachte über die Reaktion von Véroniques Tante nach. Sie hatte ihre Nichte geliebt, daran bestand kein Zweifel. Seltsamerweise beruhigte ihn diese Gewissheit. Wenigstens war der Tod der jungen Frau, die im Leben offenbar wenig Glück gehabt hatte, nicht allen Menschen gleichgültig. Das war zwar ein schwacher Trost, aber es hätte ihn noch mehr geschmerzt, wenn er erfahren hätte, dass sie niemandem etwas bedeutete.

Doch von Véroniques Persönlichkeit hatte er immer noch keine rechte Vorstellung. Er musste sich unbedingt mit Marion Marchand unterhalten, auch wenn er sie damit noch mehr aufwühlte. Die Interessen der Toten standen über denen ihrer Angehörigen.

Gegen neun Uhr abends aß Quentin im Les Vapeurs, einem klassischen Fischrestaurant in Trouville. Nach dem Essen verzog er sich auf sein Zimmer, das er mit Glück in einem abgelegenen Hotel gefunden hatte. Die meisten Hotels waren von Touristen in Beschlag genommen.

Am nächsten Tag um zehn Uhr vormittags hielt Quentin die Zeit für gekommen, noch einmal bei den Marchands vorzusprechen, um hoffentlich mehr über Véronique Fontaine in Erfahrung zu bringen.

Monsieur Marchand, der einen dunkelgrauen Anzug trug, räumte gerade die Hefte und Umschläge ein, die offenbar früher am Morgen geliefert worden waren. Er wirkte mitgenommen, war aber sichtlich bemüht, sich auf die anstehende Arbeit zu konzentrieren.

»Guten Tag, Monsieur«, begrüßte ihn Quentin. »Verzeihen Sie, dass ich Sie noch einmal belästige, aber ich sollte wirklich mit Ihrer Frau sprechen …«

»Es geht ihr nicht gut«, wandte der Schreibwarenhändler ein.

»Ich weiß, aber sehen Sie, wenn Sie wollen, dass derjenige gefunden wird, der für den Tod Ihrer Nichte verantwortlich ist, müssen Sie mir helfen.«

Der Mann dachte kurz nach, stieß dann einen tiefen Seufzer aus und deutete zur Decke. »Sie ist oben. Wir wohnen über dem Laden. Aber gehen Sie bitte äußerst behutsam vor. Sie hat einen schrecklichen Schock erlitten.«

Marion Marchand öffnete die Tür und forderte Quentin mit einer Kopfbewegung auf einzutreten. Er folgte ihr durch einen schmalen Flur in ein mittelgroßes Wohnzimmer. Die Fenster gingen zur Straße hinaus, aber dichte Vorhänge versperrten die Sicht nach draußen. Madame Marchand deutete auf einen Polstersessel; der dunkelbeige, von abstrakten scharlachroten Mustern durchwirkte Bezug erinnerte Quentin an Tapeten, mit denen man in den siebziger Jahren die Wände zahlloser Provinzhotelzimmer beklebt hatte. Das Muster hob sich reliefartig ab, und Quentin dachte an das Gefühl zurück, wenn er als Kind andächtig mit der Hand über die veloursartigen Erhebungen gestrichen hatte.

Er setzte sich in den Sessel und sah sich im Zimmer um. Anders als in Véroniques Wohnung, in der nur wenige persönliche Erinnerungsstücke die Wände schmückten, war hier die ganze Familiengeschichte ausgestellt. In verschieden großen silbernen Fotorahmen hingen Bilder von einem blonden jungen Mädchen, allem Anschein nach in chronologischer Reihenfolge, von links nach rechts. Es konnte sich nur um Lucie handeln. Das letzte Bild zeigte sie mit zwei Säuglingen auf dem Arm, eindeutig Zwillinge. Lucie war eine fröhliche junge Frau mit weiblichen Rundungen, die wie ihr Vater zur Molligkeit neigte.

Auf drei Fotografien war auch Véronique abgebildet. Sie musste darauf zwischen elf und fünfzehn Jahre alt gewesen sein. Sie war sehr dünn, fast schon mager, hatte lange, glatte Haare und wache Augen. Ihrer Körperhaltung nach zu urteilen, verstanden sich die beiden Mädchen tatsächlich sehr gut. Quentin stand auf und trat näher.

Er war noch ganz in die Betrachtung der Fotos vertieft, als Marion Marchand aus der Küche zurückkam, eine Tasse Kaffee in der einen und eine Zuckerdose in der anderen Hand.

Ein wenig verlegen setzte sich Quentin wieder hin, als hätte sie ihn auf frischer Tat bei einer verwerflichen Taktlosigkeit ertappt. Er bedankte sich für den Kaffee und trank einen Schluck.

»Madame Marchand, verstehen Sie bitte, dass ich Sie nur sehr ungern mit meinen Fragen behellige, aber je schneller Sie mir die notwendigen Informationen für meine Ermittlungen liefern, desto größer sind die Chancen, den Täter festzunehmen.«

Quentin war nicht wohl in seiner Haut. Seine kleine Ansprache klang nach Polizeijargon. Welcher Unterschied bestand eigentlich zwischen ihm und Brossard? Die Vorgehensweise? Er bekam allmählich so seine Zweifel.

Die Frau, die ihm gegenübersaß, war viel zu durcheinander, um die Identität ihres Gesprächspartners oder seine Legitimation infrage zu stellen. Sie nickte schwach.

»Sie wussten nicht, dass Véronique nach Paris fahren wollte?«

Ein kaum merkliches Kopfschütteln.

»Sie nahmen an, dass sie nach Italien fährt?«

»Das hat sie gesagt. Sie hat sogar ziemlich häufig davon gesprochen. Was mich gewundert hat, denn sie war selten sehr gesprächig. Sie war von ihrem Wesen her eher verschlossen. Ich habe oft darauf gedrängt, dass sie mehr aus sich herausgeht, aber …« Sie beendete den Satz mit einer kraftlosen Geste.

Nun war es an Quentin, stumm zu nicken.

»Meiner Tochter Lucie hat sie sich eher anvertraut. Aber in den letzten Jahren haben sich die beiden nicht mehr so oft gesehen. Sie haben zu unterschiedliche Leben geführt. Lucie ist sehr beschäftigt. Ihre Familie, die Arbeit … Sie wissen ja, wie das ist. Sogar wir sehen sie seltener, bedauerlicherweise. Immerhin bringt sie uns oft die Kinder vorbei. Das ist ein Trost.«

»Und Véronique?«

»Noch weniger. Sie kam immer mal vorbei, brachte kleine Geschenke mit, redete ein bisschen über ihre Arbeit, über das Segeln, Belanglosigkeiten, und dann kehrte sie wieder in ihr Leben zurück. Manchmal habe ich sie besucht, aber da war es ähnlich.«

»Hat sie mit Ihnen über ihre Mutter gesprochen?«

»So gut wie nie. Vielleicht war das zu schmerzlich für uns beide. Wir haben uns nicht getraut.«

»Ihr Mann hat mir erzählt, dass ihre Mutter schon immer labil war.«

Madame Marchand antwortete nicht gleich. Quentin fragte sich nach einer Weile, ob sie seine Frage überhaupt gehört hatte. Doch dann antwortete sie:

»Ich weiß, dass Paul das glaubt. Aber ich denke, es stimmt nicht. Paul und meine Schwester haben sich nie verstanden.«

Quentin wartete ab. Er wagte es nicht, sich zu rühren, denn

er spürte, dass er sich auf dünnem Eis bewegte. Marion Marchand räumte sicherlich nicht häufig ein, dass es Differenzen mit ihrem Mann gab.

»In meinen Augen war sie fröhlich, lebhaft. Als Kind war ich deshalb sogar eifersüchtig auf sie. Sie war die Art von Schwester, die man liebt, weil man mit ihr Spaß hat, aber die man auch ein wenig fürchtet. Agnès hatte ein sonniges Gemüt und war hübscher als ich. Die meisten unserer Bekannten hatten nur Augen für sie. Außer Paul natürlich.«

Ihre Lippen kräuselten sich zu einem leichten Lächeln.

»Ihre eigentliche Schwäche war, dass es ihr an Selbstbewusstsein fehlte und dass sie die Anerkennung der anderen so brauchte. Erst gegen Ende hat sie … ist sie schwermütig geworden.«

»Wissen Sie, warum?«

»Ich hatte den Eindruck, dass sie Liebeskummer hatte, aber mehr weiß ich nicht. Sie können mir glauben, dass ich diese Frage tausendmal in Gedanken hin und her gewälzt habe.«

»Wissen Sie, wer ihr Freund war?«

»Nein. Ich glaube, er war verheiratet. Und aus diesem Grund hat sie nicht darüber gesprochen. Außerdem wollte ich nicht taktlos sein.«

»Was hat sie beruflich gemacht?«

»Sie war Landschaftsgärtnerin. Sie liebte Pflanzen und die Natur. Sie hat viel gearbeitet. Manchmal für die Gemeinde, aber auch für große Hotels. Sie war ständig draußen und hat in der Erde gebuddelt, Pflanzen beschnitten und Unkraut gejätet.«

Madame Marchand lächelte schwach.

»Hat sie ein Instrument gespielt?«

»Querflöte. Und ein wenig Klavier. Wir haben manchmal zusammen musiziert. Wir haben sogar Konzerte gegeben. Agnès konnte auch gut singen. Sie hatte eine schöne Altstimme.«

»Hat ihre Tochter auch Flöte gespielt?«

»Nach Agnès' Tod hat sie kein Instrument mehr angerührt.«

»Standen Mutter und Tochter sich sehr nahe?«

»Ja«, erwiderte Madame Marchand knapp. Quentin spürte, dass er an die Grenzen des Erträglichen stieß.

»Glauben Sie, ich könnte mit Ihrer Tochter Lucie sprechen, Madame Marchand?«

»Sie ist mit ihrer Familie in Griechenland und schwer erreichbar, weil sie ihr Handy nie in die Ferien mitnimmt, aber sie ruft mich einmal pro Woche an. Geben Sie mir Ihre Nummer, ich sage ihr, dass sie sich bei Ihnen melden soll. Auf jeden Fall wird sie sofort zurückfliegen, wenn sie die Nachricht hört. Es wird ein Schock für sie sein. Sie wird völlig …«

Tränen hinderten sie daran, den Satz zu beenden.

34

Quentin machte sich auf den Weg zum Hafen. Er wollte ein ruhiges Plätzchen finden, um das Gehörte zu überdenken und zu telefonieren. Auch wenn er überhaupt keine Lust dazu hatte, musste er Capitaine Corsini so schnell wie möglich über seine Entdeckung informieren.

Doch je näher er dem Hafen kam, desto höher wurde der Geräuschpegel. Auf den Kais herrschte ein munteres Treiben. Touristen und Einheimische hatten sich der Straßen bemächtigt, entnervte Autofahrer auf Parkplatzsuche versuchten, sich mit Hilfe von Hupkonzerten und Drohungen einen Weg zu bahnen. Fußgänger zogen Einkaufswägelchen hinter sich her oder schoben Buggys durch das Labyrinth aus Zwei- und Vierbeinern. Fast alle trugen Kopfbedeckungen in den unterschiedlichsten Formen und Farben: Strohhüte, Baseball-Caps mit Schirm vorne oder hinten, mit und ohne Aufschrift, Schlapphüte aus Frottee oder Baumwolle, Kappen, Schirmmützen, Panamahüte – alles, was auch nur im entferntesten dem Schutz schweißtriefender Häupter diente.

In der Luft lag ein strenger Fischgeruch, der von den zahlreichen Marktständen herüberzog, die die Innenstadt in Beschlag genommen hatten. Verkäufer priesen die Qualität ihrer Ware an und beteten ihre Preise herunter wie Mantren.

Kinder kreischten, Hunde bellten, Autoreifen quietschten. Paare verständigten sich über die Köpfe anderer Passanten hinweg: »Zucchini, Jacques, bring Zucchini mit!« – »Sollen wir Miesmuscheln kaufen?« – »Vergiss die Zwiebeln nicht!« – »Wo steckt Rose?«

Quentin blieb stehen, sah sich das sommerliche Tohuwabohu an, und machte kehrt. Er ging zu seinem parkenden Wagen zurück, fuhr aus der Innenstadt hinaus auf die nördliche Umgehungsstraße, vorbei an Hennequeville, und hielt erst im nächsten Dorf an. Von dort ging er zu Fuß weiter, bis er eine Klippe entdeckte, die ins Meer hineinragte. Eine leichte Brise ließ seine Hemdzipfel flattern. Er setzte sich auf die Erde, nahm einen tiefen Atemzug und vergaß für eine Weile alle Gedanken und Pläne.

Möwengeschrei riss ihn aus seiner Versunkenheit. Er stand auf und ging noch ein Stückchen weiter, um einen windgeschützten Ort zu finden, wo er besser telefonieren konnte. Er fand ein Mooskissen zwischen Gesteinsbrocken, die eine ideale Schallmauer bildeten, machte es sich bequem und schaltete sein Handy ein. Noch bevor er die Nummer von Capitaine Corsini wählen konnte, gab das Gerät Pieptöne von sich und zeigte ihm den Empfang von fünf neuen Nachrichten an. Geduldig hörte er sich alle an, obwohl er schon mehr oder weniger wusste, was ihn erwartete. Sie enthielten auch tatsächlich keine Überraschungen. Nadine, Rosa, Nadine, Moulin, Nadine.

Quentin löschte alle und rief Corsini an.

»Ja.«

»Belbasse.«

»Einen Moment. Bleiben Sie dran.« Pause. »Nein, rufen Sie mich in fünf Minuten wieder an.« Corsini legte auf. Quentin zündete sich eine Zigarette an, zur Seite verrenkt, um das Flämmchen am Feuerzeug vor dem Wind zu schützen. Am liebsten hätte er Corsini und die ganze Montmartre-Clique, die ihm überall nachstellte, sich selbst überlassen und wäre in den nächsten Flieger nach Caracas oder Honolulu gesprungen.

Eine Möwe ließ sich ein paar Meter von ihm entfernt auf einem Felsblock nieder und fixierte ihn mit dunklen neugierigen Augen. Quentin wandte sich ab.

Er ließ zehn Minuten verstreichen, bevor er den Capitaine wieder anrief. Der nahm sofort ab.

»Und?«

»Véronique Fontaine, Avenue Pierre-Cassagnavère 10, Trouville-sur-Mer. Sie war allergisch gegen Weizen.«

»Sind Sie sicher?«

»Ja.«

Der Polizist ließ sich kein Erstaunen anmerken.

»Sie sind hingefahren?«

»Ich bin noch dort.«

»Sie wissen, dass Sie uns hätten Bescheid geben müssen?«

»Eine Hand wäscht die andere. Ich will Zugang zu den Fotos, die sie in Paris gemacht hat«, sagte Quentin, anstatt auf Corsinis Frage zu antworten.

»Mehr nicht?«

»Heute Nachmittag.«

»Sie haben mit ihren Verwandten gesprochen?«

»Ja.«

»Sie gehen zu weit, das wissen Sie. Aber da das Kind nun schon mal in den Brunnen gefallen ist …« Er beendete den Satz nicht. »Hat jemand von ihnen etwas gesagt, das ich wissen sollte?«

»Das weiß ich nicht«, räumte Quentin ein. »Véronique hatte nicht viel Glück im Leben, so viel kann ich sagen, aber die Umstände ihres Todes bleiben im Dunkeln. Sie hat ein ziemlich zurückgezogenes Leben geführt, nach allem, was ich erfahren habe.«

»Gut, ich kümmere mich darum.«

»Die Fotos«, erinnerte ihn Quentin.

»Morgen um einundzwanzig Uhr im Pinson«, knurrte der Capitaine. »Und, Monsieur Belbasse«, setzte er hinzu, »von jetzt an halten Sie sich zurück. Das ist kein Spiel.«

»Wenn ich mich bisher zurückgehalten hätte, wüssten Sie immer noch nicht, wer sie ist«, gab Quentin zurück.

»Sie sind eine Nervensäge, und was für eine.«

»Es sind die Nervensägen, die die Welt voranbringen«, konterte Quentin.

Die Möwe kreischte anerkennend, bevor sie davonflog, aber nur der Wind hörte sie, denn Capitaine Corsini hatte bereits aufgelegt.

35

Mit offenen Fenstern und durchgedrücktem Gaspedal brauste Quentin über die Autobahn, umweht vom Fahrtwind, der durch den Wagen wirbelte. Während der Fahrt klingelte sein Handy drei Mal, aber er hielt an keiner Raststätte an, um zu sehen, wer ihn erreichen wollte. Es war ihm vollkommen egal. Er hatte nur noch einen Wunsch: zurück nach Hause und in sein Bett zu flüchten, die Gitarre in Reichweite, Zigaretten zu rauchen, keinem mehr Rede und Antwort stehen und sich für nichts verantworten zu müssen. Etwas Schwarzes schlängelte sich durch seine Hirnwindungen und verursachte eine gefährliche Lähmung. Er konnte es nicht genau fassen, aber es war keine Einbildung, das wusste er. Wie alle Kinder, die durch den frühen Tod nahestehender Menschen traumatisiert waren, wusste auch er instinktiv, wann eine Bedrohung im Raum stand. Seit sein Vater an einer Überdosis gestorben war. Also schon immer. Er konnte den Tod spüren, und er floh ihn. Und mehr noch als den Tod selbst mied er alles Verhängnisvolle, das da im Dunkel sein Unwesen trieb.

Véronique war vom Leben schlecht behandelt worden. Aber das war es nicht, was ihm im Nacken saß. Es ging um etwas anderes. Das, was die junge Frau in Moulins Keller geführt hatte.

Er schob *Made in Heaven* in den CD-Player, das Queen-Album, das zwar nach Freddy Mercurys Tod erschienen, aber noch mit ihm aufgenommen worden war. Die letzte Platte, bevor der große Sänger mit fünfundvierzig Jahren von Aids dahingerafft worden war. Quentin lauschte der Stimme des todkranken Sängers, die sich in die Höhe emporschwang, als wollte sie dem Himmel selbst trotzen. Ihm all die Verzweiflung entgegenschleudern, ein letztes Mal Schönheit und Magie erschaffen. Krepieren, aber mit emporgereckter Faust. Das war die Art von Mut, die Quentin verstand, und die er gelegentlich brauchte, um sich an ihr ein Beispiel zu nehmen.

Er steckte gerade den Schlüssel in das Schloss seiner Wohnungstür, als er von drinnen Stimmen hörte. Er stöhnte. Sein Traum von Ruhe und Ungestörtheit verflüchtigte sich schlagartig. Zähneknirschend stieß er die Tür auf und stand Nadine gegenüber.

»Spätzchen«, rief sie und warf sich in seine Arme.

Auf der Schwelle zum Wohnzimmer tauchte Rosa auf. Sie lächelte ihrem Sohn zu und hob die Schultern.

»Nadine hat sich Sorgen gemacht«, erklärte sie dann. »Wir wussten nicht, wo du bist.«

Quentin begriff, dass Rosa nichts ausgeplaudert hatte. Sie hatte demnach die Situation doch als so ernst eingeschätzt, dass sie erst abwarten wollte, was er an Neuigkeiten mitbrachte.

»Keiner wusste, wo du dich herumtreibst«, beklagte sich Nadine. »Ich war kurz davor, die Polizei zu benachrichtigen.«

»Ich habe ihr erklärt, dass das nicht nötig ist«, sagte Rosa.

Nadine war nicht zu bremsen. »Darüber haben wir uns gerade gestritten, als du gekommen bist. Ein Glück, dass du nicht in Schwierigkeiten geraten bist. Moulin hat sich auch schon Sorgen gemacht. Es ist so viel passiert, als du nicht da warst! Wir haben dich überall gesucht.«

»Ich musste wegfahren«, sagte Quentin und löste sich sanft aus Nadines Umarmung.

Er ging ins Wohnzimmer und stellte sein Gepäck ab. Wie viel er von den Ereignissen der letzten Tage erzählen sollte, hatte er sich noch gar nicht überlegt. Es ging alles viel zu schnell.

Er setzte sich auf das Sofa. »Schieß los«, forderte er Nadine auf.

»Tony hat gestanden.«

»Dieser bescheuerte Barkeeper hat den Mord gestanden?«, rief Quentin ungläubig.

»Nein, den Diebstahl. Die Polizei hat Cédric freigelassen. Er hat zwar anscheinend kein Alibi, aber die Polizei hat keinen Beweis für seine Schuld.«

»Ich weiß.« Quentin zündete sich eine Zigarette an.

»Dann haben sie noch ein paar von uns verhört. Das hat eine Weile gedauert, weil ihnen inzwischen Personal abgezogen worden ist. Sie haben herausbekommen, dass das, was Tony ihnen erzählt hat, nicht so ganz stimmen kann. Und als er Cédric belastet hat, hat er viel mehr Worte gemacht als nötig. Das fanden sie verdächtig. Also ab an den Quai des Orfèvres zum Verhör. Und da hat er dann gestanden.«

»Alles klar. Aber was denn genau?«

»Das musst du die Polizei fragen.«

Und ob ich das tue, dachte Quentin.

»Hat er den Mörder gesehen?«

»Anscheinend nicht. Er ist durch den Künstlereingang reingekommen.«

»Das erste Türenschlagen, das David Portland gehört hat.«

»Ja. Dann ist er in Moulins Büro gegangen, um die Einnahmen vom Abend zu klauen. Er hat Spielschulden. Ist das nicht ein Ding? Moulin hat er vorgejammert, dass seine Mutter krank ist und ihn um einen Vorschuss gebeten. Moulin so zu belügen, das ist doch …«

»Und dann?«, unterbrach sie Quentin.

»Ein paar Minuten später hat er Geräusche gehört.«

»Das zweite Türenschlagen.«

»Er hat sich hinter der Bürotür versteckt, hat aber durch den Spalt gelinst, weil er wissen wollte, wer da gekommen war. Er hat Daphné gesehen. Das heißt, er hat geglaubt, dass es Daphné war, die den Schlüssel zum Keller vom Haken genommen hat und die Treppe hinuntergegangen ist.«

»Und dann?«

»Nichts.«

»Wie – nichts?«

»Dann ist er abgehauen. Er wollte nicht erwischt werden, ist doch klar.«

»Drittes Türenschlagen.«

»Ja.«

»Sonst hat er niemanden gesehen?«

»Angeblich nicht. Er schwört, dass er sie nicht umgebracht hat.«

»So sicher ist das nicht.«

»Nein, allerdings hatte er wirklich keinen Grund.«

»Es sei denn, er lügt schon wieder, und es war ganz anders. Womöglich hat sie ihn dabei überrascht, wie er das Geld an sich genommen hat. Und dann hat er den Kopf verloren …«

»Unmöglich ist das nicht«, mischte sich Rosa ein, die bisher geschwiegen hatte. »Aber eigentlich kann ich es mir nicht vorstellen. Weil es nicht erklärt, was die junge Frau im Narcisse wollte. Sie war wohl kaum rein zufällig da.«

»Hmmm. Vielleicht war sie ja mit jemandem verabredet.«

»Na, sag mal, hast *du* etwa viele Verabredungen im Keller?«

»Und wenn, dann würde ich es dir jedenfalls nicht erzählen.«

Rosa schnaubte. »Das wäre mir auch lieber.«

»Na schön. Ehrlich gesagt, ich habe Hunger. Es gibt hier nicht zufällig eine Kleinigkeit zu beißen?«

»Hast du nichts zu Mittag gegessen?«

»Nein. Ich hab's vergessen.«

»Ich mache dir ein Rührei«, erklärte Nadine und verschwand in der Küche.

Rosa blieb bei ihrem Sohn.

»Und du?« Sie fuhr ihm mit der Hand durch das Haar. Es war eine flüchtige, zärtliche Geste, die ihn dreißig Jahre zurückversetzte. »Du hättest dich ruhig mal melden können.«

»Hmm. Ich bin in eine andere Welt eingetaucht. In ein Universum der Traurigkeit. Es war, als wäre sie noch da und würde versuchen, mir etwas mitzuteilen. Als würde meine bloße Existenz sie daran hindern, in Dimensionen aufzubrechen, die so fern sind, dass man sich nicht mehr an sie erinnern würde. Verstehst du?«

»Nicht ganz«, gestand seine Mutter, doch da rief Nadine schon aus der Küche:

»Dein Rührei ist fertig, mein Spatz!«

36

Quentin nannte an der Sprechanlage des Narcisse seinen Namen. Als Antwort hörte er nur das Klicken des Türöffners. Er trat ein und wartete, bis sich seine Augen an das Halbdunkel im Cabaret gewöhnt hatten. Langsam ging er an der Garderobe und der Bar vorbei, blieb einen Moment vor der Kellertür stehen und betrat schließlich den Bühnensaal. Er war leer. Aus den Spiegeln, die den Raum viel größer erscheinen ließen, als er war, blickten ihm seine schemenhaften Doppelgänger entgegen, umrahmt von Bänken und Tischen und kleinen Lämpchen mit plissierten Schirmen.

Der rote Vorhang vor der Bühne wirkte düster und trist.

Moulins kräftige Stimme hallte durch die Stille.

»Ich bin oben.«

Quentin ging auf die kleine Wendeltreppe zu, die zu Moulins Wohnung führte. Die Tür war offen, und er trat ein.

Marcel Moulin, der hinter seinem Schreibtisch saß, hob den Kopf. Er schien nicht besonders überrascht zu sein, dass sein Freund einfach so bei ihm aufkreuzte.

»Du hast eine merkwürdige Art, für mich Erkundigungen einzuholen.«

»Ich habe nicht speziell für dich Erkundigungen eingeholt.«

Moulin blickte ihn unverwandt an.

»Würdest du mir vielleicht verraten, was los ist?«

Quentin setzte sich Moulin gegenüber. Bevor er antwortete,

betrachtete er eine Weile schweigend das Plakat, das an der Wand hing und das er schon ewig kannte. Es zeigte den maskierten Catcher in seiner Kampfmontur.

Moulin lehnte sich zurück und runzelte die Stirn.

»Also?«, fragte er.

Quentin starrte ihn an.

»Hast du den Zuhälter von Nadine getötet?«

Moulin reagierte nicht gleich. Er legte seinen Stift beiseite und starrte auf die Zahlenkolonne, die er gerade notiert hatte.

»Ich dachte mir schon, dass dir Corsini irgendwann mit dieser Sache kommen würde. Ich habe immer gesagt, dass ich es nicht war, und man konnte mir nie etwas nachweisen.«

»Ich will eine Antwort.«

»Der Linkshänder war ein Dreckskerl. Pervers war er, gewalttätig und gefährlich.«

»Ich nehme an, das bedeutet Ja.«

»Das bedeutet, dass der Tod eines solchen Mistkerls eine Wohltat für die Menschheit ist.«

»Das gibt einem nicht das Recht zu morden.«

»Wenn es gelungen wäre, Hitler umzubringen, wie das ein paar mutige Typen versucht haben, hätte es Millionen Menschen das Leben gerettet.«

»Dieser Typ war nicht Hitler.«

»Er war ein Schwein allererster Güte. Dumm, bösartig und verdorben. Ein Blutsauger, der vom Unglück anderer Menschen profitiert und sie sadistisch gequält hat.«

»Du hast ihn getötet.«

»Die Sache ist verjährt.«

»Das ist mir scheißegal«, schrie Quentin, plötzlich außer sich. »Du bist ein Krimineller.«

Moulin sprang auf.

»Und du bist ein Idiot, der wie ein Missionar daherredet. Ein verwöhnter Bengel, der immer nur Glück gehabt hat.«

»Das stimmt nicht.«

»Das stimmt sehr wohl. Gut, du hast deinen Vater verloren. Aber das ist wenig im Vergleich zu dem, was so viele andere verloren haben, oder auch zu dem, was Tausende nicht hatten und nie haben werden. Was weißt du schon von diesem Viertel? Von der Zeit damals? Was weißt du vom Leben der Huren, die regelmäßig verprügelt wurden? Manche wurden wie Sklavinnen gehalten. Menschen sind gestorben, zuhauf. Jede Woche blieb irgendein armseliger Typ auf der Strecke, wurde abgeknallt oder erstochen. Die Leute, die hier lebten, hatten nichts Romantisches an sich. Keiner kam, um die Straßen zu fotografieren, weil sie so malerisch waren. Die Touristen wagten sich nicht mal her. Die Männer und vor allem die Frauen, die hier gelandet waren, saßen ganz schön in der Scheiße. Nadine war eine von ihnen. Der Linkshänder war brutal, das kannst du mir glauben.«

»Aber anscheinend nicht so brutal wie du.«

»Zum Glück. Hätte ich mit diesem Mistkerl nicht abgerechnet, hättest du Nadine wahrscheinlich niemals kennengelernt.«

»Und Véronique Fontaine, hast du sie auch getötet?«

»Véronique Fontaine?«

»So heißt die arme Frau, die man mit gebrochenem Genick in deinem Keller gefunden hat.«

»Nein! Bist du verrückt?«

»Wieso sollte ich dir glauben?«, schrie Quentin aufgeregt. »Wieso?«

Er rannte blindlings die Treppe hinunter und aus dem Narcisse, wobei er an der Theke einen Barhocker umriss.

Lange marschierte er einfach nur geradeaus. In seinen Ohren rauschte das Blut. Er lief und grübelte und lief weiter, in der Hoffnung, das Laufen würde seinem Grübeln ein Ende setzen. Er wollte nur noch ein Körper in Bewegung sein. Aber er schaffte es nicht, das Gefühl loszuwerden, dass er verraten worden war, benutzt und verraten. Moulin war für ihn wie ein Vater gewesen. Dem er vorbehaltslos vertraute, selbst wenn die Welt keinen Sinn mehr ergab. Vor zehn Tagen war er noch ein glücklicher Mensch gewesen. Jetzt war sein bester Freund ein Mörder und er selbst besessen von dem Gedanken an eine Tote.

Lange irrte er durch Paris. Er überquerte Plätze und Straßen, lief an Hauptverkehrsadern entlang, die menschenleer in der brütenden Hitze lagen, durch Viertel, in die er normalerweise nie vordrang. Durch Gegenden der Stadt, die er nicht mochte oder in denen er nichts zu suchen hatte, weil sie zu mondän oder zu wohlhabend waren. Repräsentative, trendige Viertel, von flüchtiger Eleganz. Er nahm kaum die Gebäude wahr, er hörte kaum den Lärm der Autos, das Gehupe, die Sirenen, die Hunde und die Kinder. Ihn umgab eine undurchdringliche Blase aus Kummer und Panik.

Gegen neunzehn Uhr ging er in ein Café an der Place du Trocadéro. An der Theke lehnend, kippte er drei Glas Saint-Estèphe hinunter, ohne die anderen Gäste auch nur eines Blickes zu würdigen.

Dann nahm er sich ein Hotelzimmer und rollte sich nackt und betrunken auf dem Bett zusammen.

37

»Ommmm …« Rosa saß im Lotussitz auf ihrer Yogamatte. Das war ein Teil ihres Fitnessprogramms, das sie jeden Morgen mit größter Gewissenhaftigkeit absolvierte. Für ihre künstlerische Arbeit musste sie körperlich in Höchstform sein, und sie unterwarf sich bereitwillig allen erforderlichen Zwängen. Trotz ihrer Allüren einer überdrehten, zwanghaft jugendlichen Achtundsechzigerin war sie ein echter Profi, der nichts dem Zufall überließ. Sie wollte ihre kreativen Experimente fortsetzen, »bis der grimmig Tod mich niedermäht«, wie sie es gern ausdrückte, weil sie dramatische Bilder liebte. Auf keinen Fall wollte sie ihre Tage auf dem Sofa beschließen, vor einem Kaminfeuer oder einem murmelnden Fernseher, wie die Mehrzahl ihrer Altersgenossen. Das Wort »Ruhestand« durfte in ihrer Gegenwart nicht einmal ausgesprochen werden. Der Unselige, der es gewagt hätte, hätte sich ernsthaften Ärger eingehandelt.

Quentin rief seiner Mutter zwischen zwei Mantren ein kurzes Hallo zu und verzog sich ins Badezimmer. Er zog sich aus, ließ die Kleider auf den Boden fallen und stellte sich unter die Dusche. Das Wasser rieselte um seinen Kopf, und er hörte Rosas monotones Chanten wie durch Watte. Er blieb lange in seinem feuchten Kokon stehen und fühlte sich mit jedem Kubikmeter Wasser, der zu seinen Füßen in den Abfluss rann, ein wenig furchtloser.

Angenehmer Kaffeeduft begrüßte ihn, als er schließlich die

Badezimmertür öffnete. Seine Mutter schenkte ihm eine Tasse ein und nahm sich selbst etwas von dem intensiv nach Süßholz und Gewürznelken riechenden Gebräu, das sie ihre Privatmischung nannte. Sie tranken schweigend. Während Quentin vorsichtig an seinem Kaffee nippte, beschloss er, den Zusammenstoß mit Moulin nicht zu erwähnen.

Dafür berichtete er seiner Mutter ausführlich von der Fahrt nach Trouville und bemühte sich, nichts auszulassen. Durch das chronologische Erzählen der Ereignisse konnte er im Geist die Informationen ein wenig sortieren, die er seit drei Tagen wie ein überhitzter Computer gespeichert hatte.

Als er mit seinem Bericht fertig war, blieb es lange still.

»Beschreib mir noch mal die Wohnung«, bat Rosa, die sich auf dem Sofa ausgestreckt und die Augen geschlossen hatte, um sich besser konzentrieren zu können. Er begann, alle Gegenstände aufzuzählen, an die er sich erinnerte – die Position der Möbel, der Fenster, die CDs, die Daten auf dem Computer …

»Wo standen die Bücher?«

»Auf einem kleinen Regal, aber es waren praktisch nur Wörterbücher und Lexika, ein paar Krimis in Taschenbuchausgaben, wie man sie am Bahnhof bekommt, auf Englisch und Französisch. Ein paar Sachbücher über das Segeln.«

»Sonst nichts?«

»Nein. Keine Romane. Zwei, drei Kochbücher, und am Eingang ein Stapel belangloser Zeitschriften.«

»Das ist nicht normal«, befand seine Mutter, während sie sich aufsetzte. »Die Frau war Übersetzerin. Sie liebte das Schreiben und den Umgang mit Sprache. Vielleicht gab es noch einen Raum, den du nicht gesehen hast?«

»Nein, ich habe mir alle angesehen.«

»Das ist nicht normal, glaub mir!«, wiederholte Rosa im Sitzen.

Sie mochte recht haben, aber was half ihnen das? Er war schließlich nicht auf der Suche nach einem Buch. Wozu sollte es gut sein, wenn er wusste, welche Romane Véronique las? Er teilte seiner Mutter seine Bedenken mit.

»Wir müssen alles über sie wissen! Du behauptest doch immer, dass eine CD-Sammlung dir in fünf Minuten alles über ihren Besitzer sagt. Bei Büchern ist es dasselbe.«

»Dass sie keine hatte, ist aber auch ein Hinweis«, argumentierte Quentin.

»Entweder die Person liest nicht, oder sie besitzt die Bücher nicht, die sie liest. Für manche Leute sind Bücher nur Staubfänger, oder sie wollen sich nicht mit zu viel Zeug belasten. Bei Menschen, die viel umziehen, zählt zum Beispiel auch das Gewicht. Ich sollte das am besten wissen …«

Quentin schlug sich an die Stirn. »Sie ging natürlich in die Bibliothek!«, rief er. »In einer der Schreibtischschubladen lag ein Ausweis, aber den habe ich gar nicht beachtet. Bin ich blöd!«

»Ach was. Man kann nicht an alles denken. Vergiss nicht, du bist auch nur ein Mensch«, sagte Rosa fröhlich. »Und jeder Mensch macht Fehler! Jeder, ohne Ausnahme.«

»Hmm«, grummelte Quentin.

»Du musst noch mal hinfahren«, entschied seine Mutter.

»Die Wohnung wird versiegelt sein.«

»Hol dir eine Genehmigung.«

Das würde wohl nicht zu vermeiden sein, dachte Quentin missmutig. Nun hatte er schon zwei Bitten an Capitaine Corsini – eine zu viel.

Am Abend hastete Quentin zu seiner Verabredung. Fast im Laufschritt erklomm er den Hügel, eingeklemmt in eine keuchende, schwitzende Menschenmenge, die ebenfalls bergauf hechelte. Kurz vor der Abzweigung zur Rue des Abbesses erblickte er plötzlich David Portland in Begleitung von Daphné. Der Instrumentenbauer hatte den Arm um die Schulter der Sängerin gelegt und flüsterte ihr etwas ins Ohr. Als Quentin die beiden einholte, löste sich Daphné, die ihn zuerst bemerkt hatte, sachte von Portland und begrüßte Quentin mit einem verlegenen Lächeln.

Portland grinste, als er Quentin sah. »Sieh an, Monsieur Belbasse! Ich warte immer noch darauf, dass Sie Anklage erheben.«

»Hör auf, David«, bat Daphné, »er tut, was er kann.«

»Ich habe mich getäuscht, was Sie betrifft. Das kann vorkommen«, sagte Quentin.

»Das kommt sogar sehr häufig vor. Jedes Jahr passieren in Frankreich Justizirrtümer, und nicht zu knapp. Menschen werden vor Gericht gestellt und ins Gefängnis gesteckt. Dort gehen sie durch die Hölle, tragen zur Überbelegung der Haftanstalten bei, und am Ende muss sie der Staat entschädigen, falls sie beweisen können, dass sie Opfer eines Irrtums geworden sind.«

Was Portland sagte, war ebenso zutreffend wie unerhört, aber sein süffisanter Ton brachte Quentin auf die Palme.

»Gehen Sie doch in Ihre Heimat zurück. Da ist bestimmt alles besser.«

Sofort biss er sich auf die Zunge. Noch nie hatte er so chauvinistische, dumme und fremdenfeindliche Sprüche von sich gegeben.

Ich bin wirklich nicht mehr ganz bei Trost, dachte er.

Portland starrte ihn einen Moment lang an, hob leicht die Augenbrauen, nahm Daphné beim Arm und ging weiter, ohne ein Wort zu erwidern.

Seufzend setzte Quentin seinen Weg fort.

Als er das Pinson erreichte, war noch eine halbe Stunde Zeit bis zu seinem Treffen mit Corsini. Er bestellte ein Glas Weißwein und wartete an der Bar, während er zerstreut in einer Zeitung blätterte, die jemand auf der Theke liegen gelassen hatte. Wie fast täglich seit bald einem Monat beschäftigte sich die Titelseite mit der Hitzewelle, durch die schon eine erschreckende Zahl älterer Menschen gestorben war. Es war verheerend.

»Haben Sie Hunger?«, hörte er eine Stimme in seinem Rücken.

Capitaine Corsini stand lächelnd hinter ihm.

Die beiden Männer setzten sich an einen Tisch im hinteren Teil des Restaurants. Sie bestellten eine Karaffe Rotwein und Kaninchen in Senfsauce.

»Waren Sie in Trouville?«, fragte Quentin.

»Ich komme gerade von dort zurück. Ich war noch nicht einmal im Büro. Wie Sie sehen, nehme ich meine Verabredungen ernst.«

»Haben Sie etwas gefunden?«

»Sie. Jede Menge Spuren von Ihnen. Bei den Angehörigen, in der Wohnung. Ich brauche sicher nicht zu betonen, wie ungehalten Lieutenant Brossard war.«

»Gibt es überhaupt etwas, das Ihren Kollegen nicht ungehalten macht?«

»Gelöste Fälle. Gute Arbeit. Hübsche Frauen. Fahrradfahren. Und Katzen.«

»Katzen?«

»Ja, Monsieur Belbasse, Lieutenant Brossard hat drei siamesische Katzen, um die er sich rührend kümmert.«

Quentin sagte nichts.

»Urteilen Sie nicht zu sehr nach dem äußeren Schein. Das ist Regel Nummer eins, so elementar, dass ich mich fast schäme, sie Ihnen nennen zu müssen.«

Quentin senkte den Blick. Treffer, dachte er, aber es wollte sich bei ihm noch immer keine Sympathie für Corsinis Untergebenen einstellen. Katzen hin, Katzen her, Brossard war ein ungehobelter Klotz.

»Und sonst?«

»Ich habe den Ausweis der Verstorbenen gefunden und ihre Kreditkarte.«

Die Kellnerin stellte im Vorübergehen den Rotwein auf den Tisch. Corsini griff danach und füllte ihre Gläser.

»Auf Ihr Wohl.« Er nahm einen kräftigen Schluck, bevor er weitersprach.

»Lagen sie in der Wohnung?«, fragte Quentin verblüfft.

»Nein. Als ich ihre Identität kannte, habe ich in allen Hotels und Familienpensionen in der Umgebung von Genua nachgefragt, im Umkreis von 150 Kilometern.«

»Sie hatte unter ihrem eigenen Namen ein Zimmer reserviert?«

»Ja. Die Leute wunderten sich, als sie nicht kam, zumal sie eine Anzahlung gemacht und ihr sogar jemand einen Brief geschickt hatte.«

»Und Sie haben die Leute vom Hotel gebeten, den Brief zu öffnen?«

»Richtig. Sie hatte sich ihren Ausweis und ihre Kreditkarte selbst zugeschickt.«

»Bei ihrer Ankunft hätte sie alle wichtigen Papiere zur Verfügung gehabt, und in der Zwischenzeit reiste sie unter falschem Namen«, rekapitulierte Quentin. »Schlau, wenn auch ein bisschen riskant.«

»Warum?«

»Die Dokumente hätten verloren gehen können. Jemand hätte den Brief verlegen oder stehlen können.«

»Ich hätte Sie nicht für einen solchen Pessimisten gehalten«, sagte Corsini und steckte sich den ersten Bissen Kaninchen in den Mund.

»Ich bin vorsichtig«, erwiderte Quentin. »So vermeidet man böse Überraschungen.«

»Böse Überraschungen kann man durch nichts vermeiden«, antwortete Corsini mit drollig verzogenen Lippen, weil er sich die Zunge verbrannt hatte.

»Und die Fotos?«, fragte Quentin ungeduldig.

Corsini deutete auf seinen Teller. »Sie erlauben?«

Sie beendeten ihre Mahlzeit schweigend, umgeben vom Stimmengewirr an den Nachbartischen.

Corsini legte als Erster sein Besteck ordentlich auf dem Teller ab. Er wischte sich Mund und Hände ab und holte einen Stapel Abzüge aus der Innentasche seines Jacketts. Er legte sie neben Quentins Glas.

»Bitte.«

Quentin schob sofort seinen Teller zur Seite und griff nach den Fotos. Mit zittrigen Händen hob er eines nach dem anderen in die Höhe, zuerst schnell, dann ein zweites Mal, langsamer und systematischer. Es handelte sich um ungefähr zwanzig Bilder. Auf der Hälfte sah man die Umgebung des Narcisse. Der Eingang des Cabarets, erst in Nahaufnahme, dann aus größerer Entfernung, mit den Türen der beiden Nebengebäude, die Straße von oben, von unten, das Seitensträßchen, das Hôtel de la Butte, die Kirche am Ende der Straße. Die Gasse mit dem Bühneneingang und der Tür zur Werkstatt des Instrumentenbauers.

Die anderen Fotos zeigten Bewohner des Viertels. Den Sohn von Mademoiselle Jullien, auf der Wippe sitzend, der mit strahlendem Gesicht in die Kamera winkte. Seine Mutter im leichten

Sommerkleid auf einer Bank. Vier Fotos von Moulin – vor dem Eingang zum Narcisse, auf dem Gehsteig, im Gespräch mit Tony und mit Pierre Duval. Es gab mehrere Fotos von Daphné, drei davon Nahaufnahmen ihres Gesichts, und eines mit Portland im Hintergrund. Aber Moulin bildete ohne jeden Zweifel den Mittelpunkt der kleinen Reportage.

Quentin betrachtete die Fotos ein letztes Mal und schob sie zu Corsini zurück.

»Sie können sie behalten«, sagte der Polizist.

»Danke.«

Quentin war deprimiert, aber er wollte es sich nicht anmerken lassen. Was sich zwischen ihm und Moulin abspielte, ging niemanden etwas an. Manchmal brachte ihn ein seelisches Tief dazu, zu viel zu reden und sich den falschen Leuten anzuvertrauen. Davor musste er sich hüten.

»Warum hat Véronique Moulin nachspioniert? Was meinen Sie?«, fragte er stattdessen.

»Wenn ich das wüsste, würde ich ihn einbuchten, und zwar pronto«, gestand Corsini freimütig.

»Konnten Sie schon mit Véroniques Auftraggebern sprechen?«

»Darum kümmert sich Brossard«, antwortete Corsini. »Aber es zieht sich. In der Urlaubszeit ist alles komplizierter.«

»Aus diesem Grund hat Véroniques Familie sie auch nicht als vermisst gemeldet. Alle haben geglaubt, sie wäre in den Ferien.«

Schweigend leerten sie ihre Gläser.

»Ich muss noch einmal in ihre Wohnung.«

Corsini zog die Augenbrauen hoch.

»In Trouville. Ich möchte etwas nachschauen«, ergänzte Quentin.

»Das kann Brossard machen.«

»Ja, aber ich würde es lieber selbst machen. Immerhin habe ich die Identität der Verstorbenen herausgefunden.«

»Das ist kein Grund. Überschätzen Sie sich nicht, Monsieur Belbasse. Wir arbeiten zusammen, weil ich das so will. Und das kann sich ändern.«

Quentin schwieg. Er wusste, dass er ganz und gar auf Corsinis Wohlwollen angewiesen war. Das ärgerte ihn zwar, aber es war nun mal nicht zu ändern.

»Sie sind eine Nervensäge«, erklärte Corsini und drehte sein Glas in den Händen.

»So haben Sie mich schon einmal genannt.«

»Ich weiß, aber mir fällt nichts Besseres ein. Das Wort passt so hervorragend zu Ihnen. Sie müssen mir schon sagen, was Sie suchen. Ich könnte Sie ohne weiteres wegen Behinderung der Justiz verhaften.«

»Wenn Sie mich verhaften, sage ich kein Wort mehr. Und davon haben Sie gar nichts.«

»Dazu sind Sie imstande«, knurrte Corsini.

Quentin ließ nicht locker. »Also was machen wir?«

»Ich lasse Sie von einem Beamten aus Trouville begleiten, Brossard bekommt schon bei Ihrem Anblick Ausschlag. Und je häufiger ich mit Ihnen zu tun bekomme, desto mehr juckt es auch mich.«

Er stand auf.

»Ich will einen vollständigen Bericht, unmittelbar nachdem Sie in der Wohnung waren. Unmittelbar danach, verstanden? Sonst bekommen Sie einen Riesenärger. Ich bin nicht gerade für meinen ausgeprägten Sinn für Humor bekannt.«

38

Auf dem Weg zum Square d'Anvers sah Quentin in einem Straßencafé Zazou und Grenadine zusammensitzen. Die Touristen an den Nachbartischen bestaunten offen die beiden Paradiesvögel in ihrer Mitte.

Grenadine schien Zazou etwas Vertrauliches mitzuteilen, denn dieser hatte dem Freund den Kopf ein wenig zugeneigt, um ihn im Straßenlärm besser zu verstehen, und lauschte aufmerksam. Dann brachen die beiden in lautes Gelächter aus.

Als sie Quentin bemerkten, winkten sie ihm mit ausladenden Gesten zu. Er grüßte zurück. Ihre Gesichter waren leicht gerötet, und ihre Augen glänzten, als wären sie angetrunken.

»Du siehst fertig aus«, sagte Zazou. »Du solltest dich ausruhen. Weißt du, selbst wenn du den Schuldigen findest, macht das die junge Frau nicht wieder lebendig.«

Quentin nickte matt.

»Neulich hat mir jemand was Komisches erzählt«, sagte Grenadine. »Warte mal, gleich hab ich's. Es gibt kein Problem, das man nicht lösen kann, indem man keine Lösung findet.«

Zazou kicherte los.

»Das hat mir mal ein Chinese gesagt«, ergänzte Grenadine.

»Ach ja? Und wo hast du deinen Chinesen getroffen?«, neckte Zazou.

Quentin lächelte schwach, verabschiedete sich und überließ die beiden Männer ihrem Geplänkel.

Er ärgerte sich über sich selbst. Mir kommt so langsam mein Humor abhanden, dachte er verstimmt. Noch vor zwei Wochen hätte Grenadines Bemerkung mich amüsiert, und heute nervt sie mich. Das ist echt unmöglich.

In der Rue de Douai wurde er von einer Prostituierten angesprochen, die er schon lange kannte und die ihn manchmal auf der Straße grüßte, wenn er in der Gegend seine Gitarrensaiten kaufte. Ohne nachzudenken, ging er mit ihr aufs Zimmer.

39

»Ich komme mit«, verkündete Rosa, als Quentin am nächsten Tag seine Tasche packte, um noch einmal nach Trouville zu fahren.

»Ehrlich gesagt, und ohne dich kränken zu wollen: Ich kann dich dabei nicht gebrauchen.«

»Das sehe ich aber ganz anders«, gab Rosa zurück, während sie Kleider in ihren Koffer warf. »Du siehst nicht gerade fit aus. Und du bist viel zu nervös zum Autofahren.«

»Aber du kannst überhaupt nicht Autofahren!«, regte sich Quentin auf.

»Ich habe einen Führerschein.«

»Du hast fünf Anläufe gebraucht, und bei den drei Malen, die du am Steuer gesessen hast, hast du zwei Zusammenstöße fabriziert.«

»Stimmt, ich kann nicht besonders gut fahren, aber das liegt nur an der mangelnden Praxis. Ich glaube, es ist Zeit, das zu ändern. Aber im Grunde interessiere ich mich mehr für Motorräder, und wenn ich wieder auf Ibiza bin, mache ich den Motorradführerschein. Es ist nie zu spät, etwas Neues zu lernen.«

Quentin starrte seine Mutter mit offenem Mund an.

»Ein Motorrad? Du wirst dich umbringen.«

»Mach dir keine Sorgen um mich. Ich fahre am Anfang ganz langsam. Und hör auf, mich zu bemuttern. Ich mag diesen Rollentausch nicht. Das ist mir regelrecht zuwider.«

Quentin biss die Zähne zusammen.

»Ich komme mit, und dabei bleibt's. Wenn wir erst unterwegs sind, wirst du verstehen, dass es eine gute Idee ist.«

»Rosa, das sind keine Ferien am Meer.«

»Ich begleite dich, und damit basta. Du musst nicht im selben Hotel schlafen wie ich. Du lebst dein Leben und ich meines, wenn du willst.«

»Wir wissen nicht mal, ob wir noch ein Hotelzimmer bekommen. In den Ferienorten ist alles von Touristen überlaufen.«

»Ich schlafe gern unter freiem Himmel. Das erinnert mich an meine Jugend. Dein Vater und ich haben nie Zimmer gemietet. Wir haben einfach draußen geschlafen. Am liebsten am Strand. Das fanden wir wunderbar. Außerdem möchte ich darauf hinweisen, dass die Bibliothek meine Idee war.«

40

Mit geöffneten Fenstern raste die DS über die Autobahn. Rosa besprühte sich ausgiebig mit einem Wasserzerstäuber.

Quentin litt stumm und konzentrierte sich aufs Fahren. Er überholte eine Wagenkolonne, die mit Bändern aus weißer Spitze geschmückt war. Als sie auf der Höhe des ersten Wagens waren, einem alten Rolls-Royce, auf dessen Rückbank die frisch Vermählten saßen, winkte ihnen Rosa ausgelassen zu.

»Willst du auch mal?«, fragte sie und schwenkte ihren Zerstäuber.

Quentin nickte. Rosa besprühte ihm Gesicht, Hals und Hände.

»Ich habe mit Tony geredet«, sagte sie übergangslos.

»Du hast was?«

»Mit dem Barkeeper des Narcisse.«

»Ich weiß, wer Tony ist.«

»Ich habe mit seiner Mutter Tee getrunken.«

»Ja, und?«, fragte Quentin ohne Begeisterung.

»Er sagt, dass Véronique sich bestens auszukennen schien und dass sie es eilig hatte. Sie ist mit ihrer Handtasche an die Theke gestoßen, und es hat ein dumpfes Geräusch gegeben.«

»Wie bitte?«

»Tony sagt, er hatte den Eindruck, dass sie etwas Schweres da drin hatte.«

»Wie das? Die Tasche war doch praktisch leer.«

»Ich weiß. Es ist ziemlich merkwürdig.«

»Tony ist der geborene Lügner.«

»Sicher. Aber warum sollte er sich so eine Geschichte ausdenken?«, wandte Rosa ein.

Quentin zog abrupt nach rechts, um einen schwarzen Geländewagen vorbeizulassen, der ihn mit der Lichthupe bedrängte.

»Arschgeige«, fluchte er.

Mit einem Auge auf der Straße drehte er sich zur Rückbank um, um an seine Jacke heranzukommen.

»Was machst du da? Willst du uns umbringen? Wenn du etwas brauchst, sag's doch. Reden ist immer noch eine der besten Kommunikationsformen.«

»Ich will nicht kommunizieren, ich will mich vergewissern, dass mein Handy an ist«, murrte Quentin, während er die Jackentaschen befühlte. Rosa nahm ihm die Jacke aus der Hand, holte das Handy heraus und sah auf das Display.

»Der Akku ist schon ziemlich schwach, aber es ist an. Warum?«

»Véroniques Cousine sollte mich anrufen, und ich wundere mich, dass sie es nicht längst getan hat. Wahrscheinlich war Brossard schon bei ihr.«

»Ihr zwei solltet euch vielleicht mal unterhalten«, schlug Rosa vor.

»Hör auf, Maman. Es gibt Leute, bei denen eine Unterhaltung nichts bringt. Da kann man nichts machen.«

»Das stimmt nicht. Es ist besser, wenn man die eigenen Aggressionen verbalisiert und sie mit der betroffenen Person gemeinsam analysiert, ich meine, woher sie kommen und wie man sie wieder loswird.«

Quentin hielt es nicht mehr aus.

»Fang nicht wieder mit deiner Gruppentherapie an, Maman!

Ich kann mich noch gut an die Diskussionsrunden erinnern, in die du mich mit zwölf, dreizehn geschleppt hast, zu diesen Leuten, die dauernd nur gequatscht haben, über alles und jedes, in diesem unerträglichen Ton. ›Ich weiß, warum du das sagst. Du kannst nicht anders, angesichts der Probleme, die dich belasten. Aber das ist nicht schlimm. Lass uns deine Trauer teilen.‹ Stundenlang der gleiche Schwachsinn. Fremde Leute, die sich auf ›meinen Fall‹ gestürzt haben. Mit einem Gesichtsausdruck, der zwischen Betrübnis und Mitgefühl geschwankt hat. Und du mittendrin, strahlend, ganz in deinem Element. Um so eine Inszenierung öffentlicher Entblößung zu genießen, muss man wirklich bekloppt sein.«

»Es war eine andere Zeit.«

»Zum Glück ist sie vorbei. Also lass mich bitte damit zufrieden. Ein für alle Mal. Ich will nicht mehr über dieses Zeug reden. Ich will überhaupt nicht reden. Ich will einfach nur meine Ruhe. Okay?«

»Du bist vielleicht aggressiv!«

»Das wäre jeder an meiner Stelle. Jeder. Du merkst das nicht mal.«

Rosa sagte nichts, aber ihr Gesichtsausdruck ließ keinen Zweifel daran, was sie dachte. Quentin schnaubte und zündete sich eine Zigarette an.

Rosa ließ schweigend ihr Fenster ganz herunter. Der Wind, der geräuschvoll in den Wagen pfiff, machte jedes Gespräch unmöglich.

41

Zitternd vor Ungeduld stieg Quentin hinter einem schweigsamen Polizisten der örtlichen Gendarmerie, der sich alle Zeit der Welt ließ, die Treppe hinauf. Auf Anordnung von Capitaine Corsini hatte ein Vorgesetzter dem Mann diesen Zivilisten aufgehalst, und für Anordnungen der Pariser Behörden, die sich nicht einmal die Mühe machten, ihre Gründe zu erläutern, hatte er wenig übrig. Als hätte er nichts Besseres zu tun, als Befehle der Herrschaften aus der Hauptstadt auszuführen! Quentin fiel es nicht schwer, sich in die Gedankengänge von Caporal Sarraute hineinzuversetzen, allerdings waren sie ihm herzlich egal. Er gewöhnte sich allmählich an die Feindseligkeit, die ihm überall entgegenschlug. Wenn er auf alle Empfindlichkeiten Rücksicht nähme, käme er keinen Schritt weiter. Jedem seine Neurose, dachte er, während Sarraute einen Schlüsselbund aus der Hosentasche zog.

Glücklicherweise hatte er Rosa dazu bringen können, sich mit Véroniques Auftraggebern zu beschäftigen. Er hatte ihr die Aufgabe schmackhaft gemacht, indem er betonte, dass dafür ihr diplomatisches Geschick unerlässlich sei. Rosa war sicher nicht auf seinen Schmus hereingefallen, aber sie hatte eingewilligt. Vielleicht war ihr durch den Wortwechsel im Auto aufgegangen, wie angespannt Quentin nervlich war, und dass sie besser etwas mehr Entgegenkommen an den Tag legen sollte.

Endlich war die Tür offen. Caporal Sarraute ließ Quentin wortlos eintreten und blieb am Eingang stehen, um anzudeuten, dass er keineswegs die Absicht hatte, lange zu verweilen oder dem Besucher, den man ihm auf so unfeine Weise untergejubelt hatte, gar bei seinen Ermittlungen zur Hand zu gehen.

Der Gendarm reichte Quentin ein Paar Latexhandschuhe und vertiefte sich in die Betrachtung eines Aquarells mit maritimem Motiv, das an der Wand hing.

Quentin zog die Handschuhe an und ging ins Wohnzimmer. Die Stille, die dort herrschte, und die Wohnung, die immer noch die Rückkehr der Inhaberin zu erwarten schien, schüchterten ihn ein wenig ein. Dennoch ging er, fest entschlossen, diese zweite Durchsuchung zu einem guten Ende zu bringen, auf den Schreibtisch zu, auf dem inzwischen der Computer fehlte. Er zog die oberste kleine Schublade auf. Der Bibliotheksausweis lag noch an seinem Platz. Erleichtert atmete er auf. Brossard und seine Leute hatten ihn nicht mitgenommen. Diese Spur hatten sie vernachlässigt. Quentin lächelte spöttisch. Dass das borniert war und allein das Ergebnis der Ermittlung zählte, wusste er – es spielte letztlich keine Rolle, wer es erzielte. Trotzdem. Er griff in die Schublade und schob die Karte unauffällig in die Innentasche seines Jacketts. Er hatte keine Lust, von Sarraute dabei ertappt zu werden, wie er etwas nach draußen schmuggelte. Der schlechtgelaunte Caporal hätte garantiert ein Riesentheater darum gemacht.

Wie ihm der Bibliotheksausweis allerdings weiterhelfen sollte, wusste Quentin nicht recht. Im Gespräch mit Rosa hatte ihm ihr Argument eingeleuchtet, dass man nichts außer Acht lassen dürfe, aber im Grunde zweifelte er an dem Sinn der Aktion. Er hätte lieber etwas Handfesteres gefunden.

Mit einem breiten Lächeln ging er an dem Caporal-Chef

vorbei, der demonstrativ auf seine Armbanduhr blickte, und betrat das Schlafzimmer. Er öffnete die Schranktür und besah sich noch einmal den Inhalt. Véronique hatte einen sportlichen Stil bevorzugt; die Kleidung, die sie in Paris getragen hatte, war also wirklich eine Verkleidung gewesen, zu dem einzigen Zweck, sich erst als Engländerin Maggie Baxter auszugeben und dann als Daphné Arnoult.

Daphné und Véronique hätten kaum unterschiedlicher sein können. Véronique hatte so gar nichts von einer Femme fatale an sich. Ihre Pullover und T-Shirts waren ordentlich zusammengelegt und von klassischem Schnitt. Runde Ausschnitte, sehr brav. Auch die Hosen waren alles andere als aufreizend.

Im Badezimmer öffnete Quentin sämtliche Schubladen und Einbauschränke. Ihm saß die Angst im Nacken, irgendetwas zu übersehen. Eine dritte Chance würde ihm Corsini nicht geben.

Der Caporal steckte den Kopf zur Tür herein.

»Sind Sie so weit, Monsieur? Ich habe noch anderes zu tun.«

»Einen Moment noch, bitte.«

Sarraute schnaufte.

Zwei rote Lippenstifte, Puder, ein Fön, Savon de Marseille. Pröbchen von Schönheitsprodukten der Marke L'Oréal, Werbegeschenke. Shampoo und ein halbleeres Duschgel. Wahrlich nichts von Interesse.

»Ich bin so weit«, sagte Quentin.

»Wie redselig die Leute sein können«, beschwerte sich Rosa, kaum hatte Quentin ihr Hotelzimmer betreten. Nachdem er sich von Caporal Sarraute verabschiedet hatte, war er zur Stadtbibliothek gelaufen, jedoch exakt in dem Moment eingetroffen, als sie zumachte. Also musste er sich bis zum nächsten Tag in Geduld üben.

»Und die Auftraggeber? Was sagen die?«, fragte er seine Mutter zerstreut.

»Sie sparen nicht mit Lob. Eine großartige Frau, so besonnen, so gewissenhaft. Die Übersetzungen immer in Ordnung. Et cetera, et cetera. Nichts, was wir nicht ohnehin schon wussten.«

»Eine Veränderung im Verhalten, irgendetwas Außergewöhnliches?«

»Nichts. Sie haben sie auch nicht oft zu Gesicht bekommen. Ihre Kommunikation hat sich vorwiegend per Mail oder am Telefon abgespielt. Zwei Verlage haben sie überhaupt noch nie gesehen.«

Quentin nickte. Véronique hatte ein vollkommen zurückgezogenes Leben geführt. Abgeschottet. In selbst gewählter, sogar bewusst kultivierter Isolation. Eine seltsame Einstellung bei einer jungen Frau.

»Hatte sie sich irgendwie spezialisiert?«

»Nicht wirklich. Reiseführer, mehrere Kochbücher.«

»Wenn man bedenkt, dass sie allergisch war …«

»Ja, irgendwie paradox. Die Ärmste. Aber vielleicht verdient man daran besser als an Romanen.«

»Den Faktor darf man nicht vernachlässigen«, gab Quentin zu und musste an die Rechnungen denken, die sich auf seinem Schreibtisch ansammelten, während er Detektiv spielte.

Rosa blickte auf ihre sorgsam erstellte Liste.

»Drei Romane, davon zwei Krimis«, zählte sie auf. »Und Bücher über Wassersport. Sogar Gebrauchsanweisungen für Medikamente hat sie übersetzt.«

»Dafür braucht man Fachkenntnisse.«

»Dann muss sie die wohl gehabt haben.«

»Bist du zu den Leuten hingefahren oder hast du nur mit ihnen telefoniert?«

»Zwei Verlage sind hier vor Ort, da war ich persönlich. Die anderen Auftraggeber sitzen in London oder Paris. Obwohl – nach London würde ich gerne mal wieder reisen. Ich war schon so lange nicht mehr dort, und die Stadt fehlt mir ein bisschen. Natürlich nur, wenn jemand mir die Fahrkarte zahlt.«

»Das wird bestimmt nicht nötig sein«, wiegelte Quentin hastig ab.

»Was mir zu denken gibt«, sagte Quentin, als sie zum Abendessen auf einer Restaurantterrasse saßen, »ist diese Geschichte mit den Gebrauchsanweisungen. Ich verstehe meine nicht mal auf Französisch. Um sie zu übersetzen, muss man sich höllisch gut auskennen. Anders geht es nicht. Hat sie so was studiert?«

»Davon weiß ich nichts«, erwiderte Rosa.

»Dann muss man eben nachforschen.«

»Sehr wohl, Boss«, erwiderte Rosa ungerührt.

Quentin kam sich albern vor.

»Entschuldige.«

»Schon okay. Noch einen Schluck Quincy?«

Er nickte. Während er noch unschlüssig überlegte, ob er Krebse oder Seeigel bestellen sollte, vibrierte sein Handy. Zur Sicherheit warf er einen kurzen Blick darauf und drückte den Anruf dann weg. Capitaine Corsini wollte sicher wissen, was er herausgefunden hatte. Aber für einen solchen Rapport war es noch zu früh. Erst musste er in der Stadtbibliothek gewesen sein.

Quentin entschied sich für den Taschenkrebs, und Rosa bestellte Muscheln. Als der Kellner ihre Bestellung aufgenommen hatte, trat ein attraktiver junger Mann um die dreißig aus der Restauranttür und steuerte auf ihren Tisch zu. Er begrüßte Quentin mit einem kurzen Kopfnicken und wandte sich dann Rosa zu.

»Entschuldigen Sie«, sagte er mit einem starken britischen Akzent, »ich möchte Sie nicht stören, aber sind Sie zufällig Rosa Kontrapunkt?«

»Nicht zufällig«, entgegnete Rosa vergnügt. »Um sie zu werden, habe ich Jahre gebraucht.«

»Oh yes, das glaube ich gern. Darf ich mich vorstellen: Gordon Collins. Ich habe mehrere Ihrer Happenings gesehen und bin ein großer Bewunderer. Ich wollte Ihnen nur sagen, wie sehr ich Ihre Arbeit schätze, und Ihnen danken.«

Lächelnd gab ihm Rosa die Hand und deutete auf den Stuhl neben sich.

»Setzen Sie sich doch einen Moment.«

Gordon Collins gehorchte überglücklich.

Quentin lächelte ihm halbherzig zu und schaltete ab. Während Gordon und Rosa sich in Reminiszenzen an Londoner Happenings ergingen, beobachtete er, wie sich die Nacht auf den Hafen von Trouville senkte und hing seinen Gedanken nach.

Es war die Tageszeit, zu der das Casino seine Pforten öffnete und Feriengäste anlockte, die auf der Suche nach aufregenden Erlebnissen waren. Nach dem leichten Geld. Dem Geld, das wie Manna vom Himmel fiel, ohne dass man sich darum bemühen musste. Das man nicht verdient hatte, für das man im Grunde nicht verantwortlich war und mit dem man deshalb tun konnte, was man wollte. Es nach Belieben zum Fenster hinauswerfen zum Beispiel, wofür auch immer. Wer hätte nicht schon davon geträumt? Quentin nahm sich da nicht aus, aber das Glücksspiel hatte ihn nie besonders gereizt. Und das war ein Glück. Denn bei seinen unregelmäßigen und kaum je beachtlichen Einkünften hätte es eine echte Gefahr dargestellt. Vielleicht ging es bei dem Rätsel, das er zu lösen versuchte, ja auch um Geld. Nicht um

Moulins Abendkasse, sondern um etwas Bedeutenderes. Geld war ein starkes Motiv. Eifersucht, Geld, Hass, Wut, Rache. Was noch? Die Auswahl an Motiven war letztlich recht begrenzt.

Die Lachsalven seiner Tischnachbarn drangen wie aus weiter Ferne an sein Ohr. Ihre Gefühle gingen ihn nichts an, er bekam sie gegen seinen Willen mit. Rosa Kontrapunkts künstlerische Leistungen und ihre Bekanntschaften hatten nichts mit ihm zu tun.

Gedankenverloren füllte er ihre Gläser nach und dachte dabei an Véronique: Eine junge Frau führt in einer Provinzstadt fast das Leben einer Einsiedlerin. Man kann sie beim besten Willen nicht gesprächig nennen, aber ihr Verhalten wird von ihrer Umgebung als durchaus normal eingestuft. Und plötzlich beschließt sie, zu irgendeinem Zweck nach Paris zu fahren. Und dieser Zweck erfordert minutiöse Vorbereitung. Warum ausgerechnet zu diesem Zeitpunkt? Was war der Auslöser der Reise gewesen, von der sie nicht zurückgekehrt war?

Rosa Kontrapunkt gab ein Autogramm. Gordon verabschiedete sich höflich, aber er blickte sich noch zweimal um, bevor er endlich im Restaurant verschwand. Rosa wandte sich, immer noch lächelnd, ihrem Sohn zu.

»Ich muss unbedingt wieder nach London, dort spielt die Musik. Das habe ich schon immer gesagt. Die Engländer sind einfach tolle Leute …« Sie trank ihr Glas in einem Zug aus.

»Erinnerst du dich noch, wann genau Véronique in dem schäbigen Hotel in Montmartre angerufen hat, um ein Zimmer zu reservieren?«, fragte Quentin.

»Einen Monat vor ihrer Ankunft, glaube ich.«

»Irgendetwas ist passiert, sagen wir, zwischen vier Monaten und sechs Wochen vor dem Mord. Ein Ereignis, das sie zum Handeln getrieben hat.«

Rosa nickte, aber Quentin war sich nicht sicher, ob sie ihm tatsächlich zugehört hatte.

Er ließ nicht locker. »Wir müssen noch mal mit den Verwandten reden.«

»Armer Schatz. Das alles hat dich wirklich mitgenommen.«

»Madame Gendreau würde sagen, es ist eine Prüfung, die Gott mir gesandt hat.«

Rosa lächelte dünn. Wenn ihr Sohn den Allmächtigen erwähnte, musste sie sich wirklich Sorgen machen. Sie gratulierte sich dazu, dass sie darauf bestanden hatte, ihn auf dieser Reise zu begleiten.

42

Das Rollgitter war noch geschlossen, als Quentin vor der Bibliothek eintraf. Er setzte sich auf eine Betonbank, auf der jemand ein Exemplar des *Réveil normand* vom Vortag hatte liegen lassen. Er zündete sich die erste Zigarette des Tages an und blätterte nebenher in der Zeitung. Von seinem Bibliotheksbesuch erwartete er keine bahnbrechenden Erkenntnisse mehr und wollte ihn deshalb so schnell wie möglich hinter sich bringen. Inzwischen erschien es ihm viel wichtiger, noch einmal mit Marion Marchand zu sprechen, was er für sich für den Nachmittag vorgenommen hatte. Er legte die Zeitung auf die Bank zurück, schaute kurz auf seine Armbanduhr und ließ den Blick schweifen.

Trotz der frühen Stunde war die Straße schon ziemlich belebt. Die meisten Passanten zogen verschlafene Kinder hinter sich her, einige schoben Kinderwagen. Allesamt verschwanden sie in einer Toreinfahrt neben der Bibliothek. Vermutlich befand sich dort eine Ferienbetreuung für Kinder. Nach wenigen Minuten tauchten die Eltern allein wieder auf und gingen ihrer Wege. In seiner Kindheit hatte Quentin ebenfalls viele Tage in solchen Einrichtungen oder Ferienlagern verbracht. Er hatte keine schlechten Erinnerungen daran, nur an das Essen, und sein Abscheu vor Spinat, Rüben und Sellerie hatte sich gehalten. Außerdem konnte er es überhaupt nicht leiden, wenn er beim Essen zur Eile angetrieben wurde. Abgesehen von diesen leichten Folgeschäden hatte ihm das Leben in der Gemeinschaft anderer Kinder recht gut gefallen. Ferien allein mit seiner Mutter waren nie besonders erholsam gewesen. Es hatte ihn zwar glücklich gemacht, wenn er sie an diesen wenigen kostbaren Tagen im Jahr für sich hatte, aber Rosa hatte nie aufgehört, Rosa Kontrapunkt zu sein, und der Sommer war bei ihr immer auch eine Zeit gewesen, in der sie neue Aktionen vorbereitete, die Quentin, sobald der Reiz des Neuen verflogen war, ziemlich langweilten. Er blieb sich dann selbst überlassen, während seine Mutter mit einer Horde von Künstlern ihres Schlags Texte deklamierte und dazu groteske Gesten vollführte. Einige ihrer Freunde waren ganz sympathisch gewesen, aber keiner hatte sich je wirklich für Quentin interessiert. Er lebte in gewisser Weise auch zu Hause in einer Gemeinschaft, aber dort hatte er weniger Spaß als im Ferienlager. Er konnte sich nicht erinnern, jemals mit seiner Mutter allein ans Meer gefahren zu sein und Sandburgen gebaut zu haben wie die anderen Kinder. Von Zeit und Zeit waren sie zu dritt weggefahren. Er, Rosa und deren neueste Eroberung. Nette, verliebte, lustige Männer. An zwei von ihnen konnte er sich noch gut erinnern: Cyril und Herbert. Beide hatten einen Bart gehabt. Hatte Rosa eine Vorliebe für bärtige Männer, oder war das nur Zufall? Er wusste es nicht. Die Gesichter von Rosas anderen Liebhabern hatten sich seinem Gedächtnis nicht eingeprägt.

Für alles andere, was sich sonst in seiner Kindheit abspielte, war Nadine zuständig gewesen, die sich immer bereitwillig auf alle Spiele einließ, die er sich ausgedacht hatte. Sie hatte sich ihr kindliches Gemüt bewahrt. Nur in den Ferien bestand Rosa darauf, sich allein um ihren Sohn zu kümmern. Folglich war der Sommer für Quentin nicht gerade die schönste Zeit des Jahres gewesen. Insgeheim hatte er den Herbst herbeigesehnt, mit seinen kalten Winden, dem Kastaniensammeln, den neuen

Kleidern. Der Herbst mit seiner Nado. Das hatte er Rosa nie erzählt. Es hätte ihr wehgetan. Solange er denken konnte, hatte er versucht, seine Mutter zu beschützen.

Eine hübsche Normannin von Anfang dreißig näherte sich dem Gitter und riss ihn damit aus seinen Gedanken. In einer Hand balancierte sie einen Kaffeebecher und eine Papiertüte, die vermutlich ein Croissant enthielt. Mit der anderen umklammerte sie eine mit Unterlagen gefüllte Aktentasche. So beladen, hatte sie Mühe, die Schlüssel aus ihrer Hosentasche zu ziehen. Quentin eilte ihr zu Hilfe. Nicht nur, weil er von Natur aus hilfsbereit und die junge Frau so hübsch war, sondern auch, weil das eine gute Gelegenheit bot, gleich zum Thema zu kommen.

»Darf ich Ihnen helfen?« Er nahm der Bibliothekarin ohne Umschweife Becher und Tüte ab.

»Danke, das ist sehr freundlich.«

Die junge Frau schenkte Quentin ein liebenswürdiges, offenes Lächeln.

Zwei schwere blonde Zöpfe umrahmten vorteilhaft ihr schönes, ebenmäßiges Gesicht, aus dem heraus ihn zwei wasserblaue Augen anstrahlten.

Quentin bekam einen trockenen Mund. Er murmelte etwas Unverständliches und betrat hinter ihr das Gebäude.

Die junge Frau drückte auf den Lichtschalter. Zahlreiche Neonröhren flackerten knisternd an der Decke auf und tauchten den großen Raum in ein helles, fahles Licht. Quentin verzog das Gesicht. Zu den Dingen, die ihm seine Schulzeit für immer vergällt hatte, gehörte Neonbeleuchtung, die ihn an kalte Wintermorgen, Zugluft und den widerwärtigen Gestank der Sporthalle erinnerte, eine Mischung aus Gummi, Schweiß und ranziger Butter.

»Das kommt einem komisch vor, an so einem sonnigen Sommermorgen«, sagte er mit Blick auf die Lampen.

»Ja«, gab die Bibliothekarin zu. »Das Licht ist hier immer gleich, ganz egal zu welcher Jahreszeit.«

»Arbeiten Sie schon lange hier?«, fragte Quentin, während er den Kaffeebecher und die Tüte auf dem langen weißen Schreibtisch abstellte, vor dem die junge Frau stehen geblieben war.

Sie dachte kurz nach. »Seit fünf Jahren«, antwortete sie versonnen. »Die Zeit vergeht schneller, als man denkt.«

»Und Sie fahren nicht in Urlaub?«

»Ich war schon«, entgegnete sie. »Jetzt sind meine Kollegen dran.«

Komisch, dachte Quentin, wie selten ich Menschen kennenlerne, die ganz normal ihrem Beruf nachgehen, mit fünf Wochen Urlaub pro Jahr und Aussicht auf Rente. Ich bin umgeben von Traumtänzern, die ein völlig improvisiertes und sprunghaftes Leben führen, und ich mache da keine Ausnahme.

»Nur mit Kindern ist es manchmal kompliziert. Die Krippen schließen im Sommer. Und meine Tochter ist noch zu klein fürs Ferienlager. Also müssen sich die Großeltern um sie kümmern.«

Da ihn das Problem nicht betraf und er nicht wusste, was er darauf antworten sollte, schwieg Quentin lieber.

Sie war also Mutter. Auf einmal musste er an Fanny denken, die das Kinderthema in letzter Zeit immer wieder erwähnt hatte, jedes Mal ganz beiläufig und zwanglos, mit Unschuldsmiene, aber er ließ sich nicht täuschen. Die Botschaft war angekommen, doch die Vorstellung, Vater zu werden, begeisterte ihn nicht gerade. Ohne weitere Umschweife kam er zum Grund seines Besuchs.

»Mademoiselle, äh, Madame, wie heißen Sie eigentlich?«

»Carole«, antwortete die Bibliothekarin mit einem amüsierten Lächeln. Sie schaltete erst ihren Computer ein und danach den Drucker, der sich hinter ihr befand.

»Ich bin nicht hergekommen, um einen Bibliotheksausweis zu beantragen. Ich ermittele in einem Fall.«

»Einem Fall?«, fragte sie und nippte an ihrem Kaffeebecher, ohne den Blick von Quentin zu wenden.

»Einem Verbrechen.«

»Sie sind Polizist?« Die junge Frau konnte ihre Überraschung nicht verbergen.

»Nein. Ich bin Privatdetektiv.«

»Privatdetektiv? Ich dachte …«

»… die gibt es nicht mehr«, beendete Quentin den Satz an ihrer Stelle. »Das scheinen alle zu glauben. Doch, doch, ich bin der lebende Beweis.«

»Na gut, aber worum geht es denn?«, fragte Carole, plötzlich misstrauisch geworden. »Wenn es was mit Ehebruch ist und Sie versuchen, jemanden zu entlarven oder sonst etwas Dubioses in der Art, rechnen Sie besser nicht auf mich. Jeder Mensch hat ein Recht auf sein Privatleben, das geht mich nichts an, damit habe ich nichts zu schaffen …«

»Es ist noch viel dubioser«, unterbrach sie Quentin. »Leider.«

»Noch dubioser?« Sie sah aus, als wollte sie gar nichts weiter hören.

»Ja, es handelt sich um einen Mord.«

»Mein Gott!«

»Das kann man wohl sagen.«

Sie wurden von einer Mutter mit ihren beiden Kindern unterbrochen, die, kaum waren sie durch die Tür, lauthals loskreischten und wie wild herumrannten. Die Mutter rief sie zur Ordnung, aber die Kleinen waren kaum zu bremsen. Ihre

Mutter lächelte Carole entschuldigend zu und scheuchte ihre Sprösslinge in eine Ecke, in der Bilderbücher auslagen.

Quentin holte Véronique Fontaines Bibliotheksausweis hervor und legte ihn auf den Schreibtisch.

»Ich würde gern wissen, welche Bücher diese Frau ausgeliehen hat, ungefähr im letzten halben Jahr«, sagte Quentin.

»Ich weiß nicht, ob ich Ihnen das sagen darf«, antwortete Carole zögernd.

»Sie sind aber doch durch keine Geheimhaltungspflicht gebunden?«

»Die Lektüreauswahl der Leser ist vertraulich. Es wäre ein Eingriff in ihre Privatsphäre.«

»Sicher, aber diese Frau hat nichts mehr zu verbergen. Sie ist tot.«

Carole war sehr blass geworden, aber sie griff tapfer nach dem Ausweis und betrachtete das kleine Passbild.

»Véronique Fontaine«, las sie.

»Kennen Sie sie?«

»Ihr Gesicht sagt mir etwas. Aber wir haben nicht miteinander geredet. Höchstens guten Tag und auf Wiedersehen.«

»Und haben Sie sie mit anderen Besuchern zusammen gesehen?«

»Nein, ich glaube nicht.«

»Könnten Sie mir eine Liste mit den Büchern, die sie ausgeliehen hat, ausdrucken?«

»Und was nützt es Ihnen, wenn Sie wissen, was sie gelesen hat?«, fragte Carole.

»Das weiß ich noch nicht«, gab Quentin zu.

»Gut«, sagte Carole mit leichtem Widerstreben und tippte auf ihrer Tastatur herum. »Ich vertraue Ihnen. Hoffentlich mache ich keine Dummheit.«

Der Drucker spuckte drei Seiten aus, die Carole an Quentin weiterreichte.

»Setzen Sie sich doch«, sagte sie und deutete auf ein Tischchen in der Nähe.

»Danke.«

Er war schon ganz auf die Seiten konzentriert, die sie ihm ausgehändigt hatte.

Der Liste nach zu urteilen, war Véronique Fontaine eine eifrige Leserin gewesen. Der erste Eintrag stammte vom 20. März. Sie hatte drei englische Krimis ausgeliehen. Zwei Wochen später hatte sie sie zurückgebracht. Demnach hatte sie nicht gerade wenig Zeit mit Lesen verbracht. Sonst hätte sie nicht drei Bücher in zwei Wochen lesen können.

Beim nächsten Mal hatte sie zwei französische Romane mitgenommen. Quentin ging die Liste sorgfältig durch. Véronique Fontaine war in regelmäßigen Abständen gekommen. Alle zwölf bis fünfzehn Tage hatte sie Bücher ausgeliehen. Krimis gehörten regelmäßig dazu, aber auch amerikanische Literatur fand sich. Hin und wieder stieß er auf spezielle Wissensgebiete, die vermutlich mit ihrer Arbeit als Übersetzerin zusammenhingen. *Die Geschichte Großbritanniens* in drei Bänden, *Holzverarbeitende Gewerbe in der Ardèche, Die Uhrenindustrie in der Franche-Comté vom Anfang des 19. Jahrhunderts bis heute* – alles Fachbücher, die beim breiten Publikum sicher nicht sehr gefragt waren. Unwillkürlich musste Quentin gähnen. Das Thermometer kletterte schon wieder unerbittlich in die Höhe. Die Müdigkeit, die sich durch das emotionale Auf und Ab der letzten Tage in ihm angesammelt hatte, äußerte sich in Form des heftigen Wunsches, sich auf einem weichen Bett zusammenzurollen.

Er war beim 14. April angelangt, als ein Eintrag plötzlich

seine Neugier weckte. *Seelische Gewalt.* Dieses psychologische Werk klang ganz anders als die restlichen Titel, die Véronique ausgeliehen hatte. Quentin machte ein Kreuzchen neben den Eintrag.

Eine Woche später war sie wiedergekommen und hatte diesmal *Unsere dunkle Seite – eine Geschichte der Perversion* ausgeliehen. Quentin machte ein zweites Kreuzchen.

Fünf Tage später hatte sie dieses Buch gegen ein anderes eingetauscht, nämlich Elisabeth Roudinescos *Manipulierte Liebe: Eine Fallgeschichte.* Quentins Müdigkeit war schlagartig verflogen. Er kreuzte noch weitere Titel an: *Die alltägliche Grausamkeit, Frauen im Bann der Gewalt, Gewalt in Partnerschaften* und *Autorität und Unterwerfung.*

Ende Juni hatte die junge Frau aufgehört, psychologische Werke auszuleihen und sich stattdessen Bücher über den Montmartre und seine städtebaulichen Merkmale besorgt. Romane waren vollständig von ihrer Liste verschwunden. Irgendetwas war Véronique Fontaine kurz vor dem 13. April zugestoßen. Aber was?

Quentin stand auf und gab Carole die Liste zurück.

»Ich würde gern alle Bücher ausleihen, die ich mit Kreuzchen markiert habe.«

»Das ist unmöglich«, erwiderte Carole, »es sind zu viele. Aber Sie können sie gerne hier bei uns einsehen. Ich zeige Ihnen, wo sie stehen.«

Sie warf einen kurzen Blick auf die Liste und stand auf.

»Kommen Sie mit.«

Quentin lächelte ihr dankbar zu und folgte ihr durch die Regale.

»Es würde mich wundern, wenn Sie alles fänden. Manche Bücher sind sehr gefragt. Das über seelische Gewalt wird sehr häufig ausgeliehen. Aber den Titel gibt es auch als Taschenbuch. Wenn Sie es hier nicht finden, können Sie es kaufen.«

Quentin war verblüfft. Sollte das bedeuten, dass viele Menschen Opfer von seelischer Gewalt wurden oder es zu sein glaubten? Seine Ermittlungen nahmen plötzlich eine ganz unerwartete Wendung.

43

Eine halbe Stunde später saß Quentin wieder an seinem Tischchen, fünf Psychologiebücher vor sich. Vor ihm lagen außerdem ein kleiner Notizblock und ein Stift. Er hatte seine Mutter angerufen, die gerade einen weiteren von Véronique Fontaines Auftraggebern besuchte, und sie gebeten, so schnell wie möglich zu kommen, weil er dringend Verstärkung brauchte.

Die Recherchen der jungen Frau hatten um das Thema Perversion gekreist. *Unsere dunkle Seite – eine Geschichte der Perversion* beschäftigte sich mit verschiedenen Formen der Perversion in einem historischen Kontext. Quentin fragte sich, warum Véronique Fontaine dieses Thema so fasziniert hatte. Mit ihrer eigenen Persönlichkeit hatte es offensichtlich nichts zu tun. Er war froh, dass er ihr Schlafzimmer noch einmal gründlich durchsucht hatte. Er hatte nicht den geringsten Hinweis auf irgendwelche besonderen sexuellen Vorlieben gefunden. *Ungesühnte Verbrechen. Die alltägliche Grausamkeit. Frauen im Bann der Gewalt.* Wer war hier in wessen Bann? War Véronique Fontaine in die Gewalt eines anderen geraten? Die Nachbarn hatten berichtet, dass sie sehr wenig Besuch bekommen hatte. Sie war ein diskreter Mensch, keine Frage, aber wenn sie sich regelmäßig mit einem Mann getroffen hätte, wäre das ihrer Umgebung mit größter Wahrscheinlichkeit aufgefallen.

Als Rosa in einem auffällig geblümten violetten Kleid atemlos und verschwitzt in die Bibliothek rauschte, hatte Quentin schon einen ersten Eindruck von der Sorte Mensch gewonnen, der Véronique Fontaine keine Ruhe ließ.

»Kennst du einen perversen Narzissten?«, fragte er statt einer Begrüßung.

»Man sagt ›Hallo, Maman, wie geht es dir?‹«, erwiderte seine Mutter und ließ sich Quentin gegenüber auf einen Stuhl fallen. »Es geht mir gut, aber mir ist fürchterlich heiß. Nein, ich kenne nur polymorphe Perverse.«

»Sehr lustig. Aber ich kann dir sagen, in einer halben Stunde wirst du das viel weniger lustig finden. Die Feministin in dir wird sogar absolut angewidert sein. Lies.«

Er schob drei Bücher über den Tisch. In den folgenden sechs Stunden saßen sie sich schweigend gegenüber und machten sich Notizen. Wie Quentin vorausgesehen hatte, verfinsterte sich Rosas Miene beim Lesen zusehends.

Gegen vier Uhr nachmittags waren sie sich einig, dass sie nun genug wussten. Sie gaben Carole die Bücher zurück. Quentin bedankte sich herzlich. Mutter und Sohn verließen die Bibliothek und machten sich auf den Weg ins Stadtzentrum. Keiner von beiden sagte auch nur ein Wort.

Sie setzten sich in ein schattiges Gartenrestaurant und bestellten eine Platte Meeresfrüchte, zwei Orangensaft und eine große Flasche Mineralwasser. Keinen Alkohol, denn sie wollten einen klaren Kopf bewahren. Quentin holte seinen Notizblock aus der Tasche.

»Wir erstellen ein Profil der Person, die Véronique Fontaine interessiert hat.«

Seine Mutter war einverstanden.

»Es handelt sich um einen Mann«, begann Quentin. »Er wohnt oder arbeitet in Paris, in der Nähe des Narcisse.«

»Ein Mann mit großen Verführungskünsten. Wahrscheinlich sogar ziemlich charismatisch.«

Peinlich berührt, mieden sie Blickkontakt. Beide hatten unwillkürlich an Moulin denken müssen.

»Er sucht sich lebhafte Frauen als Beute, Frauen, die stark wirken, aber wenig Selbstbewusstsein haben. Diese Schwäche beutet er aus. Warte mal, da klingelt was bei mir.« Quentin kramte fieberhaft in seinem Gedächtnis. »Die Tante von Véronique Fontaine hat gesagt, dass ihre Schwester ständig auf Bestätigung angewiesen war.«

»Dann ging es nicht um Véronique Fontaine, sondern um ihre Mutter. Véronique Fontaine hat geglaubt, dass jemand ihre Mutter in den Selbstmord getrieben hat«, folgerte Rosa.

»Das passt zu dem, was ich eben gelesen habe. Zu Anfang tut der Mann alles, damit sich die Frau immer stärker an ihn bindet, ihn unwiderstehlich findet. Wenn er sich dann ihrer Zuneigung gewiss sein kann, zerstört er sie seelisch. Er vernichtet sie. In seltenen Fällen kann er sie sogar in den Suizid treiben oder selbst gewalttätig werden.«

»Das passiert in dem Moment, wenn die Frau ihm zu entkommen versucht.«

»Wenn unsere Schlussfolgerungen richtig sind, suchen wir also einen älteren Mann.«

»Wie alt war Véronique Fontaine, als ihre Mutter sich das Leben genommen hat?«, fragte Rosa.

»Zehn, glaube ich. Und sie war achtundzwanzig, als sie ermordet wurde. Das führt uns achtzehn Jahre in die Vergangenheit. Damals muss dieser Mann mindestens dreißig gewesen sein. Das ist nur eine Vermutung, aber ich bin mir sicher, dass sie sich als richtig erweisen wird. Ich muss Marion Marchand fragen, in welchem Alter ihre Schwester Mutter geworden ist.«

»Dreißig plus achtzehn, das heißt mindestens achtundvierzig. Eher mehr. Dieser Mann hat eine Neigung zum Verfolgungswahn und zum pathologischen Fabulieren. Er ist rachsüchtig. Ein Lügner. Der sich gegebenenfalls auch zum Opfer, zum Märtyrer stilisiert. Er ist jemand, der von seinen Freunden geschätzt wird und ihnen ein anderes Gesicht zeigt als das, was sein Opfer kennt. Sogar seine Stimme kann sich verändern. Er wird nie laut. Er verweigert den Dialog, ergeht sich in vorwurfsvollen Andeutungen. Er redet schulmeisterlich und erweckt den Anschein, als wüsste er immer mehr als das Opfer. Und das«, schloss Rosa, »passt nicht zu Moulin.«

»Das können wir nicht wissen. Wir sind für ihn keine Opfer. Wir sind seine Freunde. Oder waren es zumindest.«

»Moulin ist fünfundsechzig.«

»Zu der Zeit war er häufig nicht in Paris.«

»Das reicht, du redest Unsinn. Du bist übermüdet. Komm«, sagte Rosa und winkte dem Kellner. »Wir gehen schwimmen. Das wir dir den Kopf wieder zurechtrücken.«

Als sie Badeanzug und Badehose angezogen hatten und nebeneinander am Strand lagen, kam Rosa noch einmal auf das Thema zurück.

»Weißt du, Quentin, das alles könnte ganz falsch sein.«

»Was soll das heißen?«, fragte Quentin verwirrt.

»Möglicherweise hat das alles nur in Véronique Fontaines Kopf existiert. Weil sie einen gesucht hat, der am Tod ihrer Mutter schuld ist, damit sie den Kummer besser erträgt.«

»Willst du damit sagen, sie war verrückt?«

»Ganz undenkbar ist nicht«, erklärte Rosa.

44

Am frühen Abend standen sie vor der Tür der Marchands. Quentin hatte versucht, Rosa vom Mitkommen abzubringen, aber sie hatte sich durchgesetzt. Marion Marchand, von Kopf bis Fuß in Schwarz gekleidet, war überrascht, als sie Quentin mit seiner Mutter im Schlepptau vor sich sah, aber die Anwesenheit einer Frau ihres Alters – wenn auch von anderem Schlag – schien sie eher zu beruhigen. Sie bat beide herein, bot ihnen einen Aperitif an und wandte sich während der gesamten Unterhaltung mehr an Rosa als an Quentin. Also überließ er Rosa das Reden und mischte sich nur dann ein, wenn es ihm unbedingt notwendig erschien.

»Madame Marchand«, begann Rosa, wobei sie ihrer Gastgeberin half, Vin d'Orange in kleine Kristallgläschen einzuschenken, »mein Sohn hat mich über seine Ermittlungen in Kenntnis gesetzt. Ich hoffe, dass Sie nichts dagegen haben.« Sie setzte ihr schönstes Lächeln auf. »Eigentlich war ihm das gar nicht recht, aber Sie wissen ja, wie Mütter sind – immer besorgt um ihre Kinder! Sie wollen über alles Bescheid wissen, ich glaube, in dieser Hinsicht sind wir alle gleich.«

Die Frauen wechselten einen verständnisinnigen Blick. Quentin bewunderte seine Mutter insgeheim. Sie hatte genau die richtigen Worte gefunden.

»Und ich glaube, wir haben bei unseren Recherchen Fortschritte gemacht.«

Madame Marchands Augen leuchteten auf. »Das wird uns unsere kleine Véronique nicht zurückbringen, aber wenn ich weiß, dass derjenige, der sie umgebracht hat, hinter Gittern ist, wird es mir besser gehen.«

Quentin fiel auf, dass sie sehr langsam sprach, so als stünde sie unter dem Einfluss von Beruhigungsmitteln.

»Da sind wir vollkommen einer Meinung«, sagte Rosa. »Um zu begreifen, was geschehen ist, müssen wir meines Erachtens in die Vergangenheit zurückkehren.«

Marion Marchand wartete gespannt. Quentin nahm einen kleinen Schluck Orangenwein und musste prompt gegen Brechreiz ankämpfen. Der pure Zucker, mit Aromen und Alkohol versetzt. Kopfschmerzen, quasi intravenös verabreicht. Das Zeug war ihm zuwider. Er stellte das Glas zurück auf den Tisch und holte seinen Notizblock hervor.

»Könnten wir über Ihre Schwester sprechen?«, fragte Rosa. »Hat sie Ihnen etwas über ihre letzte Liebesbeziehung erzählt, bevor sie …«, sie zögerte ein paar Sekunden, »… diese Welt verlassen hat?«

»Ich weiß praktisch nichts über diesen Mann. Wie schon gesagt, ich habe ihn nie gesehen. Er war offenbar verheiratet.«

»Sind Sie sicher?«

»Das hat Agnès mir erzählt.«

»Erinnern Sie sich an seinen Namen?«

»Nein, aber ich meine mich zu erinnern, dass er in einem Hotel gearbeitet hat und dort eine wichtige Stellung innehatte.«

»Welches Hotel?«

»Das weiß ich nicht. Es gibt hier so viele. Und es ist schon so lange her.«

»War er nicht bei der Beerdigung?«

»Das weiß ich auch nicht. Ich war völlig verstört. Und die

Kleine war außer sich vor Kummer. Aber es waren mehrere Personen da, die ich nicht kannte. Ich habe sie für Arbeitskollegen gehalten.«

Rosa nickte verständnisvoll und trank ohne mit der Wimper zu zucken einen großen Schluck Orangenwein.

»Köstlich.«

»Freunde von uns stellen ihn her, unten im Süden. Sie schicken uns jedes Jahr ein paar Flaschen.«

Rosa lächelte liebenswürdig.

»Sie sagten, dass Agnès immer bedrückter wirkte.«

»Ja, ungefähr im Lauf eines Jahres ist das passiert. Eine große Veränderung.«

»Hat sie Ihnen den Grund genannt?«

»Nein. Ich habe versucht, sie zum Reden zu bringen, aber sie wirkte verschlossener als sonst.«

»Nach dem Tod ihres Mannes muss es ähnlich gewesen sein.«

»Nicht ganz. Als sie Christophe verloren hat, war das natürlich schrecklich, aber es war eine andere Art von Trauer. Sie war, wie soll ich sagen, kämpferischer. Gegen Ende ihres Lebens war sie wie … gelähmt. Am Boden, im wahrsten Sinne des Wortes. Ich hatte sie im Verdacht, Medikamente zu nehmen …«

»Medikamente.«

»Ja, gegen die Angst, verstehen Sie …«

»Antidepressiva.«

Quentin und Rosa wechselten einen Blick.

Rosa trank ihren Orangenwein aus. Marion Marchand wollte gerade nachschenken, als es an der Tür klingelte.

»Das muss meine Tochter sein. Sie ist gestern Abend aus Griechenland zurückgekommen. Die Beerdigung wird morgen Vormittag stattfinden.« Sie war bereits auf dem Weg zur Tür.

Rosa und Quentin blieben im Wohnzimmer sitzen, hin- und

hergerissen zwischen dem Wunsch, nicht zu stören, und der Neugier auf die Person, die vielleicht etwas mehr Licht in das Dunkel um Véronique und ihre Mutter bringen konnte.

Als Lucie das Zimmer betrat, erhoben sie sich. Quentin gab ihr die Hand und stellte Rosa vor.

»Ah, ja, Monsieur Belbasse«, sagte Lucie. »Ich habe Ihre Nachricht bekommen, aber gleich anschließend hat mich ein gewisser Lieutenant Rossard angerufen.«

»Brossard«, korrigierte Quentin unwillkürlich.

»Ja, richtig. Er hat mich gebeten, auf keinen Fall mit Ihnen Kontakt aufzunehmen.«

»Und haben Sie schon mit ihm gesprochen?«

»Gestern Abend.«

»Hat er Ihnen immer noch verboten, mit mir zu sprechen?«

»Er hat Sie nicht mehr erwähnt.«

Quentin zwang sich zu einem Lächeln, um Lucies Vertrauen zu gewinnen.

»Wären Sie denn jetzt bereit, mir ein paar Fragen zu beantworten?«

»Ich werde mein Möglichstes tun, um Ihnen zu helfen. Mich interessiert nur eines: Ich will verstehen, was passiert ist, und ich will, dass irgendjemand dieses Schwein schnappt …« Sie brach in Tränen aus.

»Setzen Sie sich doch, meine Liebe«, sagte Rosa. Sie hatte Lucie den Arm um die Schulter gelegt, goss ihr ein Glas ein und reichte es ihr. Die junge Frau griff danach und leerte es in einem Zug.

»Das tut gut«, stieß sie hervor.

»Wir lassen Ihre Tochter und meinen Sohn besser allein miteinander reden«, schlug Rosa Marion Marchand vor. »Ich helfe Ihnen, die Gläser zu spülen.«

Sie griff nach ihrem leeren Glas und dem von Quentin und strebte in Richtung Tür. Marion Marchand schien unentschlossen, folgte ihr aber schließlich doch.

Bravo, dachte Quentin.

»Lucie, Ihre Mutter hat uns erzählt, dass Sie sich gut mit Ihrer Cousine verstanden haben, obwohl Sie beide vom Naturell her sehr unterschiedlich waren.«

»Ja, sie war ein Schatz. Jemand, auf den man sich verlassen konnte. Sie hätte einen nie im Stich gelassen. Einmal hat sie sich sogar meinetwegen geprügelt.«

»Sie hat Ihnen nie von einem … Freund erzählt, den ihre Mutter gegen Ende ihres Lebens hatte?«

»Ein Liebhaber, wollen Sie sagen. Doch, und sie hat ihn gehasst.«

»Dann kannte sie ihn?«

»Ich glaube, sie sind sich nicht oft begegnet. Aber sie hat ihn gesehen. So viel ist sicher.«

»Hat sie einen Namen genannt?«

Quentin hielt den Atem an.

»Ich glaube schon, aber ich weiß nicht mehr … Es war ein merkwürdiger Name …«

»Versuchen Sie bitte, sich zu erinnern.«

Lucie konzentrierte sich.

»Etwas mit M … Mariol … Maraude … Nein, ich weiß es nicht mehr.«

Quentin bemühte sich, seine Enttäuschung nicht zu zeigen.

»Gut. Warum denken Sie, dass sie ihn gehasst hat, wenn sie ihn doch kaum kannte? Vielleicht hatte sie einfach nur Angst, dass er den Platz ihres Vaters einnehmen wollte?«

»Das haben meine Eltern auch vermutet.«

»Er war verheiratet.«

»Für Kinder spielt das keine so große Rolle. Sie wollen nicht, dass ihre Mutter eine neue Beziehung eingeht. Punktum. Ich hatte allerdings immer das Gefühl, dass es nicht daran lag.«

»Warum?«

»Sie hat einmal eine Szene mitbekommen.«

»Was für eine Szene?«

»Sie war damals acht. Es war mitten in der Nacht. Sie ist aufgewacht, weil sie ihre Mutter weinen hörte. Da ist sie ins Wohnzimmer gegangen und hat die beiden gesehen. Ihre Mutter saß auf der Sofakante und weinte. Der Mann stand aufrecht vor ihr. Er hat ganz leise auf sie eingeredet. Aber er hatte eine komische Stimme.«

»Was heißt das?«

»Ich weiß es nicht. Sie hat es immer nur so beschrieben. Eine Stimme ohne Ausdruck, ganz seltsam. So hat sie es formuliert. Er hat grobe Dinge zu ihrer Mutter gesagt, sie kritisiert, sie wegen irgendetwas beschuldigt. Weshalb, weiß ich nicht, aber Véronique war entsetzt.«

»Und dann?«

»Dann hat sie angefangen zu weinen, Véronique, meine ich. Dadurch haben die beiden sie entdeckt. Der Mann hat sofort nach seiner Jacke gegriffen, sich im Gehen vor Véronique aufgepflanzt und gesagt: ›Deine Mutter ist sehr krank. Mach dir keine Sorgen, es ist nicht deine Schuld.‹ Dann ist er gegangen.«

»Merkwürdig.«

»Und ihre Mutter hat ihn nicht etwa zum Teufel gejagt, sondern auch noch in Schutz genommen. Das fand Véronique besonders schrecklich.«

»Hat sie ihn beschrieben?«

»Nein. Aber sie hat gesagt, dass sie seinen Blick niemals vergessen würde.«

»Hat sie oft davon gesprochen?«

»Nein, ich habe es nur ein einziges Mal von ihr gehört. Sie hat es auch Maman und Papa erzählt, aber Papa hat gesagt, sie übertreibe und ihre Mutter sei schon immer psychisch labil gewesen. Und dann wollte er nichts mehr davon hören. Er hat gedacht, sie erfände das alles. So sind die Jahre vergangen.«

»Zwischen Véronique und Ihrem Vater ...«

»Lief es nicht so gut. Mein Vater ist die Sanftmut in Person, und Véronique war auch ein reizender Mensch, aber sie – wie soll ich es ausdrücken? – hatten keinen guten Draht zueinander.«

Lucie verstummte. Dann rief sie auf einmal: »Marotte!«

»Bitte?«

»Sein Name war Marotte!«

»Und der Vorname?«

Sie schüttelte den Kopf.

»Den hat sie mir sicher auch genannt, aber ... es ist schon so lange her.«

»Hat sie als Erwachsene noch einmal darüber gesprochen?«

»Nein, nie mehr. Sie hat überhaupt nicht mehr über ihre Vergangenheit geredet.«

»Und ist Ihnen in der letzten Zeit eine Veränderung aufgefallen? Irgendetwas?«

»Nicht, dass ich wüsste, aber wir haben uns auch nicht mehr so oft gesehen.«

Ein lautes Klirren ließ sie zusammenzucken. Lucie eilte in die Küche. Quentin verdrehte die Augen. Rosa hatte beim Umgang mit Menschen entschieden mehr Fingerspitzengefühl als im Haushalt.

45

Die Beerdigung war bedrückend, selbst für Quentin, der Véronique Fontaine ja gar nicht gekannt hatte. Von einem so jungen Menschen für immer Abschied nehmen zu müssen, ist schrecklich, dachte er, als er an der Seite seiner Mutter dem Trauerzug folgte. Rosa hatte ihre Garderobe einigermaßen den Umständen angepasst – nachdem er ihr ins Gewissen geredet hatte. Sie trug gedeckte Farben, aber ihr Aufzug unterschied sich trotzdem nicht grundsätzlich von dem, was sie sonst anhatte, und so zog sie die verwunderten Blicke einiger Trauergäste auf sich. Quentin enthielt sich jedes Kommentars. Er hatte Wichtigeres zu tun.

Während der Pfarrer seine Ansprache hielt und die Verwandten tränenüberströmt und von Trauer überwältigt an seinen Lippen hingen, lief Quentins Gehirn auf Hochtouren.

Am Abend zuvor hatte er Nadine angerufen und sie gefragt, was Moulin zwischen 1982 und 1985 getrieben habe.

»Aber das weißt du doch, mein Spatz. Damals hatte er das Cabaret noch nicht geerbt. Er gab Wrestling-Kurse in der ganzen Welt, vor allem in Kanada und Südfrankreich. Er glaubte, er könnte davon leben. Weil in den Siebzigern alles leichter war, weißt du? Wenn du arbeiten wolltest, hast du gearbeitet, und wenn du nicht mehr arbeiten wolltest, hast du ein Weilchen damit aufgehört, und wenn du wolltest, konntest du wieder anfangen.«

Bevor sie sich zu sehr in ihren Reminiszenzen an die Freiheiten der siebziger Jahre verlor, holte Quentin sie in die Gegenwart zurück.

»Nado, wir waren bei Moulin.«

»Ja, entschuldige. Also gut, zwischen 1982 und 1987 war er selten in Paris. Hin und wieder kam er natürlich her … Aber du kennst ihn ja: Er erzählt nur, was er will. Nicht mehr, nicht weniger. Das macht ihn aber noch lange nicht zu einem gefährlichen Kriminellen. Höchstens zu einem Mann, der seine Freiheit liebt, oder allenfalls zu einem Geheimniskrämer.«

Quentin ging nicht darauf ein.

»Pass auf dich auf, mein Spatz«, hatte Nadine noch zärtlich gesagt, bevor sie auflegte.

»Moulin hat für die betreffende Zeit kein Alibi«, hatte er seiner Mutter berichtet. »Er war in Kanada, oder vielleicht auch nicht.«

Rosa hatte auf jeden Kommentar verzichtet. Sie waren beide nachdenklich zu Bett gegangen.

Am Morgen hatten sie keine Zeit gehabt, noch einmal über die Themen des Vorabends zu sprechen. Sie hatten sich beeilen müssen, um rechtzeitig bei der Trauerfeier zu erscheinen.

Die Sargträger machten sich bereit, den Sarg in die Grube zu senken. Quentin sah sich verstohlen unter den Trauergästen um, die sich um das Grab versammelt hatten.

Um die dreißig Personen hatten sich eingefunden. All jene, die er bereits im Rahmen seiner Ermittlungen kennengelernt hatte, und um die zwanzig weitere, deren Gesichter ihm unbekannt waren. Bei aller Anteilnahme, die sie zeigten, vermittelten sie nicht den Anschein von Personen, die einen nahen Angehörigen verloren hatten. Quentin vermutete, dass es sich um ehemalige Klassenkameraden oder berufliche Bekanntschaften handelte. Drei Personen hatte Rosa erkannt, wie sie ihm zuflüsterte, weil sie sie am Tag zuvor im Zuge ihrer Besuche bei Véronique Fontaines Auftraggebern kennengelernt hatte.

Auch Caporal Sarraute war zugegen. Quentin grüßte ihn, doch Sarraute zog es vor, ihn zu ignorieren. Marion Marchand trug eine Sonnenbrille, die sie von Zeit zu Zeit hob, um ihre Tränen zu trocknen. Lucie weinte still, ohne jeden Versuch, ihre Tränen zu verstecken. Ein sympathisch wirkender rothaariger Mann um die vierzig hatte ihr tröstend den Arm um die Schulter gelegt. Quentin nahm an, dass es sich um ihren Ehemann handelte. Sie hatte eindeutig mehr Glück im Leben gehabt als ihre Cousine. Die schwarzgekleidete Trauergemeinde stand schwitzend in der unbarmherzigen Hitze. Kein Lufthauch war so gnädig, den quälenden Vormittag erträglicher zu machen.

Der Sarg ruhte mittlerweile in der Tiefe der Grube. Die Träger zogen ihre Seile hoch und entfernten sich. Der Pfarrer, aufrecht vor dem von erschlafften Blumengebinden umgebenen, länglichen Loch, empfahl ein letztes Mal Véroniques Seele dem Herrn, schwenkte sein Weihrauchfass und warf die erste Handvoll Erde auf den Sarg, bevor er sich diskret zurückzog. Quentin reihte sich in die Schlange ein, die sich vor dem Grab bildete. Er nahm als Letzter von der jungen Frau Abschied, die er gar nicht gekannt hatte und die ihm dennoch keine Ruhe ließ und ihn mehr beschäftigte als sämtliche anderen Frauen in seinem Leben.

»Staub bist du, und zum Staub kehrst du zurück.«

Er schloss einen Moment die Augen.

Véronique Fontaines Familie zerstreute sich allmählich. Ein paar tröstliche Worte murmelnd, drückten Quentin und Rosa den Marchands die Hände und entfernten sich dann ebenfalls. Sie verließen den Friedhof und flüchteten sich in die nächstgelegene Bar, die, versteckt hinter hundertjährigen Platanen, gleich auf der anderen Straßenseite lag. Sie setzten sich draußen an einen Tisch und bestellten bei einem dürren, ältlichen Kellner zwei Bier.

Quentin zündete sich eine Zigarette an und rauchte schweigend. Als sein Handy klingelte, drückte er, noch ganz in Gedanken versunken, automatisch die grüne Taste.

»Wo stecken Sie denn, verdammt noch mal?«, wütete eine Stimme. Quentin erkannte mühelos Capitaine Corsini.

»Sie sollten mich sofort nach Ihrer Durchsuchung der Wohnung anrufen! Was Sie nicht getan haben. Ich habe Ihnen eine Nachricht hinterlassen, und Sie haben es nicht einmal für nötig befunden, mich zurückzurufen. Ihr Verhalten verstößt völlig gegen unsere Vereinbarung. Wo sind Sie?«

»In Trouville. Mein Handy hat Probleme gemacht.«

»Ja, natürlich. Nicht mit mir, junger Mann. Haben Sie etwas gefunden?«

»Ja«, gab Quentin widerstrebend zu. »Das heißt, ja und nein. Nicht direkt.«

»Was ist denn das für ein Humbug?«

»Ich würde es Ihnen lieber unter vier Augen mitteilen. Heute Abend bin ich wieder in Paris«, entgegnete Quentin.

Seine Mutter hob überrascht die Augenbrauen.

»Punkt neun Uhr«, befahl Corsini und legte auf.

»Wir haben hier aber noch allerhand zu erledigen«, protestierte Rosa, als Quentin das Handy in seiner Hosentasche verstaut hatte.

»Ich weiß. Das übernimmst du. Ich muss dringend nach Paris zurück. Wir sehen uns morgen früh.«

»Fassen wir zusammen: Du willst mir die undankbare Lauferei aufhalsen, während du die potenziellen Täter befragst?«

»Du musst unbedingt das Hotel finden, das dieser Marotte geleitet hat«, antwortete Quentin behutsam. »Vielleicht gibt es da jemanden, der sich an ihn erinnert.«

»Wenn er denn wirklich Marotte hieß«, erwiderte Rosa verdrossen.

»Du hast recht, aber das ist unsere einzige Spur.«

»Und du? Wie willst du vorgehen?«

»Ich muss mir noch mal die Männer vornehmen, die altersmäßig zu unserem Mörder passen und dem psychologischen Profil entsprechen könnten, das wir von ihm erstellt haben. Und die man im Umfeld des Narcisse antrifft.«

»Und an wen denkst du dabei, abgesehen von Moulin?«

»An Portland. Ein charismatischer Mann, der mit Vorliebe in Andeutungen spricht. Er glaubt, er sei allen überlegen und trägt ein großes Selbstbewusstsein zur Schau. Er scheint den Frauen zu gefallen, aber er lebt allein. Große Bereiche seines Lebens sind nebulös. Seine häufigen Reisen nach England oder an andere Orte, was weiß man schon davon? Das Alter könnte auch stimmen.«

»Véronique Fontaine hat aber keinen Akzent erwähnt.«

»Sie war damals noch ein Kind.«

»Richtig. Aber später hat sie Englisch studiert. Glaubst du, das könnte eine Rolle spielen?«

Quentin zuckte die Achseln. Er hatte sich bereits die Rolle des Detektivs angemaßt, da wollte er nicht noch in die eines Psychologen schlüpfen müssen.

»Gibt es sonst noch Verdächtige?«, fragte Rosa.

Quentin überlegte.

»Vernet. Er hat sich von Anfang an merkwürdig verhalten. Wir dachten, dass er bloß seinen Seitensprung kaschieren wollte, aber vielleicht steckt doch etwas anderes dahinter. Er wohnt mit seiner Frau in der ehemaligen Wohnung seiner Mutter. Nach deren Tod haben sie nichts verändert, weder die Möbel noch die Ausstattung. Es herrscht dort eine sehr eigenartige Atmosphäre. Wenn Madame Gendreau recht hat, ist der Aufzug in der Mordnacht zum letzten Mal von seiner Etage losgefahren. Und an jenem Tag befand sich in der fünften Etage niemand außer ihm.«

Rosa hörte aufmerksam zu.

»Wir gehen also davon aus, dass Véronique Fontaine den Mann gesucht hat, der eine Beziehung mit ihrer Mutter hatte und den sie verdächtigt hat, diese in den Selbstmord getrieben zu haben?«

»Das ist die plausibelste Hypothese.«

»Aber warum handelt sie erst jetzt, mit achtundzwanzig Jahren? Wenn sie davon so besessen war, hätte sie ihn doch schon früher suchen können.«

»Nicht unbedingt. Er war vermutlich verschwunden, vielleicht hat er auch seinen Namen geändert. Irgendetwas muss sich vor kurzem ereignet haben, etwas Unerwartetes, das sie auf seine Spur gebracht hat.«

»Aber was kann das sein?«

Quentin hob ratlos die Schultern.

»Genau das bleibt ein Rätsel. Aber klar ist inzwischen, warum sie sich als Daphné ausgegeben hat.«

»Ja? Warum denn?«

»Damit der betreffende Mann nicht misstrauisch wird und um drei Uhr morgens einer Person die Tür öffnet, die er kennt – vielleicht sogar einer Person, über deren Besuch er sich freut, Daphné nämlich, der Véronique zufällig ähnlich sah.«

»Möglich. Aber glaubst du, dass dieser Mann die erwachsene Véronique Fontaine kannte? Und dass sie fürchten musste, er würde sie erkennen, weil sie ihn vor diesem Abend schon einmal aufgesucht hatte?«

»Oder vielleicht hatte sie sich schriftlich oder telefonisch bei ihm gemeldet«, sagte Quentin. »Auf jeden Fall wusste er, dass sie in der Nähe war, und fühlte sich bedroht …«

»Dann scheidet Portland aus.«

»Warum?«

»Weil es genügt hätte, an seine Tür zu klopfen.«

»Vielleicht hat er sie ja in der Werkstatt getötet und dann in Moulins Keller geschafft.«

»Das ist unmöglich.«

»Nein. Der Postkartenverkäufer hat mir gesagt, dass alle Kellerräume mehr oder weniger miteinander verbunden sind.«

»Und das Türenschlagen?«

»Das hat nur Portland erwähnt. Und zwar als Einziger. Die Tür ging vielleicht nicht dreimal, sondern nur zweimal, und zwar als Tony hinein- und hinausgegangen ist.«

»Véronique wurde zuletzt lebend von Tony gesehen.«

»Das sagt er. Aber es muss nicht unbedingt stimmen. Er hat schon so oft gelogen. Und für ein hübsches Sümmchen könnte man von ihm garantiert eine Falschaussage bekommen. Es sei denn, es war tatsächlich Daphné, an jenem Abend im Club, und sie steckt mit dem Instrumentenbauer unter einer Decke.«

»Was für ein Kuddelmuddel«, stöhnte Rosa.

46

Zurück in Paris stellte Quentin sein Reisegepäck zu Hause ab und ging ins Narcisse. Als er gegen die Eingangstür drückte, gab sie sofort nach. Drinnen war alles still.

In dem in Halbdunkel getauchten Bühnensaal konnte Quentin Moulin und Pierre Duval ausmachen, die in einem Winkel nebeneinander auf einem roten Sofa saßen. Sie beugten sich über Papiere, die vor ihnen auf dem Tisch ausgebreitet waren. Moulin addierte mit Hilfe eines Taschenrechners Zahlen, die Duval aufschrieb. Die beiden Männer waren so in ihre Arbeit versunken, dass sie den Neuankömmling nicht bemerkten.

Quentin räusperte sich, und Pierre Duval zuckte zusammen.

»Oh, Sie haben mir einen Schrecken eingejagt. Ich habe Sie nicht kommen hören. Wir waren völlig in die Vereinsabrechnung vertieft.«

Er stand auf und reichte Quentin die Hand. Der ergriff sie flüchtig und sah dabei Moulin an.

»Es tut mir leid, dass ich störe, aber ich muss dringend mit Moulin sprechen«, sagte Quentin brüsk.

»Ich bin beschäftigt«, antwortete Moulin im selben Ton. Auch er hatte ihre letzte Begegnung noch nicht verkraftet.

»Ich gehe«, erklärte Duval. »Wir machen das später fertig«, ergänzte er an Moulin gewandt. Der nickte knapp, und Duval verließ das Cabaret.

»Also, was ist los?«, fragte Moulin.

Quentin kam sofort zur Sache. »Kannst du mir sagen, wo du zwischen 1982 und 1985 warst?«

Moulin blickte überrascht auf. »Das könnte ich schon, aber ich weiß nicht, ob ich Lust dazu habe.«

»Die Polizei wird dir in weniger als vierundzwanzig Stunden dieselbe Frage stellen«, erklärte Quentin und ließ sich dem Freund gegenüber in einen Sessel sinken. Eine bleischwere Müdigkeit hatte ihn überkommen.

»Warum das?«

»Weil Véronique Fontaine, die junge Frau, die man ermordet in deinem Keller aufgefunden hat, den Liebhaber ihrer Mutter im Verdacht hatte, diese in den Selbstmord getrieben zu haben. Er hat sie zwischen 1982 und 1985 regelmäßig besucht. Véronique Fontaine hat seine Fährte in unserem Viertel aufgenommen, hier ganz in der Nähe. Der betreffende Mann wäre heute zwischen 48 und 70 Jahre alt.«

»Und?«

»Und die Schlinge zieht sich zu. Ob es mir gefällt oder nicht, du passt ins Profil. Oh, du bist nicht der Einzige! Aber so viele seid ihr auch wieder nicht. Da sind Portland und Vernet. Vernet würde vom Alter her besser passen. Oder Caillebotte, der komische Typ von gegenüber, der Postkarten verkauft. Mehr fallen mir nicht ein.«

Moulin nickte langsam. »Und wie hast du das alles rausgekriegt?«

»Ich habe gearbeitet, mein Freund.«

Quentin hatte nicht die Absicht, die Ergebnisse seiner Ermittlungen im Detail aufzuzählen.

»In Ordnung. Sag mir nur, wo sich das alles abgespielt haben soll«, antwortete Moulin, der auf einmal keine Spur von Feindseligkeit mehr erkennen ließ.

»In Trouville.«

»Ich hatte nie eine Freundin in Trouville.«

»Kannst du das beweisen?«

»Nein. Ich müsste beweisen können, dass ich mich in diesem Zeitraum im wesentlichen in Kanada aufgehalten habe, aber das wird wohl nicht ausreichen«, erwiderte Moulin freimütig. »Und du glaubst diese Geschichte wirklich?«

»Ich weiß nicht, ob sie wahr ist. Aber ich weiß, dass Véronique Fontaine davon überzeugt war.«

Moulin nickte.

»Außer seinem ungefähren Alter weißt du nichts über den Mann?«

»Ich weiß, dass er in einem Hotel dort in der Gegend gearbeitet hat, in einer leitenden Position. Ich habe einen Namen, aber es ist vermutlich nicht der richtige.«

»Dann wäre sie hergekommen, um mit diesem Mann zu reden, und er hat sie umgebracht. Aber warum gerade jetzt?«

»Weil sie eine Weile gebraucht hat, um ihn zu finden. Er war verschwunden, hatte seinen Namen geändert.«

»Und du glaubst ernsthaft, dass ich es bin?«

»Ich weiß es nicht. Ich suche einen Mörder. Vielleicht einen Doppelmörder. Einen gefährlichen Mann, der nicht so wirkt. Einen Mann mit zwei Gesichtern. Du könntest es sein. Du bist fähig, jemanden zu töten, du hast es schon einmal getan. Ich habe geglaubt, ich kenne dich. Mir wäre es keine Sekunde lang in den Sinn gekommen, dir zu misstrauen. Ich habe angefangen, mich für den Mord zu interessieren, weil ich dir helfen wollte, und jetzt … ich weiß nicht mehr, wer du bist.«

Moulin akzeptierte seine Worte ohne Widerspruch.

»Was hast du vor?«

»Im Lauf des Tages die anderen aufsuchen.«

»Vernet ist nicht zu Hause. Er arbeitet.«

»Wo denn?«

»Bei L'Oréal. Er ist der kaufmännische Leiter, glaube ich.«

»Woher weißt du das?«

»Er schenkt aller Welt diese Kosmetikproben, und Daphné wird besonders reichlich bedacht.«

Quentins Blick wurde starr. Kosmetikproben. Véronique hatte einige im Badezimmer gehabt. Kleine Cremetuben für jede Gelegenheit, jeden Hauttyp, jedes Alter. Sie hatten ihn nicht besonders interessiert. Es handelte sich um derart banale Alltagsgegenstände, dass er sie nicht für bedeutsam gehalten hatte. Aber nun bildeten sie vielleicht das Bindeglied. War die junge Frau zufällig auf Vernet gestoßen, in ihrer Rolle als Übersetzerin vielleicht? Hatte sie ihn unter irgendeinem Vorwand schon vor dem fatalen Abend kontaktiert? Und hatte er ihr bei der Gelegenheit Kosmetika geschenkt, wie aller Welt, vor allem hübschen jungen Frauen? Vernet, der alte Beau, der routinierte Charmeur, der versuchte, mit Geschenken zu verführen – irgendwie kläglich.

Mit schnellen Schritten ging Quentin auf die Eingangstür zu.

»Entschuldige, mir ist da gerade eine Idee gekommen. Ich muss los.«

Die Verwaltung von L'Oréal erstreckte sich über sämtliche Räume eines großen, modernen Gebäudes, das umgeben von Dutzenden ähnlicher Kästen in Puteaux stand.

Hinter einer ausladenden, geschwungenen Empfangstheke wies ihm eine tadellos geschminkte junge Frau mit langen braunen Haaren nach kurzem Telefonat den Weg.

»Sie kommen zum ungünstigsten Zeitpunkt«, empfing ihn

Monsieur Vernet. Dennoch hatte er sofort seine Sitzung verlassen, als Quentin ihm angekündigt worden war.

»Beeilen Sie sich bitte.«

»Monsieur Vernet, könnten Sie mir sagen, wo Sie zwischen 1982 und 1985 waren?«

»Wie bitte?«

»Sie haben mich schon verstanden.«

»Was hat das mit dem Mord zu tun?«

»Beantworten Sie einfach meine Frage.«

»Ich war im Außendienst beschäftigt.«

»Für L'Oréal?«

»Ja.«

»Anders gesagt, Sie waren ständig im ganzen Land unterwegs.«

»Ich war häufig auf Reisen, ja.«

»Waren Sie damals schon verheiratet?«

»Ja. Ich habe meine Frau 1979 kennengelernt«, antwortete Vernet knapp und ungeduldig.

Quentins Herz schlug schneller. Alles, was Vernet sagte, passte zu seiner eigenen Version der Ereignisse. Ein verheirateter Mann mit Charisma, der die Freiheit besaß, heimlich ein Doppelleben zu führen. Er hätte behaupten können, dass er im Hotelgewerbe arbeitete, während er in Wirklichkeit als Vertreter umherreiste. Falls er Véronique Fontaines Mutter verboten hatte, ihn an seinem Arbeitsplatz zu besuchen, hatte sie keinerlei Möglichkeit gehabt, seine Äußerungen zu überprüfen.

»Sind Sie einmal einer gewissen Agnès Fontaine begegnet?«

Quentin hoffte insgeheim auf eine Panikreaktion, ausgelöst durch den Namen.

Vernet kramte in seinem Gedächtnis.

»Der Name sagt mir nichts«, antwortete er endlich. Seine Worte klangen aufrichtig.

»Und der Name Marotte?«

»Nein. Auch nicht. Der Name klingt so albern, dass man sich auf jeden Fall daran erinnern würde.«

»Trouville kennen Sie aber?«

»Wie jeder Pariser, der etwas auf sich hält, will ich doch meinen«, antwortete Vernet im affektierten Ton eines Mannes von Welt.

Eine junge, dunkelhaarige Sekretärin huschte mit einer gemurmelten Entschuldigung herein. Sie legte Vernet eine Akte hin und warf dabei einen besorgten Blick auf Quentin, der den Eindruck hatte, als bemühte sich Vernet verstohlen, die junge Frau zu beruhigen. Dann verließ sie das Büro wieder.

»Ich habe gehört, dass Sie Ihren weiblichen Bekannten regelmäßig Gratisproben schenken.«

»Ich mache anderen nun mal gern eine Freude. Die Frauen muss man verwöhnen, wissen Sie, das haben sie verdient. Sie sind so …« Seine Hände beschrieben kleine Kreise in der Luft.

»Vor allem, wenn es nichts kostet. Ich habe bei dem Opfer eine ganze Reihe solcher Proben gefunden.«

Monsieur Vernet zog die Brauen zusammen. Dann antwortete er ernst:

»Ich kannte die junge Frau nicht, das habe ich doch schon gesagt. Sie kann die Proben wer weiß woher haben. Alle Drogerien verschenken so etwas. Manchmal führen wir Werbeaktionen durch, um neue Produkte zu lancieren. Dann verteilen wir große Mengen von Produktproben an die Verkaufsstellen, die sie wiederum an ihre Kunden weitergeben. Warenmuster sind überall im Einsatz, dazu sind sie gedacht. Die Leute sollen das Produkt testen und sich daran gewöhnen, es immer zur

Hand haben, bis sie ein Bedürfnis danach entwickeln, bis sie bereit sind, dafür zu zahlen. So läuft das nun mal …«

Quentin unterbrach Vernets Redefluss. »Sie müssen aber doch zugeben, dass es ein seltsamer Zufall ist. L'Oréal ist nicht die einzige Marke, die auf diese Weise wirbt, aber sie ist die einzige, die man bei dem Opfer gefunden hat!«

Monsieur Vernet nagte an seiner Unterlippe.

»Zufälle kommen nun einmal vor, überall, jeden Tag. Ständig. Sogar ganz unglaubliche. Den Menschen bereitet es Freude, sie zu deuten und darin einen tieferen Sinn zu sehen. Aber in Wirklichkeit sind es einfach nur zufällige Ereignisse, nichts weiter.«

»Man wird nach Fingerabdrücken suchen.«

»Nur zu. Sie werden keine finden.«

Wenn Vernet Angst hatte, verbarg er sie gut. Dass er nervös war, merkte man ihm an, aber wer wäre das unter den gegebenen Umständen nicht gewesen? In einem Mordfall verdächtigt zu werden, war wirklich kein Spaß. Doch das war nicht der entscheidende Punkt. Man musste ihm nachweisen, dass er nicht die Wahrheit sagte. Nur – woran erkannte man, wenn Menschen logen? Quentin hatte nicht genügend Erfahrung damit, Lügner und Mörder zu entlarven. Natürlich hatte er im Verlauf der letzten Tage ein wenig von seiner Naivität eingebüßt, aber als ausgefuchst konnte er sich noch lange nicht bezeichnen. Im Polizeigewahrsam war es gewiss leichter, einen Tatverdächtigen in Widersprüche zu verwickeln. Eine Untersuchungshaft war so nervenaufreibend, dass der Verdächtigte seine Selbstsicherheit schneller verlor. Hier aber, in diesem Büro, war aus Vernet nichts weiter herauszubekommen. Quentin musste es sich eingestehen: Er brauchte Capitaine Corsini.

Vernet beobachtete ihn argwöhnisch und lauerte angespannt auf eine Reaktion.

Quentin erhob sich.

»Sie bleiben bei Ihrer Aussage, dass Sie in der Mordnacht, nachdem Sie nach Hause gekommen waren, nicht noch einmal mit dem Aufzug nach unten gefahren sind? Und dass auch niemand zu Ihnen gekommen ist?«

»Ja.«

»Gut. Wann kann ich mit Ihrer Frau sprechen?«

»Sie kommt morgen aus dem Urlaub zurück«, sagte Vernet düster. »Hören Sie, Monsieur Belbasse, könnten Sie nicht … was ich sagen will … meine Frau hat nichts mit alldem zu tun.«

»Ich danke Ihnen«, antwortete Quentin schroff und verließ eilig das Büro. Vernet blieb mit seinen Befürchtungen und Schuldgefühlen allein zurück.

Zur Sicherheit machte Quentin einen kleinen Umweg über die Personalabteilung, um sich zu vergewissern, dass Vernet tatsächlich in den achtziger Jahren für L'Oréal gearbeitet hatte. Eine kratzbürstige junge Frau erklärte ihm unverblümt, sie sei zu keinerlei Auskünften über die Angestellten befugt.

Quentin fluchte innerlich und ging. Hätte er doch nur irgendeinen handfesten Beweis! Eine Befragung der Sekretärin, zweifellos die besagte Dorine, mit der Vernet eine Affäre hatte, war Zeitverschwendung. Sie war ihrem Chef sicher so ergeben, dass sie ohne Zögern alle seine Aussagen bestätigen würde. Und dennoch passte alles, Vernet konnte nur allzu gut der gesuchte Mörder sein.

»So eine Scheiße!«, schimpfte Quentin leise vor sich hin, als er sich in die volle Métro drängte.

Er hinterließ Capitaine Corsini eine Nachricht, in der er dringend um Rückruf bat. Da er nach einer halben Stunde noch nichts gehört hatte, beschloss er, allein in der Werkstatt von

David Portland vorbeizuschauen, der ebenfalls dem Profil des Mörders entsprach.

Zum ersten Mal wäre es Quentin lieber gewesen, wenn ihn ein Polizist begleitet hätte. In diesem Stadium seiner Ermittlungen befürchtete er, einen Fehler zu machen und den Schuldigen zu warnen, ohne dabei ausreichende Beweise zu sammeln. Dennoch konnte er sich nicht zum Abwarten entschließen. Schnelles Handeln war geboten, davon war er überzeugt, denn wenn er jetzt Zeit verlor, würde der Mörder womöglich entkommen. Neuigkeiten verbreiteten sich auf Montmartre wie ein Lauffeuer. Es wurde getuschelt. Die Worte, gute wie schlechte, erzielten ihre Wirkung. Reputationen wurden zerstört, Warnschüsse abgegeben, alte Rechnungen beglichen. Man steckte die Köpfe zusammen, wechselte Blicke, die Spannung war mit Händen greifbar, und dann, in der nächsten oder übernächsten Nacht, brach irgendwo ein Feuer aus. Am Tag darauf existierte dort, wo eben noch das Schaufenster eines Sex-Shops gewesen war, nur noch eine rauchgeschwärzte Fassade. Der Schritt von der Idee zur Umsetzung vollzog sich schnell und anonym. Der Polizei gelang es nur selten, den Taten einen Namen zuzuordnen.

Er durfte keine Zeit verlieren. Da er nun schon so weit vorgedrungen war, musste er auf direktem Wege das Ziel ansteuern.

Deshalb holte er tief Luft und klopfte erneut an David Portlands Tür.

»Sie sind ausländerfeindlich, aufdringlich und oft ziemlich bescheuert, aber dass Sie leicht einzuschüchtern wären, kann man Ihnen wirklich nicht nachsagen.« Mit diesen Worten empfing ihn der Instrumentenbauer, als er durch die Tür trat. Quentin hatte nichts Netteres erwartet.

»Ich bin kampflustig.«

Portland erwiderte nichts. Er war gerade dabei, die Saiten einer alten Gibson-Akustikgitarre zu ersetzen.

»Wann haben Sie diese Werkstatt eigentlich gekauft?«, fragte Quentin beiläufig.

»Sieh mal an, es geht schon wieder los! Ich ahne, dass wir noch eine Menge Spaß miteinander haben werden«, grinste der Instrumentenbauer, während er an einem Wirbel drehte. »Sie haben einen Ausflug in die Provinz gemacht, wie ich höre.«

Portland sah seinen Besucher scharf an, aber Quentin gab keine Antwort. Er begnügte sich mit einem vieldeutigen Lächeln.

»Na gut, dann setzen wir das Spielchen fort«, sagte Portland und beschäftigte sich wieder mit der Gitarre. »Bis Ende der achtziger Jahre habe ich mal hier, mal dort gelebt. Damals habe ich noch als Musiker gearbeitet.«

Das alles klang schrecklich vage, und Quentin hatte keine Möglichkeit, es zu überprüfen. Sein Blick schweifte durch die Werkstatt, als suche er eine Inspiration. Sein Blick fiel auf die Tasse. Die Tasse, in der ihm Portland beim ersten Besuch Kaffee eingeschenkt hatte. »Deauville, Juwel der Normandie«, las er die goldenen Lettern. Wie hatte ihm dieses Detail bloß entgehen können?

Portland war seinem Blick gefolgt.

»Bewundern Sie mein Geschirr, oder wollen Sie einen Kaffee?«

»Nein, danke«, stotterte Quentin. »Ich war mit den Gedanken woanders.« In seinem Gehirn ratterte es. Der Engländer durfte keinesfalls gewarnt werden. Er war imstande, sich aus dem Staub zu machen. Ihn auszufragen hatte keinen Zweck. Quentin wusste inzwischen aus Erfahrung, dass er ihm nichts entlocken würde. Er war zu clever, und Quentin verfügte einfach nicht über die Mittel, ihn aufs Glatteis zu locken. Es ist zum Verrücktwerden, dachte er. Ich muss um jeden Preis Corsini erreichen, und zwar auf der Stelle.

Er blickte auf seine Armbanduhr, heuchelte Überraschung und verließ die Werkstatt mit einer gemurmelten Entschuldigung. Auf dem Weg zur Tür spürte er die neugierigen Blicke des Instrumentenbauers im Rücken.

So schnell er konnte, lief er die Straße hinunter und zwang sich, nicht gleich zum Handy zu greifen. Für den Fall, dass Portland ihm hinterhersah, musste er so tun, als hätte er eine dringende Verabredung. Durch einen unauffälligen Blick über die Schulter vergewisserte er sich, dass Portland im Laden geblieben war. Niemand in Sicht.

Erst auf dem Boulevard holte er sein Handy hervor und sprach dem Capitaine eine weitere, noch dringlichere Nachricht auf die Mailbox. Er stand mitten auf dem Gehweg, zwei Meter entfernt von einem Türsteher, der ihn ungeniert beobachtete. Unschlüssig, was er jetzt tun sollte, lief er auf und ab. Endlich klingelte sein Handy, Capitaine Corsini eilte ihm zu Hilfe! Er hatte einen Verbündeten, war diesen Irren nicht mehr allein ausgeliefert.

»Hallo?«

»Chéri?«

»Ach, du bist's, Maman.« Seine Enttäuschung war bis nach Trouville zu vernehmen. »Hör zu, ich kann jetzt nicht mit dir reden. Ich erwarte einen wichtigen Anruf.«

»Das hier ist ein wichtiger Anruf!«

»Hast du das Hotel gefunden?«, rief Quentin hoffnungsvoll.

»Nein, nichts zu machen. Ich war bestimmt bei einem Dutzend, die mich größtenteils ziemlich unfreundlich behandelt haben. Ich musste Druck machen und die Verantwortlichen anflehen, damit sie in ihren Archiven nachsahen. Die meisten haben mir nicht mal ein Glas Wasser angeboten. Ich war stundenlang auf den Beinen. Und wofür?«

Sie machte eine Kunstpause. Quentin entfernte sich ein Stück von dem Türsteher, der unübersehbar die Ohren spitzte, und zündete sich eine Zigarette an.

»Für nichts! Damit mein Sohn mir sagt, es sei unwichtig. Für wen hältst du dich eigentlich? Ich versuche, dir zu helfen. Ich erledige diesen blöden Job, den du mir aufgetragen hast, und du hättest fast aufgelegt. Das ist doch wirklich die Höhe!«

»Maman …«

»Wie viele Mütter kennst du, die sich dermaßen aufopfern? Außerdem musste ich sehr viel Taxi fahren, weil ich in dieser Hitze nicht zu Fuß gehe, kommt gar nicht infrage. Das war sehr kostspielig. Zum Glück war wenigstens Gordon da.«

»Wer ist Gordon?«, fragte Quentin, während er am Randstein wartete, bis er den Boulevard überqueren konnte.

»Da haben wir's! Du interessierst dich immer nur für dich selbst, weißt du das?«, rief Rosa erbost.

Sich ausgerechnet von Rosa Kontrapunkt als Egozentriker bezeichnen zu lassen, ging nun doch zu weit.

»Herrgott noch mal, ich versuche hier, einen Mord aufzuklären«, brüllte Quentin ins Telefon. »Du bist wohl nicht ganz bei Trost! Du bist es, die andauernd um die eigene Person kreist, um deine kleine Welt. Du scherst dich keinen Deut um Véronique Fontaine, um mich, um die Welt insgesamt.«

Seine letzten Worte gingen im Gehupe eines Autos unter, das in letzter Sekunde ausweichen musste, weil der aufgebrachte Quentin es übersehen hatte.

»Wenn das der Dank ist für alles, was ich für dich getan habe, stelle ich meine Recherchen hiermit ein.«

»Nein, Maman, wir sind kurz vor dem Ziel. Du kannst mich jetzt nicht im Stich lassen. Das kannst du nicht machen.«

»Ich mache, was ich will.«

»Rosa …«

Aus dem Telefon tutete es – seine Mutter hatte aufgelegt.

Sofort versuchte er, sie zurückzurufen, aber er erreichte nur die Mailbox. Er schluckte seinen Ärger hinunter und hinterließ ihr eine Nachricht mit der Bitte, ihm zu verzeihen und weiter nachzuforschen. Vielleicht konnte er sie durch eine Entschuldigung umstimmen. Rosa hatte viele Fehler, aber nachtragend war sie nicht. Das fehlte gerade noch, dass sie ihn jetzt im Regen stehen ließ! Es lag in ihrer Hand, den entscheidenden Beweis beizusteuern. Wenn sie das Hotel fände und eine Person, die diesen Marotte gekannt hatte, wäre das Spiel gewonnen. Während Quentin noch um Worte rang, aus denen er seine Bitte formulieren konnte, signalisierte ihm ein Anklopfen, dass ihn jemand erreichen wollte. Er wagte es nicht, seine Nachricht an Rosa zu unterbrechen, versuchte aber sofort anschließend, den Anruf entgegenzunehmen. Doch es war zu spät, der Anrufer hatte aufgelegt. Quentin wählte die Mailbox. Nichts.

»Was für eine Megascheiße!«, entfuhr es ihm, und er klappte wütend sein Handy zu.

Die Passanten in der Schlange vor der Bäckerei, vor der Quentin stehen geblieben war, schmunzelten.

»Du übertreibst, Spatz«, sagte Nadine, die soeben mit zwei Baguettes unter dem Arm den Laden verließ.

Quentin stieß einen tiefen Seufzer aus. Nadine hatte ihm gerade noch gefehlt. Er wollte weder ausgefragt noch bemuttert werden. Er musste in Ruhe nachdenken und handeln können. Und er brauchte Capitaine Corsini.

Er zwang sich dazu, Nadine zuzulächeln. Schließlich war es

nicht ihre Schuld, dass sie nicht die Person war, die er im Moment herbeisehnte.

»Du siehst erschöpft aus. Und man könnte meinen, dass du nicht gerade erfreut bist, mich zu sehen. Das macht aber nichts. Ich freue mich für zwei. Anscheinend hast du bei deinen Nachforschungen große Fortschritte gemacht. Meinen Glückwunsch! Ich bin stolz auf dich!«

»Von wem weißt du das?«

»Von Moulin. Ich komme gerade von ihm.«

»Was genau hat er dir erzählt?«, fragte Quentin alarmiert.

»Nichts. Nur, dass du die Identität der armen Kleinen herausgefunden hast und anscheinend eine Spur verfolgst.«

»Könntet ihr vielleicht mal für ein paar Stunden aufhören, Gerüchte in die Welt zu setzen?«

»Das sind keine Gerüchte, mein Spatz. Das sind Familienangelegenheiten. Ich stelle mich schon nicht auf die Straße und verkünde sie in aller Öffentlichkeit. Meine Lippen sind versiegelt. Und ich bin sowieso schon still.«

Quentin verdrehte die Augen.

47

Nach einer langen, kalten Dusche und drei Zigaretten hatte sich Quentin einigermaßen regeneriert. Doch von Corsini hatte er immer noch nichts gehört, und Brossard wollte er auf keinen Fall anrufen, weil er genau wusste, was in Anbetracht der Umstände dabei herauskommen würde. Er sah alle halbe Stunde auf die Uhr und behielt sein Handy in Hörweite. Um Viertel nach acht war es endlich an der Zeit, sich zu seiner Verabredung mit Corsini aufzumachen.

Als er an dem Postkartenladen vorüberging, sah er, wie sich die Jalousie ein wenig hob. Caillebotte spionierte ihm wie üblich nach. Quentin schoss einen drohenden Blick in seine Richtung. Die Jalousie senkte sich. Vor dem Hôtel de la Butte sprach Madame Moscovicz ihn an.

»Monsieur Belbasse, wie schön, dass ich Sie treffe. Ich habe gehört, dass Sie die Tote identifiziert haben und es sich um eine Französin handelt. Nicht zu glauben. Da habe ich mich doch glatt übertölpeln lassen. Kommen Sie doch einen Augenblick herein. Dann können Sie mir davon erzählen. Trinken Sie ein Glas.«

Quentin konsultierte seine Uhr. Es war halb neun. Corsini würde auf keinen Fall vor neun Uhr im Restaurant sein. Er konnte die Zeit ebenso gut hier wie im Pinson totschlagen.

Madame Moscovicz führte ihn zu einer kleinen Sitzgruppe im Foyer. Vor dem Fenster waren vier schwarze Ledersessel um einen niedrigen Couchtisch gruppiert, auf dem sich Zeitschriften und Magazine stapelten.

»Setzen Sie sich bitte. Sie müssen entschuldigen, der Frühstücksraum ist schon hergerichtet.«

»Kein Problem«, versicherte Quentin.

»Was darf ich Ihnen bringen?«

Madame Moscovicz betete eine endlose Liste von Aperitifs herunter, aber Quentin unterbrach sie.

»Nein, keine harten Drogen, vielen Dank«, lehnte er lächelnd ab. »Ein Glas Weißwein wäre jetzt genau das Richtige.«

Madame Moscovicz entfernte sich.

Quentin griff nach der *Libération*, die ganz oben auf dem Stapel lag, und überflog die Schlagzeilen. Als Madame Moscovicz mit zwei gefüllten Gläsern zurückkam, faltete er die Zeitung wieder zusammen und legte sie auf den Stapel zurück. Die Hotelchefin reichte ihm sein Glas, und sie stießen an.

»Und nun erzählen Sie, ja?«

Doch noch bevor Quentin loslegen konnte, durchzuckte ihn unvermittelt ein Gedanke. Er nahm die *Libération* vom Stapel. Darunter kam ein altes Exemplar von *Paris-Normandie* zum Vorschein, das auf der Rätselseite aufgefaltet war. Jemand hatte das Kreuzworträtsel gelöst. Die Ausgabe stammte vom 10. April.

»Wie kommt die denn hierher?«, fragte Quentin.

»Oh, das weiß ich auch nicht. Das Zimmermädchen mag Kreuzworträtsel. Sie hat die Zeitung wohl an sich genommen, um es zu lösen, und später dann hier abgelegt.« Sie seufzte. »Das ist so ihre Art. Wenn sie die Zeitungen hinterher wegwerfen würde, hätte ich ja nichts dagegen.«

»Woher kann sie die haben?«

»Ich weiß nicht. Vermutlich von dem Tisch hier oder aus einem der Zimmer. Wenn die Gäste abgereist sind.«

Quentin blätterte immer noch in der Zeitung. Und auf einmal sah er das, wonach er so lange gesucht hatte. Eine Bagatelle, ganz unauffällig, und doch die Lösung von allem. Von absolut allem. Ein Artikel, nicht einmal besonders lang. Quentin schimpfte sich einen Trottel, weil er ihn wiedererkannte. Er hatte diesen Artikel schon einmal gesehen.

»Entschuldigen Sie, ich komme später wieder.« Mit diesen Worten schnappte er sich die Zeitung und rannte förmlich aus dem Hotel. Im Laufen griff er noch einmal zu seinem Handy, aber dann war er schon im Pinson, bevor jemand abheben konnte.

Capitaine Corsini lehnte an der Theke, ein Glas Bier in der Hand.

»Sie haben sicher versucht, mich zu erreichen. Mein Akku ist leer.«

48

Quentin legte die Zeitschrift vom 10. April vor den Kommissar. Sie war auf der Seite aufgeschlagen, wo der Artikel abgedruckt war.

»Ich habe gute Gründe zu glauben, dass die Zeitung Véronique Fontaine gehört hat.«

Capitaine Corsini hob die Brauen.

»Wo haben Sie sie gefunden?«

»Im Hotel. Das Zimmermädchen hat sie sich anscheinend genommen, um das Kreuzworträtsel zu lösen, und glücklicherweise nicht weggeworfen. Ich muss sagen, ich *liebe* Kreuzworträtsel, und ich *liebe* diese Frau. Ich könnte sie küssen! Sehen Sie doch! Als Véronique Fontaine diesen Artikel und das Foto darunter gesehen hat, muss sie ihn wiedererkannt haben. Ein paar Tage später fing sie an, in der Bibliothek über narzisstische Perversion zu recherchieren. Sie hat diesen Mann gesehen, den allseits bewunderten Wohltäter der Jugend, den couragierten Bürger, und sie war angewidert.«

Quentin fasste die Ergebnisse seiner und Rosas Nachforschungen in Trouville kurz zusammen. Während Corsini Schluck für Schluck sein Bier austrank, betrachtete er das lächelnde Antlitz von Pierre Duval, inmitten seiner jungen Chorsänger, am Tag der Preisverleihung.

»Gehen wir«, sagte Corsini und legte vier Euro neben das leere Glas. Schweigend verließen sie das Pinson und bogen in die von vergnügten Touristen bevölkerte Rue des Abbesses ein. In den Straßencafés schlängelten sich die Kellner zwischen kleinen Tischen und zahllosen Stühlen hindurch. Hier und da brandete Gelächter auf.

Die beiden Männer schenkten dem sommerlichen Treiben keinerlei Beachtung. Jeder hing seinen eigenen Gedanken nach. Capitaine Corsini wusste, dass die Vorschiften von ihm verlangten, einen Kollegen hinzuzuziehen, aber er unternahm nichts. Er wollte die Sache allein zu Ende bringen, zusammen mit dieser »Nervensäge«, die ihn am Ende doch beeindruckt und sein Entgegenkommen wahrlich verdient hatte. Also verstieß er ein letztes Mal in seinem Berufsleben gegen die Regeln. Wie oft er das in der Vergangenheit schon getan hatte, würde sein Geheimnis bleiben. In wenigen Monaten ging er in den Ruhestand.

Der Held der benachteiligten Jugend öffnete ihnen persönlich die Tür und bat die beiden Besucher mit herzlichen Worten herein, obwohl er überrascht wirkte, sie zusammen zu sehen.

»Wie nett von Ihnen, dass Sie mich besuchen kommen, meine Herren. Geht es mit den Ermittlungen voran? Wissen Sie, ich muss oft an das arme Mädchen denken.«

»Das wundert mich nicht«, erwiderte Capitaine Corsini.

»Pardon?« Duval wies auf zwei Sessel, aber Corsini und Quentin blieben stehen.

»Monsieur Duval, wir haben allen Grund zu der Annahme, dass das Opfer, Véronique Fontaine, in der Nacht, in der sie getötet wurde, bei Ihnen war«, umriss Corsini die Lage.

Duvals Gesicht schien ein wenig blasser.

Doch er sagte jovial: »Ah, dann kennen Sie jetzt ihre Identität. Sie machen Fortschritte. Aber ich habe Ihnen bereits erklärt, dass ich die unglückliche junge Frau nicht kannte.«

»Sie waren der Liebhaber ihrer Mutter, Agnès Fontaine, geborene Sylvestre.«

Pierre Duval schwieg.

»Véronique Fontaine glaubte offenbar, dass Sie für den Suizid ihrer Mutter verantwortlich waren. Sie hat diese Vermutung ihr Leben lang mit sich herumgetragen, hatte aber Ihre Spur verloren, und als sie zufällig auf einen Artikel in *Paris-Normandie* stieß, der vom Erfolg Ihres Chores handelte, hat sie Sie auf dem Foto wiedererkannt. Und Informationen über Sie eingeholt. Sie hat erfahren, dass auch Ihre Frau Marthe sich nach langer Depression das Leben genommen hat.«

»Marthe? Ihre Frau hieß Marthe?«, mischte sich Quentin aufgeregt ein.

»Ja, warum?«

»Nicht so wichtig.«

Corsini bedachte Quentin mit einem finsteren Blick.

»Wie gesagt: Das muss Mademoiselle Fontaine in ihrer Vermutung bestärkt haben. Man muss schon sagen, ein kurioser Zufall.«

»Es war nicht meine Schuld.«

»Das sagen Sie«, erwiderte Corsini ruhig.

»Ja, und niemand kann das Gegenteil beweisen.«

»Mag sein. Aber wir lassen Ihnen keine Ruhe, wir werden Ihr Privatleben auf den Kopf stellen, bis kein Stein mehr auf dem anderen ist.«

»An dem Tag, an dem meine arme Marthe sich die Pulsadern aufgeschnitten hat, war ich gar nicht da.«

»Wo waren Sie denn?«

»Ich habe einen entfernten Cousin am Stadtrand besucht. Marthe wollte nicht mitkommen. Ihre Stimmung schwankte sehr. Sie war depressiv. Gelegentlich trank sie auch. Als ich zurückkam, erlitt ich einen schrecklichen Schock. Sie lag leblos auf unserem Bett, das Röhrchen mit den Medikamenten auf dem Nachttisch war leer. Ich rief sofort den Notarzt an, aber es war nichts mehr zu machen. Können Sie sich das vorstellen? Es war entsetzlich. Ein Bild des Grauens.«

Tränen stiegen Duval in die Augen, und er sank in einen Sessel.

Quentin kochte vor Wut. Er hatte Lust, Duval gehörig die Meinung zu geigen, ihn einen Lügner, Dummschwätzer, Verrückten zu nennen, aber er wusste, dass er vorläufig Capitaine Corsini das Feld überlassen musste.

»Selbst wenn Sie an dem besagten Tag verreist waren, hätten Sie Ihre Frau dazu treiben können«, sagte dieser gerade. »Das ist alles schon vorgekommen.«

»So etwas hätte ich nie getan«, protestierte Duval entrüstet. »Und selbst wenn, wäre das kein Straftatbestand«, fügte er dann noch hinzu.

Corsini biss die Zähne zusammen. »Kommen wir auf den Mord an Véronique Fontaine zurück.«

»Ich habe sie nicht ermordet«, beteuerte Duval.

»Wann hören Sie endlich mit dieser Lügerei auf?«, rief Quentin dazwischen.

Corsini brachte ihn mit einem Blick zum Schweigen. Quentin rückte ein Stück von Duval ab und lehnte sich mit dem Rücken gegen die Kamineinfassung.

»Das ist die Wahrheit. Sie ist gestürzt. Es war ein Unfall.« Duval hatte die Worte so leise ausgesprochen, dass seine Besucher sie kaum verstanden.

»Wie das?«, fuhr Quentin dazwischen.

»Monsieur Duval«, sagte Capitaine Corsini, »erzählen Sie uns, was aus Ihrer Sicht passiert ist.«

»Die junge Frau hat gegen halb vier Uhr nachts an meiner Tür geklingelt. Ich war erst kurz zuvor von der Geburtstagsfeier zurückgekommen und deshalb noch angekleidet. Ich habe durch den Spion gespäht. Der Hausflur war nicht sehr gut beleuchtet, deshalb glaubte ich, vor der Tür Daphné zu erkennen und habe sofort geöffnet. Sie ist eine sehr sympathische Person und ich …«

Er suchte in Corsinis Gesicht nach Zustimmung, aber der Polizist starrte ihn nur kühl an. Duval senkte den Kopf und setzte seine Aussage fort.

»Erst als sie in der Wohnung stand, begriff ich, dass sie nicht Daphné war. Ich wollte sie sofort hinausbefördern, aber sie holte eine Pistole aus ihrer Handtasche und bedrohte mich. Dann fing sie an, von ihrer Mutter zu reden. Sie war völlig aufgelöst. Sie hat mich beleidigt, mich des Mordes beschuldigt. Ich erklärte ihr in aller Ruhe, dass sie sich irre. Dass ich ihren Schmerz verstünde, aber mit dem Tod ihrer Mutter nichts zu tun hätte. Sie hat mir nicht geglaubt.«

»Ich glaube Ihnen auch nicht«, sagte Quentin.

»Aber ich versichere Ihnen …«

Corsini schnitt Duval das Wort ab. »Erzählen Sie weiter. Was ist dann passiert?«

»Sie hat gesagt, ich täte gut daran, alles zu gestehen, denn sonst würde sie mich töten. Sie schien es ernst zu meinen. Sie war hergekommen, um mich zu töten, wie auch immer.«

»Und Sie haben Angst bekommen.«

»Ja. Sie war offensichtlich gestört. Zum Äußersten bereit. Die Sorte Mensch, die, ohne mit der Wimper zu zucken, das eigene Leben aufs Spiel setzt und deshalb sehr gefährlich ist. Ich war in der deutlich schlechteren Position. Sie konnte jeden Moment abdrücken. Während ich mit ihr sprach, dachte ich fieberhaft nach. Und dann kam es zu diesem Zwischenfall.«

»Was für ein Zwischenfall?«

»Ein Unfall. Ein Auto hat auf der Straße einen Poller gerammt. Das Geräusch hat sie aus dem Konzept gebracht. Sie hat den Kopf zum Fenster gedreht.«

»Und dann?«

»Ich stand neben dem Kamin, da, wo Sie jetzt stehen.« Duval deutete auf Quentin. »Ich habe mir eine kleine Bronzestatuette geschnappt und sie in ihre Richtung geschleudert. Sie ist hintenüber gefallen. Erst dachte ich, sie wäre nur ohnmächtig. Aber sie war unglücklich gestürzt. Ihr Genick ist an der Tischkante aufgeprallt.«

Quentin traute seinen Ohren nicht.

»Wollen Sie behaupten, Sie hätten Véronique Fontaine aus Notwehr getötet?«, rief er fassungslos.

»Es war ein Unfall. Ein bedauerlicher Unfall«, verbesserte Duval. Corsini bedachte Quentin mit einem deutlich drohenden Blick.

»Ein solcher Sturz verursacht Lärm«, sagte der Capitaine. »Ich frage mich, warum die Nachbarn nichts gehört haben.«

»Die Nachbarn von unten waren im Urlaub«, erklärte Quentin. »Sie kamen erst am nächsten Morgen zurück, und das war wohl auch der Grund, warum Véronique Fontaine beschlossen hatte, gerade in dieser Nacht zu handeln. Sie hatte von Mademoiselle Jullien erfahren, wann die Familie aus der dritten Etage zurückkommen würde. Deshalb war sie zur Eile gezwungen, obwohl der Abend wegen Nadines Geburtstagsfeier nicht gerade ideal war.«

Corsini nickte und wandte sich wieder Duval zu.

»Sind Sie zu ihr gegangen, um nachzusehen, ob sie tot war?«, fragte er.

»Ja. Sie hat nicht mehr geatmet. Ich habe Panik bekommen.

Und dann hat mein Gehirn plötzlich auf Hochtouren gearbeitet. Auf dem Teppich war kaum Blut. Die Kopfverletzung durch die Statuette hatte nur wenig geblutet, und ihr Genick war zwar gebrochen, aber geblutet hat sonst nichts. Ich habe Müllsäcke geholt und den Körper darin eingewickelt. Ich habe gewartet, bis im Haus alles still war und ich davon ausgehen konnte, dass alle eingeschlafen waren.«

»Wie spät war es da?«

»Viertel vor vier ungefähr.«

Corsini nickte.

»Ich habe den Leichnam auf die Schultern genommen. Er war nicht sehr schwer. Ich wollte den Aufzug rufen, aber dann habe ich gesehen, dass er oben im Fünften stand. Also bin ich zu Fuß die eine Treppe hochgestiegen und von da aus nach unten gefahren.«

»Um den Verdacht auf Vernet zu lenken«, unterbrach ihn Quentin.

»Um ihn von mir abzulenken.«

»Sie sind niemandem begegnet?«, fragte Corsini.

»Nein. Ich habe den Leichnam der Frau auf den Kellerboden gelegt. In ihrer Handtasche habe ich den Schlüssel für die Tür gefunden, durch die man vom Keller direkt ins Narcisse kommt. Den habe ich wiedererkannt, weil ich schon mal mit Moulin dort unten war. Ich bin wieder in den Club hinaufgegangen und habe den Aschenbecher auf der Theke gesehen. Ich habe etwas Blut daraufgestrichen und ihn neben die junge Frau gelegt. Dann bin ich über die andere Treppe, über die ich auch gekommen war, wieder zu mir hoch. Ich hatte keine Zeit, darüber nachzudenken, was ich da tue. Ich war in Panik, ich stand unter Schock.«

Quentin konnte kaum an sich halten.

»Was haben Sie mit der Pistole und dem Schlüssel gemacht?«, fragte Corsini rasch, bevor Quentin seine Wut an Duval auslassen konnte.

Duval stand auf, ging aus dem Zimmer und kam mit zwei Gegenständen in den Händen wieder. Die Pistole hatte er sorgfältig in ein Taschentuch eingeschlagen, damit er seine Fingerabdrücke nicht darauf hinterließ und die von Véronique Fontaine nicht verwischte.

»Hier sind sie. Ich habe sie in meinem Schrank aufbewahrt.«

»Um nachweisen zu können, dass es Notwehr war. Sie denken wirklich an alles, wenn Sie in Panik sind«, kommentierte Corsini trocken.

»Im Falle des Falles ... Ich wusste ja nicht, wie es weitergehen würde. Es tut mir aufrichtig leid, dass die junge Frau tot ist. Das können Sie mir glauben. Aber Sie müssen auch verstehen, dass sie ...« Er suchte nach Worten. »... geistesgestört war. Sie war verrückt.«

»In Trouville haben Sie sich als Monsieur Marotte ausgegeben.«

»Marotte ist mein Familienname, aber bei meiner Eheschließung mit Marthe habe ich ihren Namen angenommen.«

»So leicht kann man seinen Namen doch nicht ändern!«

»Wir haben in Deutschland geheiratet. Da ist das möglich. Und Frankreich hat dann die Namensänderung akzeptiert, weil Marotte ein so peinlicher Name ist.«

Corsini akzeptierte die Erklärung.

»Aber das würde ja bedeuten, dass Sie zu der Zeit, als Sie Agnès kannten, noch nicht verheiratet waren. Agnès' Schwester hat aber ausgesagt, sie sei mit einem Mann zusammen gewesen, der nicht frei war.«

»Das habe ich gesagt, um mehr Handlungsspielraum zu haben. Sie kennen die Frauen – immer bereit, sich jemanden zu krallen. Aber ich wollte das Leben genießen. Ich wollte mich nicht einsperren lassen.«

Corsini verkniff sich jeden Kommentar und zog sein Handy aus der Tasche. Er wies Lieutenant Brossard an, ihn mit einem Wagen abzuholen.

»Sie kommen mit zum Quai des Orfèvres, wo wir Ihre Aussage aufnehmen werden. Hiermit verhafte ich Sie. Sie können ein paar Sachen einpacken.«

»Wie können Sie diesem Schweinehund gegenüber bloß so ruhig bleiben?«, fragte Quentin erregt, als Duval aus dem Zimmer gegangen war.

»Was soll ich Ihrer Meinung nach denn tun? Wenn er die Wahrheit sagt – und leider scheint es so –, wird er auf Notwehr plädieren und freikommen. Und was die beiden Frauen angeht, so wird man ihm bestimmt nichts nachweisen können. Wir werden es versuchen, aber ich fürchte, wir stehen auf verlorenem Posten. Außerdem können wir uns in diesem Punkt auch nicht vollkommen sicher sein. Vielleicht hat er sie tatsächlich in den Selbstmord getrieben, aber er scheint davon überzeugt, dass es nicht seine Schuld war. Bei derartigen Krankheiten – denn darum handelt es sich hier – leben die Betroffenen in der totalen Verleugnung.«

»Das ist doch nicht möglich!«, rief Quentin.

»Monsieur Belbasse, Gesetz ist Gesetz, daran kann man nun mal nichts ändern. Auf gewisse Weise schützt es die Bürger. Ob es perfekt ist oder gerecht …«

»Caillebotte könnte als Zeuge auftreten. Er hat Marthe gut gekannt. Er könnte aussagen, dass Psychoterror im Spiel war.«

»Wissen Sie das mit Sicherheit? Also ich nicht. Nicht so sicher, dass ich es beschwören könnte. Ich war nicht dabei. Was sich zwischen zwei sich nahestehenden Menschen abspielt, ist sehr schwer nachzuvollziehen. Natürlich gibt es die Nachbarn, sie haben vielleicht Streit gehört, aber das hat nicht viel zu bedeuten. Nein, einen echten Zeugen haben wir nicht. War Caillebotte in Marthe verliebt?«

Quentin nickte.

»Und was würde er aussagen?«, entgegnete Corsini. »Selbst wenn Marthe ihm etwas anvertraut hat, hält das vor Gericht nicht stand. Dann steht sein Wort gegen das von Duval.«

»Wie können Sie mit so etwas leben?«

»Man lebt mit vielerlei, Lieutenant Belbasse«, antwortete Corsini. Er lächelte verhalten. »Aber die Jugend ist eine schöne Zeit. Ich mag Ihr jugendliches Ungestüm.«

Er sah Quentin in die Augen.

»Ich besitze eine alte Gitarre, die mir ein Zigeuner vor langer Zeit geschenkt hat. In ein paar Monaten bin ich in Rente und werde zum ersten Mal im Leben Zeit haben, und dann könnte ich lernen, auf ihr zu spielen …«

»Mit Gypsy-Jazz kenne ich mich nicht gut aus, aber wenn Sie ein paar Stunden nehmen wollen, kommen Sie einfach vorbei …«

»Warum nicht.«

Sie verabschiedeten sich mit einem festen Händedruck.

Als Quentin hinausging, kam ihm Brossard entgegen. Der Lieutenant war sichtlich erstaunt, ihn zu sehen, sagte aber nichts. Immerhin grüßte er mit einem flüchtigen Kopfnicken.

49

Die Nacht hatte sich auf Montmartre gesenkt, als Quentin wieder auf der Straße stand. Junge Männer und Frauen sprachen auf der Suche nach Freiern mehr oder weniger diskret Passanten an. Im Narcisse war die Vorstellung in vollem Gang. Moulin hatte die Erlaubnis erhalten, sein Cabaret wieder zu öffnen. Durch die offene Tür schallte Marilyns Song *I Wanna Be Loved by You*. Das war Zazous Nummer, wie Quentin wusste, und er trippelte sicher gerade gut aufgelegt über die Bühne und warf bedeutungsvolle Blicke in die Runde. Zazou, der lustige Typ, der vielleicht eines Tages jemanden finden würde, der ihn aufrichtig liebte. So wie Cédric Martial gefunden hatte. Und wie Daphné vielleicht Portland gefunden hatte. Als nächste Nummer kam die von Grenadine. Moulin würde sie ansagen, in einem schicken, farbenfrohen Hemd mit hochgekrempelten Ärmeln und einer tadellos gebügelten Bundfaltenhose. Moulin, »der Rote«, ohne den Montmartre nicht wäre, was es war. Sie waren alle ein wenig durchgeknallt, exzentrisch, Paradiesvögel eben. Wie Quentin selbst. Sie waren seine Familie.

Er war eben erst auf den Boulevard eingebogen, als sein Handy klingelte.

»Ich hab's gefunden«, rief Rosa Kontrapunkt. »Hôtel d'Angleterre. Sein Vorname ist Pierre. Pierre Marotte. Es war nicht leicht.«

»Danke, Maman. Corsini hat ihn gerade festgenommen.«

»Ah, das ist die erste gute Nachricht seit drei Wochen. Darauf werde ich mit Gordon anstoßen.«

»Wer ist Gordon?«

»Fang nicht schon wieder an, ja? Wir kommen zusammen nach Paris zurück, und danach begleitet er mich nach Reykjavík und London. Ich weiß nicht, ob ich's dir schon gesagt habe, aber ich bin überzeugt, dass da drüben jetzt die Musik spielt. In künstlerischer Hinsicht, meine ich.«

Quentin lächelte.

»Also ich finde, dass die Musik genau da spielt, wo du bist«, antwortete er und drückte dann eilig die Aus-Taste, weil ein weißer Blitz die Nacht durchzuckte. Das Licht verfärbte sich gelblich. Ein zweiter Blitz entlud sich und verzweigte sich flüchtig zu einem grell aufscheinenden, umgedrehten Baum. Auf ihn folgte ein fernes Grollen, und dann fiel der erste schwere Tropfen vor Quentins Füße. Innerhalb von drei Sekunden prasselte ein heftiger Platzregen auf Montmartre nieder. Das Grollen wuchs zu einem Donnern an. Die ersten Passanten schrien auf – ausgelassen, überrascht, entzückt – und liefen los.

Autoreifen zischten immer geräuschvoller über den nassen Asphalt. Hier und da drängten sich fröhlich kreischend junge Leute zusammen. Aus dem Regen wurde ein Wolkenbruch, eine Sintflut, eine Erlösung.

Quentin blieb inmitten der Menschenmenge stehen, die wie eine aufgeschreckte Herde in alle Richtungen auseinanderstob. Er legte den Kopf in den Nacken, das Wasser rann ihm über das Gesicht. Er öffnete die Lippen und fing die Wassertropfen mit der Zunge auf. Er bot Körper und Seele dem Regen dar, jeden Zentimeter seiner Haut, den verstecktesten Winkel seines Herzens, wie er sich zuweilen einer Frau öffnete, und immer der Musik.

DANK

Unser Dank gilt insbesondere Jacques Binsztok und dem Commandant von Dieppe für ihr Entgegenkommen und die erhellenden Auskünfte, die wir von ihnen erhalten haben.